山崎富栄

❶富栄18歳、昭和12年に美容学校の日本髪モデルとして撮影。美容、結髪、洋裁、ロシア語を修得していたころで普段は洋装だった。撮影は写真を趣味とした父晴弘と思われる

❷富栄22歳、昭和16年、映画撮影所にて専属美容師として働く富栄を当時助監督で俳優の竜崎（龍崎）一郎が撮影

❸父晴弘が創設した日本初の文部省認可「お茶の水美容洋裁学校」
島田髷の結髪実習

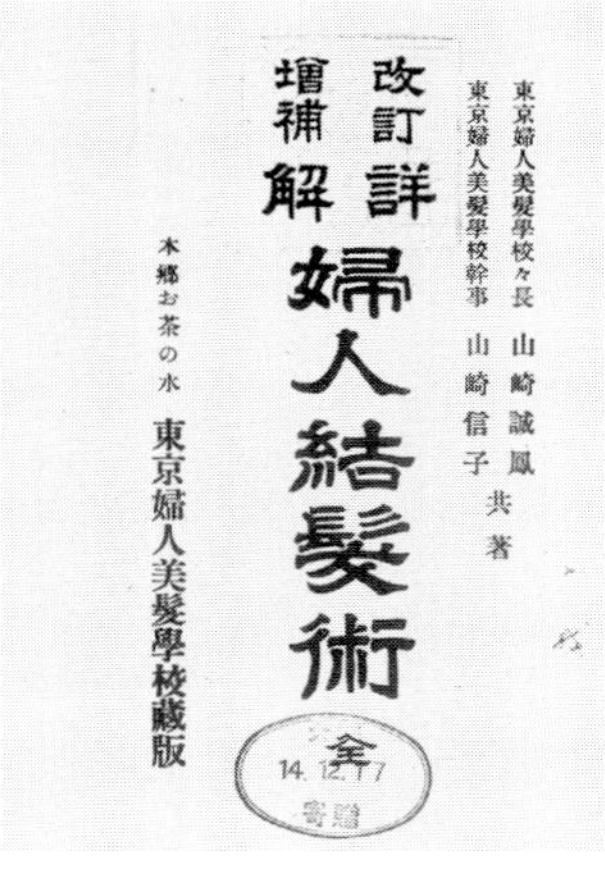

東京婦人美髪學校々長 山崎誠鳳
東京婦人美髪學校幹事 山崎信子
共著

改訂
増補
詳解
婦人結髪術

本郷お茶の水
東京婦人美髪學校藏版

❹晴弘が執筆した教科書
の中扉。大正14年刊行

❺大正時代の母信子と父晴弘校長

❻御茶ノ水に震災から4年後の昭和2年10月に建てられた鉄筋校舎落成記念写真。前列中央に8歳の富栄

❼昭和19年、奥名修一と富栄の挙式、九段の軍人会館。中列右から伊久江、つた。同列左から２番目は児童文学作家土家由岐雄

❾昭和29年、富栄死後の父晴弘。戦前に陸軍大臣と大蔵大臣から受けた勲章を胸に

❽昭和20年から富栄が疎開した滋賀県八日市町の店舗兼住宅。父母の終生の家

奥名修一

❿奥名修一27歳、旧三井物産広東支店勤務時代

⓫昭和19年12月末、修一が赴任した旧三井物産マニラ支店のビル
フィリピン・ルソン島

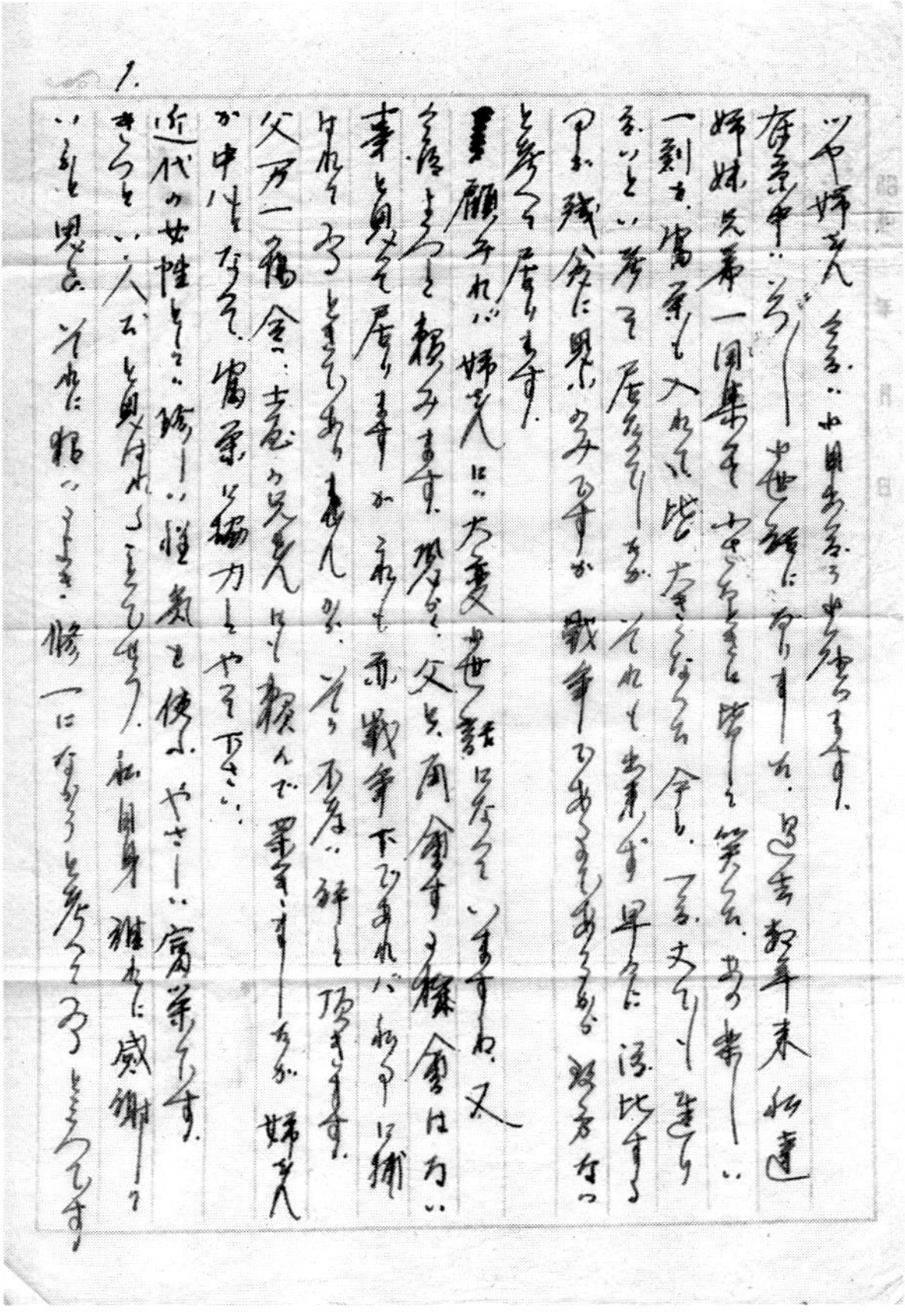

⓬昭和19年12月、修一がマニラへ発つ前に姉へあてた手紙。後から3行目「近代の女性としては珍しい程気を使うやさしい富栄です」（本文129～131ページ参照）

⓭山上のバギオへ通じるケノン道路。修一はルソン島山岳地帯のバギオ防衛戦にて戦死

⓮昭和48年バギオに建立された「英霊追悼碑」

⓯マニラの米国軍人墓地。太平洋戦争で日本軍と戦った米兵約１万７千人が眠る

太宰治

⑯太宰治。撮影・渡部好章

⑰太宰の生家、
青森県金木町

⓲旧制弘前高校時代に下宿した藤田家2階。左に勉強机を置いた。昭和4年、この部屋で催眠剤を大量服用、昏睡状態となる

⓳昭和5年、東大時代に、田部あつみと睡眠薬を飲んで横たわった鎌倉小《こ》動《ゆるぎ》崎《ざき》

⓴山梨県御坂峠の天下茶屋。昭和13年に井伏鱒二と滞在して退廃生活から再起。婚約中の石原美知子も訪れる

❷❶太田静子が暮らした大雄山荘、神奈川県下曾我。太宰は『斜陽』の日記を借りて滞在

❷❷昭和23年２月、『斜陽』を執筆した西伊豆三津浜《みとはま》の安田屋旅館。太宰宿泊は右棟の２階

❷❸昭和23年３月、『人間失格』執筆中に富栄と一泊した熱海起雲閣本館、宿泊は２階。原稿は別館に滞在して書かれた

㉔現在の玉川上水。太宰と富栄の遺体が発見された新橋は、この下流

㉕遺書と共に残した色紙。朝日新聞連載『グッド・バイ』の挿絵画家・吉岡堅二によるスミレに2つの影（左上）を描きそえた

【写真提供者リスト】❶❷長篠康一郎遺族、❸❿『太宰治文学アルバム』長篠康一郎、広論社、1982年、❹国立国会図書館蔵書『改訂増補　詳解婦人結髪術』、❺❾山崎光信、❻❼『山崎富栄の生涯』長篠康一郎、大光社、1967年、⓬㉕土家由岐雄遺族、⓰日本近代文学館、❽⓫⓭⓮⓯⓱〜㉔著者撮影

光文社文庫

恋の蛍
山崎富栄と太宰治

松本侑子

光　文　社

恋の蛍　山崎富栄と太宰治　目次

恋の蛍　山崎富栄と太宰治

天彦《あまびこ》よ　雲のまがきに　言《こと》づてむ
恋の蛍《ほたる》は　燃えはてぬべし

『夫木和歌抄《ふぼくわかしょう》』
第八巻・夏（藤原長清撰・鎌倉後期）

プロローグ

「毎日新聞」昭和二十三年六月十六日付

太宰治氏心中か
愛人と家出
玉川上水に遺留品

作家、太宰治氏は、十三日夜、一女性と家出、自宅附近で投身自殺したのではないかといわれ、双方の遺留遺品が発見された。

太宰氏（本名津島修治（四〇））は、武蔵野市三鷹町下連雀一一三の自宅を家出、同町二一二、野川方、美容師山崎富栄さん（三〇）のところから、十三日午後十一時から十四日午前四時までの間に、姿を消した。

消息をたった太宰氏は、すぐ向いの仕事先、料理屋千草こと、鶴巻孝之助さん方から、ウィスキー五勺〈九十cc〉をもらったきりで、美知子夫人、及び、鶴巻氏の双方から、三鷹署に捜索願が提出され、捜査中のところ、十五日午前六時半ごろ、省線《しょうせん》三鷹駅東南六百メートルの玉川上水の川べりから▽水の残っていたビールの空びん▽ガラスのさら▽小さいはさみ▽強壮剤ビタドールのあき箱を発見、現場には、二すじ滑り落ちたあとが発見された。

一方、太宰氏の遺書として、夫人あて、及び鶴巻氏、新潮社、筑摩書房、八雲書房あて五、六通、山崎さんの遺書は、鶴巻氏と、富栄さんの止宿先の野川さんあて二通が発見された。

〈引用者による訂正・太宰自宅の番地は一一三ではなく一一三。住所は武蔵野市ではなく、北多摩郡。鶴巻孝之助は幸之助。記事中の年齢は数え年〉

未亡人の美容師
山崎富栄さん

山崎富栄さんは、元お茶の水美容洋裁学校校長、晴弘氏（現滋賀県八日市町二四四居住）の娘。父のところで美容術を習得。

昭和十八年、宇都宮出身の三菱社員、奥名某氏と結婚生活一週間で、夫君は応召、ビルマで戦死。

義姉の経営する京橋の美容院から、一昨年、父の教え子塚本サキさんの経営する三鷹美容院に転じた。

同僚と共に、三鷹の屋台で太宰氏と知りあい、氏を好きだといったこともあるが、陽気で、洋裁は巧みで、今まで浮いた話はなかったという。

〈同訂正・富栄は昭和十九年に、三井物産社員、奥名修一と結婚。夫はフィリピン、ルソン島マニラ支店へ転勤後、現地召集、同島山岳地帯で戦死。義姉の経営する京橋の美容院は、正しくは富栄と義姉らが共同経営した店で、銀座と鎌倉にあった〉

不吉な題名
三度目の家出
太宰氏が女性と投身自殺したとすれば、有島武郎《ありしまたけお》以来の文士の情死事件である。
太宰氏は、現青森県知事、津島文治氏の実弟で、青森県金木町の大地主の家に生れた。
弘前高を経て、東大仏文を中退。「道化の春」で芥川賞候補となり、小説集「晩年」「新ハムレット」を出した。
〈同訂正・正しい作品名は「道化の華」。芥川賞候補作は「逆行」〉
学生時代、バーの女給と心中未遂、相手は死亡。そのほかにも一度、家出したことがあり、問題を起こしたのは、今度で三度目である。

戦時中、疎開していたが上京。「斜陽」で、亡びゆく階級を描いて、織田〈作之助〉、坂口〈安吾〉、石川（淳）氏らと共に売り出した逸才《いつさい》。

但《ただ》し最近は、「人間失格」全集第一の「虚構の彷徨《ほうこう》」、及び、十回分だけ書いたという朝日紙の「グッドバイ」など、題名は不吉を暗示し、井伏鱒二《ますじ》氏も「近ごろ彼の題名は少しおかしい」といっている。

昭和二十三年六月十三日、折からの長梅雨に水かさのました、日ごろから人食川《ひとくいがわ》として人々の恐れる玉川上水に、数え年四十歳を一期《いちご》として身を投じた太宰治であった。しかもそれは妻ならぬ山崎富栄という酒場女との抱合心中《だきあいしんじゅう》であった。

野田宇太郎『六人の作家未亡人』昭和三十一年

サッチャン（富栄の愛称）は、知能も低く、これという魅力もない女だった。文学好きなどという種類のものでもなかった。ただ妙に思いつめるようなたちで（略）酔った太宰のお世辞を真にうけて、忽《たちま》ち魅入られたかのように、太宰に寄りついてはなれなかった。

臼井吉見「太宰の情死」昭和三十一年

引き揚げられた太宰の死体には、首を絞めて殺した荒ナワが巻き付けたままになっていて、ナワのあまりを口の中へ押し込んであった。つまり情死の相手の山崎が太宰の首を絞めて殺したあとで一緒に入水したものと推定された。

村松梢風『日本悲恋物語』昭和三十三年

●玉川上水の流れ

太宰治の小説は、青春の文学と言われる。

私も中学時代から読みはじめ、『走れメロス』を皮切りに、『人間失格』『斜陽』『お伽草紙』『津軽』といった作品を、文庫本でくりかえし読んだ。

作家に漠然とした憧れをいだいていた十代後半から二十代にかけては、太宰文学に心酔していた。第一創作集『晩年』を読んで、それぞれに趣向の異なる短編をえがきわけるきらめく才能に、めまいさえおぼえた。

津島修治が、太宰治という筆名を決めたのは、彼が二十四歳になる年、昭和八年一月三日だ。

私も二十四の年に新人賞に応募して作家となった。

初めて本になった摂食障害の小説『巨食症の明けない夜明け』には、『人間失格』を引用した。

「自分は、空腹という事を知りませんでした。いや、それは、自分が衣食住に困らない家に育ったという意味ではなく、そんな馬鹿な意味ではなく、自分には「空腹」という感覚はどんなものだか、さっぱりわからなかったのです。」

その二年後には、太宰が生まれ育ち、紀行集『津軽』に描いた青森県を旅した。津軽半島にある金木《かなぎ》の生家、斜陽館、太宰を育てた叔母キヱのいた五所川原、子守のタケに再会した小泊《こどまり》、中学時代をすごした青森市内、旧制高校にかよった弘前、投宿した浅虫《あさむし》温泉。晩年をくらした東京三鷹も歩き、六月十九日の桜桃忌には、禅林寺へ墓参した。

ところがその後、自分自身の小説の手法が変わり、また翻訳もはじめたことで、しばらく遠ざかった。

みずからの弱さ、愚かしさ、過去の失態を、これでもかというほど見つめ直して、自虐的にさらけ出す独白《モノローグ》の文体に、自己嫌悪にも似た鬱陶しさ、気恥ずかしさもおぼえていた。

もっとも、太宰の古い文庫本は、ひっこしをくりかえしても、初恋の人から届《とど》いた恋文をとっておくようなセンチメンタルな郷愁もともなって、いつも書棚に残していた。

太宰の作品にひきこまれるように読みながら、だが、玉川上水で情死した女性についてはは知らなかった。

彼が最初に心中をこころみた相手はカフェの女給で、同棲した内縁の妻は青森の芸者、そののち、女学校教師の才媛と結婚して落ちついた執筆生活にはいったものの、戦後、愛人と心中した。

最期をともにした女性が山崎富栄という名前であることは知っていたが、たぶん水商売の人なのだろうと思っていた。

ところが、世界初の弱酸性パーマ液を開発して、各国で特許をとった美容家、故山崎伊久江《いくえ》の自叙伝『真昼を掴《つか》んだ女』を読んで、驚いた。

山崎伊久江は、富栄の親戚にあたること、伊久江が指導をうけた美容学校校長の令嬢が富栄であり、二人は同じ屋根の下にくらし、当時の最新の美容術をともに学んだこと、女学校にすすんだ富栄は外国語が堪能で、日本髪や洋髪の結髪のみならず、戦前の華族に十二単《じゅうにひとえ》の着つけ、おすべらかしのおしたくをしていた、と書かれていたのだ。

そもそも伊久江自身も、昭和三十四年、明仁皇太子のご成婚に際して、民間から宮中にあがり、美智子妃殿下の十二単の着つけの助手をした。昭和二十三年に富栄が亡くなっていなければ、彼女が御用をつとめていた可能性もある。

関係者に聞くと、十二単の着つけやおすべらかしは、美容師なら誰でもできるわけではなく、古式装束の知識、日本固有の伝統的な結髪を習得した者でなければ、つとまらない。

富栄は、そうした高度な技能をもつ特別な職業婦人だったのだ。

驚いた私は、文芸誌の編集者や先輩作家たちに、太宰の心中相手の職業をたずねてみた。

すると口をそろえて、芸者、バーのマダム、もしくは、知らないと答えがかえってきた。

では事件当時、新聞はどのように報じたのだろうか。

冒頭にあげた毎日新聞は、「未亡人の美容師」「お茶の水美容洋裁学校校長、晴弘氏の娘」と正しく書いている。同日付の読売新聞にも、美容師とある。それがなぜ、酒場の女へと世間一般の理解が変わったのだろうか。

富栄についての本も探した。

すると太宰研究家の故長篠康一郎《ながしのこういちろう》が、独自の調査で『山崎富栄の生涯』（昭和四十二年）、『太宰治武蔵野心中』（昭和五十七年）という労作を著していた。

玉川上水の死からわずか二か月後には、富栄の日記も出版されている。昭和二十三年八月十五日付、読売新聞の広告記事である。

『愛は死と共に』石狩書房、定価百円
未発表全文、太宰治の愛人山崎富栄の日記、死の謎を解く、研究者必読の書、太宰治との初会から死の夜迄《まで》

日記を読んでみると、きまじめで、純粋で、思索的な人から、文学的な教養と育ちのよさ、芯のとおった凛とした女性像がしのばれた。

また二人の関係は、妻子もちの作家と二十代の愛人といった扇情的な色恋沙汰ではなく、不倫という罪の意識を自覚しながらも、夫婦でもかくや、というほどのいたわりあいと思いやり、信頼のかよいあう、誠意のこもった情愛だった。

さらに喀血する晩年の太宰に日々つきそい、結核の感染もおそれず、献身的に看病して、代表作『人間失格』の執筆をささえたのは富栄だった。

『人間失格』『斜陽』『桜桃』といった傑作は、富栄の部屋で、富栄の見守るそばで書かれたのであり、太宰文学に果たした役割は、決して小さくはない。

それがいつ、どのようにして「知能も低く」「魅力もない」「酒場女」へと変わったのだろうか。

そもそも富栄はどんな女性だったのか。本に書かれた言葉ではなく、富栄を知る人々に一人でも多く会って、話を聞かなければならない、いまならまだ間にあう、と思った。

ほかにも謎はあった。

戦後、太宰と初めて会ったとき、富栄は夫の姓を名乗り、奥名富栄だった。配偶者の奥名修一とは、どんな人物だったのか。

太宰との情死についても、合意ではなく無理心中だ、さらには他殺で、彼女が首を絞めた、青酸カリをのませた、とする書物は、いまも出ている。

さまざまな疑問がかえって深まりながら、いずれにしても、従来、書かれてきた文章は、長篠の著作をのぞくと、太宰の編集者や友人、親しかったり敵対していた作家の側から書かれているか、それを元にしていることがわかった。

太宰の妻子である津島家から見れば、突然、夫であり父である大黒柱を不条理にうばわれた。担当編集者は、売れっ子作家を若くして喪《うしな》った。知人たちは、友をすくえなかった無念さに臍《ほぞ》をかんだ。

太宰は最期の日々、随筆の連載「如是我聞《にょぜがもん》」で、自分の小説を批判した志賀直哉などの重鎮作家と英米文学者らを攻撃していた。太宰と反目しあっていた書き手たちは、論争相手の自殺がつたえられ、後味の悪さが残った。

いずれにしても、太宰の自死によって彼らが受けた衝撃、悲しみ、無念、後悔は、それが深ければ深いほど、富栄への憎しみ、嫉妬、怒り、反感へと、たつまきのように渦まいてはねかえっていった。太宰の妻と娘たちだけが、沈黙をまもっている。

では同じできごとを、山崎家および親族から見ると、どううつったのだろうか。

私は、滋賀県東近江市八日市町《ひがしおうみしようかいちまち》で、富栄のいとこを探した。冬、琵琶湖東部の平野は雪がふりつもり、一面の田畑もあたりの山々も、白い雪におおわれていた。

七十代のその女性は、富栄と同じように美容院を経営していた。

大きな鏡が壁にならぶ閉店後のサロンに石油ストーブをつけ、腰をおろしたその人は、古い白黒写真で見る富栄のように色が白く、きめ細かな肌をしていた。

昭和二十年春、富栄は、東京大空襲で焼けだされ、叔父の黒川嘉一郎《くろかわかいちろう》（このいとこの父親）をたよって、八日市町に疎開して一年間、くらしている。

当時、富栄は二十五歳、いとこは九歳。太宰と出会うわずか二年前の富栄を知る貴重な存在だ。

「富栄さんが疎開してきたのは、まだ戦争中ですやろ……。八日市も、あのころはまだ田舎で、富栄さんは、ここいらでは見かけんような、きれいで、あかぬけた人でした。背丈もあって、すらっとしてね。気位が高い、なんていう人もいましたけど。

『すたこらさッちゃん』ですか、富栄さんのこと、だれかが書いてましたね。でもそんなイメージとは、ぜんぜん違いました。銀座で美容院やってはったくらいですから、ハイカラさんでした。

手先も器用でね、戦後は、中原淳一《なかはらじゅんいち》さんデザイン風のしゃれたワンピース、ちゃっちゃと上手に縫って、着てはりました。

富栄さんが亡くなったとき、町の映画館で、ニュース・フィルム、見ました。当時はテレビなんてありませんやろ、ニュースゆうたら、映画館で見るもんでした。

その白黒のニュース・フィルムで、富栄さんのお父さんが、娘が身を投げた川を、あの玉川上水の流れを、雨のなか、傘さして、じっと寂しそうに見てはって、あのしょんぼりした姿、目に焼きついて、いまでも忘れられしません」

富栄の父、山崎晴弘《はるひろ》は、明治の東京市本郷区に生まれ育ち、歯切れのいい東京弁を話す江戸っ子であり、六十代半ばまで御茶ノ水界隈に住んでいた。

しかし世間をさわがせた娘の没後、ふるさと東京に帰ることはなかった。

一人娘が満二十八歳で死んでから九年後、失意の父は、疎開先の滋賀県八日市町で亡くなった。

第一章　父の愛娘《まなむすめ》

●大正八年（一九一九）九月二十四日　富栄誕生

わが子の産声《うぶごえ》を待つ父親のむずかしさといったらない。

落ちつきなくそわそわして舞いあがるのは恥ずかしい。といってあまり淡々としても、情けの薄い亭主だと思われる。

晴弘にとって、妻のお産は五度めだった。だが最初のときより、いまのほうが不安だった。子どもの命がいかにあやういものか、思い知ったからだ。

長女の歌子《うたこ》が死んだのは、三年前だった。すでに長男の武士《たけし》、次男の年一《としいち》をもうけていたが、初めての女の子とあって、それは歌子を可愛がっていた。

「おとうたま、朝ご飯でございます」

女中頭のおまさの口真似をして、布団まで起こしにくる姿も可愛いさかりの三つのとき、病死した。

おとついまで、声をあげて笑いながら畳を走りまわっていた子どもが、小さな赤い布団に寝かされていた。もう動かない幼な子を抱いて、晴弘は男泣きした。


大正八年九月二十四日、彼岸をすぎても暑さの残るころ、金木犀《きんもくせい》の甘い香りが、開けはなった教室の窓から流れこんでいた。

お茶の水美容洋裁学校の二階に、五十名をこえる女生徒たちが白いエプロンをかけてつどい、ある者は大きな裁縫台にむかい、ブラウスの型紙にそって布を裁ち、ある者は布に両手をそえて足ぶみミシンをかけている。

晴弘が、動きの悪いミシンに油をさしていると、おまさが、上気した笑顔を教室の戸口からのぞかせ、廊下から手まねきするのが見えた。

何十台もならぶミシンが稼働する音のむこうで、おまさの口が動いている。

「……ですよ、……でした」と言うようだが、ミシンの音にかき消される。

戸口のそばで声を聞きつけた女生徒が叫んだ。

「校長先生、お嬢さまのご誕生です、おめでとうございます」

高い声に、ミシンをかけていた女生徒たちは、教室の端から順々に、ペダルをこぐ足をとめた。

「山崎先生、おめでとうございます」

「先生、バンザーイ」

「いますぐ信子《のぶこ》先生と赤ちゃんのところへ行ってあげてください」気のきく優等生が、晴弘の背を押すようにする。

「どうぞ先生、わたくしたちは自習をしております」別の女生徒も言う。生徒は十代の娘たちが多く、出産と聞いて、興奮とはにかみに、顔を赤くしている。

「みなさん、ご祝辞、ありがとうございます。すぐにもどります」

おまさと廊下を歩いていくと、晴弘はやっと手ばなしの笑みを浮かべた。

待望の女児の誕生だった。

赤ん坊は、色白で、涼しげな目をしていた。

晴弘は、産着につつまれた赤子をゆっくり抱きあげた。

「この子は、歌子の生まれ変わりだな。そっくりだ、きれいな顔をして」

布団に横たわる信子も、うるんだ瞳でうなずく。

「この子どもは、学校の跡とりだ。きっと丈夫に育てような、幸せな娘にしてやろうな」

晴弘は誓いの言葉のように、妻に語りかけた。

女の子は、お茶の水美容洋裁学校がいよいよ富み栄える礎《いしずえ》となれという願いをこめて、富栄と名づけられた。

晴弘は、富栄が生まれる六年前の大正二年、御茶ノ水駅に近い本郷区東竹町一七番地（現文京区本郷二丁目）に、日本で初めて文部省の認可をうけた美容洋裁学校を創立し、経営していた。

幼い歌子が急死したのち、三男の輝三男《きさお》も生まれていたが、家業を思えば女の子を望んでいた。

だがそうした胸のうちを、周囲にもらすことはなかった。

子どもが生まれるも、死ぬも、この世ならぬ力の采配《さいはい》である。わが子といえども、例外はない。晴弘は、その波乱の人生で、いくたびも痛感することとなる。

富栄は、晴弘四十歳、信子三十八歳のもとに生まれ、末っ子となった。

三人の兄に可愛がられ、父母の一人娘として育った富栄は、自分が人から愛される存在だと、なんの疑いもなく知っていた。

そのゆるぎない自信を生まれながらにもった娘は、人の愛情と好意は無尽蔵であると、つねに安堵《あんど》している。そのゆとりは、彼女が人にあたえる愛も、惜しみなく無尽蔵にする。

富栄が生まれた大正八年、津島修治は十歳。

青森県北津軽郡金木村の尋常小学校に無欠席でかよう体格のよい健康児であり、学業優秀にして、快活なガキ大将でもあった。

修治は明治四十二年（一九〇九）六月十九日、父源右衛門《げんえもん》、母タ子《たね》の第十子六男として県内屈指の大地主の家に生をうけ、なに不自由なく育っていた。

ただしすでに彼は、愛情と好意は、いつなんどき、急に失われるかわからない不確かなものであると理解していた。

物心つく前から昼は袂《たもと》をつかんでよりそい、夜は乳房をつかんで寝たキヱは、実母だと信じてうたがわなかったのに、母の妹だった。

病弱の生母からは一滴の乳もあたえられず、自分は乳母にわたされたことも、聞かされた。

やがて最愛の叔母キヱは、分家して津島家を出て五所川原へゆき、修治から離れていった。

修治が二歳のころから背におぶってくれ、不器用ながらもひたむきな愛をそそいでくれた子守のタケも、なにもいわずに、突然、去っていた。その朝、修治はタケの名を呼び、泣きじゃくった。

写真に残る少年修治の顔つきには、母の愛をもとめる切実な渇望がかいまみえる。いつも自分だけを見ていてほしい、ずっとそばにいると誓ってほしい、理不尽なほど甘えさせてほしい、世間という闇を手さぐりで歩いていくおそれから、すくいあげてほしい。

寂しい飢えの表情は、終生、作家のおもざしにつきまとった。

●大正二年（一九一三）　晴弘三十四歳　お茶の水美容洋裁学校創立

富栄の父は、明治十二年（一八七九）、三輪《みわ》晴弘として、東京市本郷区に生まれ、山崎源七《げんしち》、登ミ《とみ》夫婦の養子となり、山崎姓となった。

養父の源七は、小石川の軍工廠《ぐんこうしょう》に働いていた。ここは陸軍の軍需工場で、明治以後、日清戦争（一八九四〜九五）、日露戦争（一九〇四〜〇五）に勝利して軍事拡大をつづけた日本の武器生産の中核施設である。

小石川では、おもに小銃が製造されていた。品質の点で、従来の国産銃器はおとっていたため、軍部は、新型の連発銃、機関銃の開発につとめていた。

源七は、そうした国策の最前線で、一時雇いの職工ではなく、終身雇用を約束された技術のもち主だった。

軍事工場というと、現代人には殺風景なイメージがある。しかし小石川の工廠は、水戸藩邸跡にたてられた石づくりの優美な西洋建築で、東京みやげの絵ハガキに写真がのり、夏目漱石は、『こゝろ』に、若い先生の散歩道として描いた。跡地は東京ドームになっている。そうした軍工廠につとめる父は、晴弘の誇りだった。

晴弘は、日本橋の羅紗《らしゃ》（毛織物）問屋、雨宮商店にはいり、努力と商才を見こまれて二十代で支配人をつとめる。仕事がらおぼえた紳士服の仕立ての腕まえをいかして独立、本郷に洋装店をひらいた。

そして二十七歳になった明治三十九年十二月、黒川《くろかわ》信子と結婚した。

東京で美容師をしていた信子は、明治十四年、滋賀県八日市町に近い横溝村に、黒川勇助《ゆうすけ》、ぬいの長女として生まれた。勇助は「紅勇《べにゆう》」の屋号をもつ近江商人である。横溝村には、信子が生まれた茅《かや》ぶきの屋敷が昭和初期まで残っていた。

菩提《ぼだい》所の正圓《しょうえん》寺の記録にある勇助とぬいの戒名には、「院」「誉」「居士」「大姉」の号があり、経済力と信仰心をそなえた夫婦像がしのばれる。

所帯をもった晴弘と信子は、洋裁と美容というそれぞれの専門をもとに、大正二年（一九一三）四月、「東京婦人美髪美容学校」、のちに通称「お茶の水美容学校」

として知られる学校を創立する。

晴弘は、これからは女性も職業人としての技能を身につけ、知恵と能力を社会にいかすことが婦人の地位向上に、ひいては国の発展につながる、という新しい理想をもっていた。

当時の写真にうつる晴弘は、太い眉、高い鼻梁《びりょう》、くっきりした二重まぶた、ゆたかな口ひげをたくわえた姿勢のよい美男子で、背広には、上質な毛織物ならではの光沢があり、仕立てのよさがきわだっている。妻の信子は日本髪に、地味な和服である。

校舎は、御茶ノ水駅近くにあった。

駅から、神田川にかかるお茶の水橋をわたると、大正時代、正面は女子高等師範学校だった。

そこから東京帝国大学のある本郷へむかって、のぼり坂がつづき、右がわに順天堂病院、左に晴弘の学校があった。

いまは十階建てのマンションとなっているが、駅から近く、日あたりのよい高台の学舎に、第二次大戦前は、十代から三十代の女性たちが、国内はもとより、朝鮮半島、中国大陸からもあつまっていた。外地にわたった日本人家庭の子女が、自活の手段として、結髪術を学びにきていたのである。

経営者として、晴弘には先見の明があった。そのあかしが学校の政府認可第一号である。彼が教えた洋裁と美髪は、大正という時代がもとめる最先端の技術だった。そのころ、洋服はひろまりつつあったものの、まだ既製服はなく、仕立屋にたのむか自分で縫うしかなく、洋裁の腕は、洋装店でも家庭でも大いに重宝されていた。

女性の髪型も、大きな変化をむかえていた。

明治の鹿鳴館時代に、ドレスを着た日本の上流婦人がはじめた西洋風のアップスタイルが、明治後半から大正にかけて、きもの姿の市民にも浸透し、一挙にバリエーションがふえていた。つまり和装の女性の頭は日本髪から、さまざまな形の洋風のまとめ髪へかわったのだ。

ひさし髪（ポンパドゥール・スタイル）、耳隠し（七三にわけた前髪にマルセルウェーブをつけて耳をおおう）、夜会巻（大きくねじりあげて後ろで縦にまきこむ）、二百三高地（日露戦争で日本軍が激戦のすえ攻略した旅順《りよじゆん》郊外の高地にちなんだ名前で、頭のてっぺんを極端に高くしたひさし髪スタイル）、行方不明（髷《まげ》が見えない結いかた）といった新しい洋風のアップスタイルが生まれた。

さらに第一次大戦（一九一四〜一八年）後になると、長い髪を結いあげる伝統そのものから離れ、耳の下で短く切りそろえたおかっぱ、断髪が、モダンガールを象徴するヘアスタイルとしてはやった。

このように旧来の日本髪、西洋風のまとめ髪であるアップスタイル、断髪と、髪型が百花繚乱と咲きひらく世相に、晴弘は美容と洋裁の専門学校を創立したのである。

学校は大正デモクラシーによる民主化、自由な気風、職業婦人の増加、くらしの洋風化の気運にのって発展していく。

生徒は、常時二百名、多いときは年間八百名が修了。住みこみの内弟子も、八十人をかぞえた。戦時下の閉校までに卒業生は一万人をこえ、全国で活躍する美容界のプロを輩出した。

学校創立の大正二年、富栄はまだ生まれていない。

本郷にくらす長兄の武士は六歳、次兄の年一が四歳。

本州最北の津軽で、タケに絵本や童話を読んでもらっていた津島修治も、四歳だった。

年一と修治は、同じ年に生まれ、同じ旧制弘前高校に学ぶ。そのめぐりあわせが、戦後、富栄と太宰をひきあわせる運命をみちびいていく。

●大正十一年（一九二二）　富栄三歳

三つになった富栄は、ぽっちゃりして肉づきがよい。歌子が死んだ年齢だけに、おまさは神経質になって、生ものは食べさせない。のみ水も、沸かしざましの白湯《さゆ》である。

やれ疫痢《えきり》がこわい、コレラが心配だと、キュウリにナス、リンゴやナシまで火を通して食べさせた。

おまさの苦労のかいあって、富栄は風邪もひかず、腹もくださず、発育がよかった。

笑顔がよく、人なつこい富栄は、女生徒の人気者だった。

授業が終わる二時半になると、おまさの腕にぶらさがるようにして、おねだりする。自宅前の校舎へいき、父に会いたいのだ。

富栄は、おまさに手をひかれて階段をよちよち二階へあがり、廊下から、授業の教室をのぞきこむ。丸い目をくりくりさせて、戸口からおかっぱの頭を半分のぞかせたり、ひっこめたりする。

「いないいないばあ」をしているつもりなのだ。

それが女生徒たちの笑いをさそう。袖つけの仮縫いを教えていた父が、やっと気がつくと、富栄は丸いほっぺを光らせて、得意そうに胸をそらした。

三年前、この戸口から、おまさが手まねきして、娘の誕生を知らせてくれた。

あの日のおまさの紅潮した顔、生徒たちのはずむ歓声を思いだしながら、晴弘は、子どもが丈夫に育っていることに、敬虔な感謝の念をいだかずにはいられなかった。


富栄、三、四歳の写真が残っている。

三毛猫を胸にだいて頬ずりしながら、首をかしげて、ふっくらした顔と、甘えるようなつぶらな目を、撮影の父にむけている。

丈《たけ》の長い羽織と対《つい》のきものは、かすり模様の大きな花柄で、良家の子女のふだん着だった銘仙《めいせん》だろう。

しかし、羽織の前がひるがえってのぞいている裏地には、大きな雲とりと青海波《せいがいは》が友禅《ゆうぜん》で描かれ、子ども着にしては、しゃれている。

当時、カメラは、今ほどは普及していなかったが、新中間層と呼ばれたサラリーマンなどの新しい大衆にひろまりつつあった。科学的でモダンなものを好み、写真を趣味とした晴弘も、さまざまなスナップを残している。

それは写真屋が大型写真機で撮るあらたまった記念撮影とはちがって、子ども時代の富栄の日常、父娘のくつろいだひととき、恵まれたくらしをしのばせる。

たとえば、小学校にあがる前、六歳の富栄がスキーをする写真がある。

信州のスキー場のゲレンデで白雪に立つ富栄は、五本指の革手袋をはめた両手にストックをにぎり、頭に毛糸帽とゴーグル、首には幅広の毛皮のえりまき、ジャンパーにズボンという、本格的ないでたちだ。

子ども用の短いスキー板を、内またのハの字にして、腰のひけた、おぼつかない様子で、「おとうさん、こわいよ、これでいいの」とでも言いたげな不安げな表情をしている。まだうまく滑れないのだろう。こわごわした顔つきが、なんとも子どもらしく、かわいい。

富栄のまなざしの先には、愛娘がころばぬよう、気をくばって見守る父親が、彼もまたスキー板をはいて立ち、あたたかい目でほほえんでいた。

健康な子どもに育つよう、晴弘は、娘にさまざまな運動をさせた。冬はスキー、夏は海水浴、仙台の広瀬川で水遊び、十代になると、ハイキングと山登りもはじめた。

東京アルコウ会顧問、東京旅行倶楽部《クラブ》の会員だった晴弘は、富栄をつれて全国を旅した。

南は鹿児島から、中国、四国、関西、北陸、東海、信越、東北、そして北海道の洞爺《とうや》湖、室蘭、さらに朝鮮の京城《けいじょう》（現ソウル）、いまは北朝鮮にある観光名所、金《クム》剛山《ガンサン》、満州（中国東北部）まで出かけている。

「百聞は一見に如《し》かず、というんだ。富栄、よく見ておけよ。学校の生徒さんたちは、日本の国中からやってくる。土地によって文化がちがう、女の人が好むきものの柄や色、髪のかたちもちがうんだ。東京の流行りを、そのまま押しつけるような授業をしてはならんのだよ」

学校の跡つぎである富栄に、幼いころから、それぞれに多彩な各地の風土を、目でおぼえさせた。

実業家の父にとって、この旅は、「お茶の水美容学校」の名を津々浦々にひろめる宣伝旅行でもあった。

彼が執筆した結髪の教科書には、会津若松で、晴弘と信子が日本髪の結髪を実演した写真がのっている。

私は二十四分で花嫁の文金高島田を結いますが、みなさんも学習されましたら、同じ手早さで結えるようになりますと書かれている。その口上は、生徒をあつめるために、全土の実演でくりかえされた。

●大正十二年（一九二三）　富栄四歳

講堂さながらの大教室の高い天井に、扇風機がまわっている。そのしたに白衣の女性がゆうに百名はあつまり、二人ひと組になって結髪実習をしている。立っているほうが結い方《かた》である。白衣にネクタイをしめた晴弘は、結い方の手つきに目をひからせ、腕の異なる一人一人にむけて、それぞれ的確な指示を出す。だが、すわって頭を貸す側も、ぼんやりしているひまはない。教科書を読みかえして習得につとめよと、晴弘が声をかける。

四年間、指導をうけた山崎伊久江が自叙伝に書いている。

「「おまえ、いいか、どうだ、わかったか。こんなふうにするんだぞ。いいか」と、何としてでもこの者にこの技術なり方法を植え付けねばと、校長は一人ひとりに全身全霊を傾けて向き合おうとしていました。教える側にただならない本気の気迫があるので、生徒たちは緊張するものの、かといって怖い先生だなあという印象はなく、

「いいか、おまえたちは自分がやっていくしかないんだぞ。いくら教えても当の本人が本気で受け取らなきゃ、ものにはならないんだ。おまえたち次第なんだからな」

と真剣に叱ったり励ましたりしてくれる校長を、無条件に尊敬していました。」

熱血教師の晴弘が、どのような教育理念をもっていたのか。

それは、彼が著した四冊の教科書から、うかがい知ることができる。その教えはすなわち、富栄がうけたしつけだった。

『改訂増補　詳解婦人結髪術』（大正十四年）の緒言《しょげん》にある。

「本書発行の目的は、主として、余《よ》の経営する東京婦人美髪学校の日本髪科、生徒用参考書として著作したのであって、其《そ》の内容は、大正二年の四月に、著者が始めて結髪術の組織的教授法を創案してから今日までの十三年間、教授の余暇に研究し得た事項に過ぎないのではあるが、他の技術者からの聴書《ききが》きとは異なって、著者自らが結上げ、且《か》つ、撮影しては記述したのであるから、読者を誤らせる事は無いと云う自信を以《もっ》ているのである。」

晴弘は、もとは洋裁師であり、手さきは器用だが、髪結いはしろうとである。信子の手ほどきをうけて一から習得した。

その際、結髪を学ぼうにも、江戸時代と同じ徒弟制度しかなく、近代的な教育システムも、体系的に学習できる写真つきの教科書もないことを痛感した。

そこで、どんな初心者でも髪結いをおぼえられる教授法をみずから創意工夫し、教科書として著述したのである。

教科書は、結いかたのくわしい解説書で、未婚者むけの島田髷《まげ》、花嫁の文金高島田、銀杏《いちょう》返し、既婚者の丸髷、女児の桃割れ、さらに人気の洋髪を、百二十枚をこえる晴弘撮影の写真をそえて説明している。

特筆すべきは、その本題に入る前に、「人格の修養に就《つい》て」という項をたてている点だ。

「昔時《むかし》の結髪業者には、人格の劣等な人も多数に有りましたので、現時《いま》、長老《としより》の人から、之の職業を軽視される事は、誠《まこと》に遺憾《いかん》の至《いた》りでして、我々は斯様《かよう》な誤解を招《まね》かぬよう、人格の修養に勉《つと》めねばならぬと思うのであります。」

良家の子女は働くものではないとされた時代、女性の仕事はかぎられていた。そんななか、髪結いは、比較的、収入がよかったが、そのため逆に「髪結いの亭主」と揶揄《やゆ》のこもった言葉も生まれ、低く見るむきがあった。

そもそも江戸時代には、髪結いとは、男の髷を結う男性の仕事だった。一般の女たちは自分で髪を整えるものとされていた。

やがて文化の爛熟につれて、女の髪型は複雑かつ豊かな発展をとげ、女性の職業としての髪結いも定着したが、幕府は、贅沢華美を封じるために、女髪結禁止令を出した。

だが、庶民の女たちはおしゃれだった。髪をきれいに結いたいと願うものが多く、幕末には公然と女性の髪結いが仕事をした。

明治になると初めて女性の髪結いが公的に認められたが、大正になっても、試験、資格はととのわず、衛生の心得を欠くものも多かった。

三十四歳で第一号の美容学校をおこした晴弘には、髪結いを社会的地位の高い職業に変えねばならぬ、という情熱とプライドがあった。賤業《せんぎょう》とみなされることは、学校そのものへの軽侮でもあった。

彼は、美容師は、人格、医学的知識、技術の三つをそなえたプロの職業人たれ、と指導した。

医学については、衛生学、頭部の解剖学、消毒法を教えた。まだ抗生物質の発達をみず、腸チフス、パラチフス、百日咳、結核、ペストといった伝染病が、命とりになった時代である。頭にシラミの卵をもつ客も、まれにいた。

そこで晴弘は、クシとハサミの消毒、仕事着、手ぬぐい、足袋《たび》の洗濯と日光消毒を、くりかえし教本に説いている。

技術については、手先は三分にすぎず、脳が七分、つまり仕事はすべて頭を働かせて工夫することが肝要だと教えた。

「良い仕事は良い道具から」が信条で、道具は一流品を使わせた。

理髪バサミ、爪をととのえる金属類は、ドイツから輸入したヘンケル社製。

ミシンも、当時生産がはじまったばかりの国産ではなく、アメリカからシンガー社の舶来品を五十台そろえた。

髪をとくクシにいたっては、木曾の御岳山《おんたけさん》の産地に、みずからつげの木を買いつけにいき、クシ職人を指名して特注した。

教え子たちが巣立ち独立したのちも、店が繁盛するよう、サービス業としての教育も徹底した。

［誠心《まごころ》からの親切丁寧
親切、礼儀、注意の三つが欠けて、客の来なくなったのは、永久に快復《とりかえし》は絶望《つかないの》であります。（略）。客によって異なる趣味好尚《すきずき》も、特質《せい》奇性《しつ》も、美点も欠点も、よく察し、よく呑み込んで、調子を合《あわ》せ、気の置けない遠慮の出ないように仕向け、一《なに》から十《なに》まで気をつけ、痒《かゆ》い処《ところ》に手の届く様《よう》な扱いをして、新客が常得意《じようとくい》となるようにするのであります。」

ここに引用するにあたってルビの大半をはぶいたが、晴弘は、小学校卒の生徒も読めるように、すべての漢字に読みをふった。しかも、「快復は絶望であります」に、「とりかえしはつかないのであります」とあるように、かんでふくめるようなわかりやすさを心がけている。この丁寧な指導、校長みずからの細やかな目くばりも、学校が繁栄した大きな要因だった。

［生々《いきいき》した言葉と動作
客商売で繁昌《はんじよう》を望むには、是非《ぜひ》とも凡《すべ》てにキビキビした活気がなければなりませぬ。（略）、快《こころよ》いハッキリした言葉で挨拶《あいさつ》し、髪を結い始めましてからも、キビキビした動作《こなし》で出来得るだけ敏速《てばや》く、丁寧《ていねい》に結上げなければなりませぬ。」

この父の教えを、大人になった富栄は守った。

戦後、鎌倉の美容室で働いたころ、またのちに三鷹で太宰の秘書として多岐にわたる仕事を手伝ったころ、富栄の仕事が手早く、キビキビした立ち居ふるまいだったことを、周囲で見ていた作家、知人が書き残している。

巻末には、未知の読者の質問に応じるページももうけた。

「質問規定《ききあわせかた》

本書の項目中に於《おい》て、不了解《わからない》の処《ところ》が有ましたら、何回にても了解《わか》る如《よう》に応答為《おこたえし》升《ます》（略）。職業を明記して有りますと、其職業《そのしょくぎょう》の或《あ》る事項を引例《れい》として、解り易く応答致《おこたえいた》します。」

読者それぞれの質問に答えるために、授業と経営の両方をかかえる多忙な晴弘は、睡眠をけずって返事を書いた。

彼の誠意と情熱は驚異的ですらあり、髪結いを学びたいと志すものによせる親身の愛情が、教科書のどのページにもみなぎっている。

晴弘は、美容が、ビジネスとしても学問としても、飛躍的に発展する可能性をひめた業種であることも、早くから予測していた。山崎伊久江の本から、彼の言葉を引用する。

「わたしが今おまえたちに教えていることは、今現在のものだ。おまえたちが一人前になる十年、二十年先の時代のものを教えてやることはできない。これからは時代が大きく変わる。おまえたちは自分自身の手で学びつつ、道を切り開いていかなくてはならない。（略）たいへんな道のりになるかもしれない。しかし、それが本質的な美容の道の追求になるはずである。」

学校を修了した生徒にも、晴弘は指導をつづけた。「中外《ちゅうがい》美容」という雑誌を創刊し、頒布《はんぷ》したのだ。

「中外」という名のとおり、国の内外で流行のヘアスタイル、アメリカやフランス、イギリスの新しい美容術と機械を紹介して、卒業生のたゆまぬ技術の向上をうながした。

晴弘の熱意のこもった薫陶《くんとう》をうけた全国の教え子たちは、のちに「お茶の水会」

を結成する。

卒業生たちは、戦中の校長の困難はもとより、戦後の富栄の情死後、さらに晴弘亡き後においても、師の恩にむくいて、山崎家を助けることとなる。

この理想家にして熱血漢の校長、先見性があり努力を惜しまない実業家の父のもとで、富栄は育ち、美髪、洋裁、学校後継者としての英才教育をうけた。

四十歳でもうけた一人娘を、晴弘は可愛がったが、盲目的な愛ではなかった。富栄のおかっぱには、毎日、ハサミを入れて前髪を切りそろえ、しゃれた洋服も着せたが、世間体や見栄ではなく、平素よりおしゃれに装う心がけ、身ぎれいにする習慣を教えこむためだった。

二月の紀元節のお祝いには、人がふりかえるような友禅のきものに綸子《りんず》の被風《ひふ》を富栄に着つけ、頭はお稚児《ちご》髷に結ってでかけ、パレードを見学した。

十月の天長節の旗日には、父みずからが縫った臙脂《えんじ》色のビロードのワンピースを着せて、銀座の和光と洋食屋へつれていき、舶来の品々、ナイフ、フォークの料理と作法に親しませた。のちのち富栄には、英語、フランス語、ロシア語を学ばせることも決めていた。

男ざかり、働きざかりの晴弘には、高い理想がみなぎり、やがて学者のような風貌の紳士へ変わっていく。それでいて世話好きで面倒見がよい彼は、町内会の役員もひきうけていた。

一方、信子は、口数は少ないものの、堅実な実際家であり、学校では幹事、厳しい教師として脇をかためた。

二人はよき夫婦であり、最高の経営パートナーだった。晴弘の弟、留吉《とめきち》も副校長としてささえてくれた。

学校はますます栄えるかに見えた。

だがこの年、大正十二年九月一日、午前十一時五十八分、関東大震災がおきる。死者九万一千人、行方不明者四万三千四百人、全壊焼失家屋四十六万戸。

晴弘が十年かけて築きあげてきた学校は壊滅した。

最初の大揺れで、二階だて木造校舎の屋根瓦がすべり落ちるのが、窓から見えた。次の瞬間、地面でいっせいにくだけ散り、激しい音がした。

階下からも衝撃音が響いた。五十枚の大鏡が将棋倒しになって割れていった。

二階でミシンの糸のかけ方を説明していた晴弘も、女生徒たちも、立っていられず床にうずくまった。

揺れがおさまると、信子、留吉と助けあい、鏡でけがをした者、おそろしさに足腰のたたない者を手当てして運びだし、全校生徒をまず西隣の東京市給水所に避難させた。

それから晴弘は、とるものもとりあえず裏の自宅へ走った。十六歳になった長男の武士以下、三人の息子たちは始業式で登校している。そろそろ帰宅するころだった。

なによりも、まだ四つの富栄が案じられた。

玄関のガラス木戸はヒビ割れ、桟《さん》もゆがんでいた。ひこうが押そうが、びくともしない。晴弘はガラスを蹴やぶり、体当たりして飛びこんだ。

「おまさ、富栄!」肩で息をして、どなった。

あがり口の敷き板はめくれ、畳は波うっている。茶簞笥《だんす》は部屋を横切り、廊下に出て倒れていた。

天井から土ぼこりの落ちるなか、靴のままかけあがった。冷静なおまさは、台所でかまどの火を、くみ水で消していたが、鍋や皿が落ちて、足のふみ場もない。

「富栄はどこだ!」父は叫んだ。

おまさは凍りついた表情で首をふる。父は縁側へまわった。

「富栄、お父ちゃんが来たぞ」

返事はない。

二坪ほどの中庭にも、姿はない。小さな灯籠《とうろう》が倒れ、池の鯉が砂まみれになって土にはねている。

「富栄、お父ちゃんに返事をしてくれ」

「おとうちゃまぁ」仏間から、弱々しい泣き声が聞こえた。かたわらに、歌子の位牌がころがっている。富栄はもらしていたが、無傷だった。

歌子が守ってくれた……。父は片手で位牌をおがみ上着におさめると、尻の濡れた富栄をおぶい、おまさと表へ逃げたところへ、ふたたび地面が動き、自宅も校舎も不気味にきしんでかたむいた。

このころ、校舎から北へ六百メートルにある東京帝国大学医学部、薬学部、理学部では、化学薬品の転倒、落下による自然発火で、火災が発生。

晴弘の学校から神田川をわたった南の駿河台《するがだい》でも、昼飯を煮炊きする七輪やかまどの火に物が落ちて、家々が燃えていた。

高台にある学校から見はらすと、北と南の両方に黒煙がたちのぼり、炎が南風にあおられている。

道むかいの順天堂病院では、白帽白衣の看護婦につきそわれた入院患者が徒歩で、また担架にのせられて、避難をはじめている。ここ東竹町にも、火は押しよせると思われた。ちょうど武士、年一、輝三男も、泣きべそをかいてもどってきた。

晴弘は、放心している女生徒たちの人数点呼をして、全員を西へ三百メートルの元町小学校へ、さらに真砂《まさご》小学校へ、声をかけてはげましつつ誘導した。

午後三時、駿河台の大火は、お茶の水橋を導線のようにつたわって神田川を北へわたり、晴弘の校舎にも火の粉がふりかかった。その直前、気のきく留吉が、御真《ごしん》影《えい》と日本髪の装飾品を運びだし、蒔絵《まきえ》やべっこうのクシ、金銀珊瑚《さんご》のカンザシは焼失をまぬがれた。

しかし舶来ミシン、ドイツ製ハサミ、特注のつげグシ、金糸銀糸で刺繡した婚礼衣裳、晴弘が書いた教科書の在庫といった大半が、間にあわなかった。

炎につつまれていく校舎を、晴弘はなすすべもなく茫然と見ていた。

地震後の火災で、本郷区東竹町は、一戸をのぞく全世帯が焼失。晴弘の校舎と家屋は、灰燼《かいじん》に帰した。

地面に力なく腰をおろした晴弘に大きな灰が飛んできて、汗ばみ、すすで汚れた額に、はりついたが、彼はぬぐおうともしなかった。父の涙を、富栄は初めて見た。

●昭和二年（一九二七）八月　富栄七歳　津軽

［津軽富士と呼ばれている一千六百二十五メートルの岩木山《いわきさん》が、満目《まんもく》の水田の尽きるところに、ふわりと浮んでいる。実際、軽く浮んでいる感じなのである。したたるほど真蒼《まっさお》で、富士山よりもっと女らしく、十二単衣の裾を、銀杏の葉をさかさに立てたようにぱらりとひらいて左右の均斉《きんせい》も正しく、静かに青空に浮んでいる。決して高い山ではないが、けれども、なかなか透きとおるくらいに嬋娟《せんけん》たる美女ではある。］

太宰治『津軽』

まだ明るい夏の夕方、津軽平野を汽車が白い蒸気をあげてすすんでいく。八月の青田に強烈な西日が斜めに照りつけて、熱気とともに、柔らかな実をつけたイネの匂いが鼻先にたちのぼってくる。

小学二年の富栄は列車の窓から頭をだして、胸いっぱいにすいこんだ。

富栄が汽車の窓から顔をだすたびに、やれ危ない、煙で髪がすすける、白い帽子が汚れると、おまさは叱ったが、上野を発《た》ってからいよいよ弘前《ひろさき》の年一兄ちゃんに会えると、はずんでいる富栄の胸のうちを思って、もうなにも言わなかった。

富栄は、晴弘とおまさにつれられ、夏休みを利用して青森を旅していた。旧制弘前高校（現弘前大学）の寄宿舎にくらす年一に会いにいきたいと、富栄は前々からたのんでいたのだ。母の信子は幹事として、御茶ノ水の学校に残っていた。

晴弘、富栄、おまさの三人は、年一とともに弘前城とねぶたを見物してから、青森市、浅虫温泉へ、帰りは南へ下って大鰐《おおわに》温泉、十和田湖畔に泊まって、お盆には本郷の自宅にもどる予定である。

旅の先々で、晴弘は、学校の宣伝をかねた結髪実演もひらくことになっていた。髪結いの七つ道具が、革カバン三つにおさまっている。

弘前駅では、そろそろ年一が改札口から首をのばしているころだろう。

富栄は、風に吹かれた髪に手をやり、小さなクシをポケットからだしてとかした。ひさしぶりに兄ちゃんに会うのだ。はりのあるコットンピケの白い半袖ワンピースに、おそろいの生地で仕立てた帽子をおかっぱ頭にのせて、めかしていた。女の子らしくなったところを見てほしかった。

晴弘は麻のシャツに粋なパナマ帽。年上のおまさは、夫婦に見られぬよう気をつかって、黒い明石《あかし》縮《ちぢみ》に博多の夏帯で地味なこしらえである。

五十二になるおまさは、もとは青山の金物屋の四女で、若くして夫に先立たれて山崎家に住みこみ女中として入ったが、江戸時代に生まれた威勢のいい祖母《ばあ》さんに、「隅田川から先は鬼が棲《す》むんだヨッ」とおどかされて育ったクチだから、最初は青森ゆきに乗り気でなかった。

しかし可愛い富栄嬢ちゃんのつきそいとあらばと、腕まくりして旅じたくをした。

富栄の荷物だけでも、寝巻きの浴衣に腹巻き、汗とりの手ぬぐい、汗もよけの天《てん》花粉《かふん》、蚊とり線香、ロウソクにマッチ、懐中電灯に電池、正露丸に傷薬、新薬パブロン、汽車のすすとり目薬、虫さされに塗るキンカン、歯ブラシ、石けん、おやつのサイコロキャラメルに、ボンタンアメ、夏蜜柑にゆで卵……。大きなトランクが網棚に寝そべっている。

年一への東京土産は富栄が選んだ。マリービスケット、トランプ、型染めの新しい浴衣、楊柳《ようりゅう》の夏肌着、桐下駄、おまさが漬けたなじみの味の梅ぼし、大森の海苔、浅草煎餅《せんべい》、雑誌にレコード、手品の本。

青森県に入ると、ブナの森がつづいてひわ色をした葉が透きとおるのも、小さな林檎が実っているのも珍しかったが、津軽平野の水田にそびえる山に、富栄は言葉もなく見惚《みと》れた。

「岩木山だ」晴弘が教える。

年一兄ちゃんは、帰省するたびに、「見ているこちらの心を清めてくれるような美しい山がそびえているんだよ。冬は白い雪をいただいて銀色に光るんだ」と言って聞かせてくれた。

東京生まれの富栄は、富士山より偉い山はないと思っていたが、夏の岩木山の青々と盛りあがった山肌の豊かさ、なだらかな優しい稜線に、心をうばわれていた。

年一は、富栄のいちばん好きな兄ちゃんだった。長兄の武士は中央大学の学生で、もはや一人前の男である。遊び相手にはなってくれない。三兄の輝三男は年は近いが、もの静かな本好きで、始終、小説本や少年雑誌に顔をつっこんでいる。次兄の年一は快活で、富栄とウマがあい、「トンコ」と呼んで可愛がってくれた。

その呼び名は、富栄がカトリックの幼稚園にかようころについた。

「おまえはころころ肥ってるから、富栄じゃなくてトンコだ。おい、トンコ」

「そんなら年一兄ちゃんも、トがつくからトンキチだよ」

「こら」富栄のおかっぱ頭をかきむしってから、きゃっきゃと笑う富栄を抱きあげ、高い高いをする。

年一は兄弟中で、もっとも成績がよく、白山《はくさん》の京華《けいか》中学時代より東京帝国大学をめざしていた。だがガリ勉ではなく、学校が忙しい父母にかわって、妹の面倒をよく見た。

幼稚園に通う富栄がひらがなをおぼえるように、カルタ遊びをしてくれたのは中学時代の年一だ。「犬もあるけば棒にあたる」「論より証拠」……。時計の読みかたも、数え歌も教わった。

正月は羽子板遊びをしてくれ、三月はひな祭りの飾りつけを手伝ってくれる。ままごとにつきあってくれるのも年一だった。五月、ツツジの花びらのごはんを、富栄が欠けた茶碗にもると、庭のゴザに正座した年一は、舌を鳴らして食べたふりをして、満足そうに腹までなでてみせる。

「ああうまかった。トンコはいいお嫁さんになるぞ。兄ちゃんのお嫁さんになるか」

「うん」

富栄は、父に叱られると年一の部屋へまっさきにかけこみ、ころんで膝坊主をすりむいても、地べたに倒れたまま、「年一兄ちゃん」と呼んで泣く。すると年一は、膝につばをつけて、チチンプイプイ、もう痛くないぞとあやしてくれた。

そして今、車窓から津軽の稲田を見ながら、年一兄ちゃんと会ったらなにをするか、なにを食べるか、その話ばかりしている富栄に、夏衣のおまさが扇子であおぎながら、抜けた歯を見せて笑った。

「やっぱり富栄嬢ちゃんは、兄ちゃん子ですよ」

はしゃいでいる愛娘を、晴弘も機嫌よく見つめた。

そのころ、本郷では、お茶の水美容洋裁学校の鉄筋校舎建設がすすんでいた。関東大震災の火災で、創立十年の学舎は全焼したが、四十四歳の晴弘はくじけなかった。むしろふるいたった。

やっと全国に学校の名がひろまり、生徒がふえてきたところだ。二代目となる富栄のために、父は獅子奮迅の働きをして、早くも震災翌月の十月には、焼け跡に、仮の木造校舎をたてた。

「事業というものは継続せねばなりません。学校経営もしかり。震災後も、授業を継続してこそ、毎年、全土より、とぎれることなく入学生があつまるのであります」

さらにこの夏は、耐震構造の地下二階、地上三階の最新式鉄筋コンクリート校舎を建造していた。

ふたたび大地震がおそおうと、たとえ戦争がおきようと、生徒と家族のいのち、学校の財産を守らねばならぬ。校長、家長として、晴弘は、肝に銘じていた。

富栄がかよっていた本郷元町小学校も、帝都復興事業として、水洗トイレ完備の三階だて鉄筋コンクリート校舎を建設中であり、東京市が巨額の予算をあてていた。たいして民間人の晴弘は、私財で鉄筋三階の校舎をたてられる資産家だった。ちなみに、そのころに建設予定がもちあがり、昭和九年に完成した軍人会館（現九段会館）建造に、晴弘は高額の寄付をして、帝国在郷軍人会から感謝状をおくられている。

昭和二年十月、美容洋裁学校の鉄筋校舎は落成、山崎家は晴れの日をむかえ、記念写真をとった。

道路に面した校舎は、南にむいて入口があり、黒い看板に金色で「東京婦人美髪学校」「文部省認可」とある。その金文字が、明るい日をあびて輝いている。

玄関の左右から、日章旗のさお二本を交叉させ、下に関係者がならんだ。

前列に校長の晴弘、となりに幹事信子が黒羽織であらたまっている。うしろに長男武士、次男の年一は弘前で不在であり、三男の輝三男、晴弘の弟で副校長の留吉、会計の富田宗孝《とみたむねたか》らがいた。

小学二年の富栄は、校長に手をそえられて前列中央にたち、真正面をむいている。これが富栄が背おい、また周囲から期待される未来の責務を象徴していた。

校舎の一階は結髪美容科、二階は洋裁科、三階は衣紋《えもん》科と自宅だった。

一階には大鏡と髪結い道具が百人分、二階には五十台の足ぶみミシン、服地に型紙、三階には着つけ実習の和服、婚礼衣裳、十二単がそろっていた。富栄がになう未来の美容学校は、ますます繁栄するはずだった。

ところが、地下二階構造をもつこの頑強な建物は、仮想敵国による空襲を意識しはじめた軍部の目にとまり、逆に学校が衰退していく発端となっていく。

その運命の皮肉を、この日、記念写真におさまる晴れやかな一家は知らなかった。

新校舎が完成すると、晴弘は、富栄の指導に本腰をいれた。

小学校にあがるころより、富栄は、身近に接する女生徒たちの影響をうけて、西洋人形の髪をこのんで結っていた。人形の金髪に、レースのリボンを飾りながら、

「いかがですか、お客様、リボンがよくお似あいですよ」

客に見立てて、声までかけている。

晴弘が運針のぐし縫いを教えてやると、はぎれで人形の服を手縫いした。袖なしの簡単なワンピースだが、すそにフリルがついている。晴弘は、富栄が器用なのにくわえて、ものおぼえがよくて利発であること、自分で工夫する知恵のあることを見ぬいていた。

所作を美しくするためかよわせている日舞も、そこそこ様になっていた。美容学

校の演芸会で舞台にたたせても、物おじしない。肩あげをした晴着をまとい、扇子や和傘を手にして舞う姿は、女生徒たちの拍手喝采をあびた。

富栄は、満場の歓声を堂々とうけとめた。客席の中央へむけて優雅にお辞儀をすると、次に、左へ、右へ、大きく笑みかけながら頭をさげる。わが子ながらあっぱれだった。この子は舞台ばえする。度胸もすわっている。

といっても、女生徒にちやほやされ、横柄で、自慢げなうけ答えでもしようものなら、その場で有無を言わせず叱った。

セーラー服の富栄が小学校から帰ると、下校する女生徒たちが呼びかける。

「富栄ちゃん、お帰んなさい」

「富栄ちゃん、あめ玉あげる」

「おはじきあげる」

「ありがとうございます」父にしつけられた通り、両手をひざにそろえてお辞儀する。

いい気分になった富栄が三階の自宅へあがると、学費のはらえない家庭からきた内弟子の寄宿生が、廊下をぞうきんがけしている。授業料を免除されるかわりに、校舎の掃除、授業で使う手ぬぐいの洗濯、アイロンがけ、寄宿生の炊事をするのである。

あかぎれの手をした寄宿生にも、晴弘はわけへだてなく礼儀正しい口をきいた。

ところがある日、寄宿生の一人が「お帰りなさいまし」とあいさつしたものの、富栄は返事をしなかった。通りかかった晴弘は、娘の丸い頬を、ぴしゃりとうちつけた。富栄はみるみる泣き顔になった。

「内弟子さんに、だんまりとはなにごとだ。内弟子さんは、家の事情で学費をはらえないものの、それでも髪結いを習いたいと、掃除洗濯をしながら勉強をする熱心な生徒さんです。富栄は両手をあわせて感謝せねばならぬところを、逆に下に見ているな。どんな思いで内弟子さんが夜明け前から表をはき、夜は遅くまで実習のふきんをつくろっているか、わかっているのか」

「ごめんなさい、おとうちゃま」

「私にではなく、この内弟子さんに謝りなさい」

「ごめんなさい」富栄はセーラー服のひざを廊下につけて正座し、両手をついて謝った。

寄宿生が恐縮している前で、晴弘は言った。

「富栄、校長室へきなさい」

しつけに校長室を使うのは、「おとうちゃま」と言って甘えがでないようにするためだった。白布をかけたイスに腰をおろした晴弘は、おだやかに言って聞かせた。

「いいか、お屋敷の奥さまからいただくおぐし代も、横町の長屋のおかみさんからいただくおぐし代も、同じお金だよ。美容師はお客さまを区別してはなりません。すべての人に平等に親切に接しなさいということです。美容院のなかだけではありません。学校でも、お外でも同じです。富栄には、そうした有徳の女性になってほしいのです。それが父さんの、いや、本学校長の望みです」

富栄は、最後にはしゃくり上げて泣いていた。むずかしくてよくわからなかったのだ。けれど夏休みに、年一がひざにのせて話してくれた言葉を思い出していた。

「父さんは、トンコにいちばん期待してんだよ。うちは女の商売だろ。だから父さんは、おまえにいちばん厳しいんだよ。トンコは山崎家の跡とりだ。兄ちゃんも、たよりにしてんだぞ」

年一の広い額、優しい目がまぶたに浮かび、富栄は泣きやみ、涙を袖でぬぐいながら、父の言葉をかみしめた。

「富栄には、そうした有徳の女性になってほしいのです。それが父さんの、いや、本学校長の望みです」

その年一は、年が明けた昭和三年三月、東京帝大の受験勉強のために本郷へもどってきた。富栄の喜びようといったらなかった。ところが年一は、原因不明の高熱をだした。

三つで歌子を亡くした晴弘は、すぐさま自宅前の順天堂病院にはこびこんだが、治療の甲斐なく意識不明となり、葉桜のもえる四月十日、年一は急逝した。髄膜炎だった。脳と脊髄をつつむ髄膜に炎症がおきる病気で、抗生物質が開発される前は死にいたることが多かった。

期待の秀才を十九歳で喪い、晴弘は妻と泣きあったが、通夜では、弔問客に礼をつくして気丈なところを見せた。

しかし富栄は人目をはばからなかった。

「兄ちゃん、もいっぺんトンコって呼んで！　兄ちゃん！」

帰ってきた年一の遺体にしがみついて泣きじゃくる八つの富栄が、通夜客の涙をしぼった。

夭折《ようせつ》した年一への思慕は、遠い日につんだ花のように富栄の胸に生きつづけ、戦後、亡き兄のよすがをもとめて、同じ高校を出た太宰に会いにいく。それが二人の出逢いとなる。

昭和二年、津島修治は十八歳。背丈は百七十センチをこえ、ほりの深い大人びた風貌の美青年である。近眼の丸メガネをかけている。

この春、県立青森中学を第四席の優秀な成績で卒業し、弘前高校に進学。親戚の藤田豊三郎《ふじたとよざぶろう》宅に下宿して、庭を見おろす二階の明るい六畳間にくらしていた。

多額納税者の貴族院議員だった父は、すでに東京の病院で他界していた。

高校にはいった修治は、当初、金ボタンの光る黒いつめえり服、制帽、編みあげの革靴をはき、良家の子息らしい身なりで通学していた。

ところが七月下旬、崇敬していた芥川龍之介が「ぼんやりした不安」という言葉をのこし、満三十五歳にして服毒自殺する。

中学時代より、芥川龍之介、菊池寛、井伏鱒二、志賀直哉を愛読して作家をこころざし、同人誌「星座」「蜃気楼」を創刊、精力的に小説を発表していた修治は、衝撃をうける。

自死への甘い願望をおぼえて下宿に閉じこもり、八月は、金木村に帰省せず、弘前に残った。ちょうどその夏、富栄は修治のいる弘前を旅したことになる。

八月上旬、修治は、夏紬の着流しに角帯をしめて、下宿近くに住む元芸者、竹本咲栄、三十六歳のもとにかよい、義太夫節をならった。もともと津島家は、歌舞伎、芝居を好む家風である。また弘前では義太夫節が流行っていた。

義太夫節、つまり浄瑠璃は、話し言葉である。語り口調でつづられ、読む人に、まるで自分だけのために紡《つむ》がれた告白のように錯覚させる太宰の文体の萌芽は、このあたりにもある。

さらに昭和二年より、修治は中学時代をすごした青森へ、週末ごとに弘前から汽車で遊びにでかけては外泊するようになり、青森港に近い花街で、「玉屋」の芸妓、紅子《べにこ》と知りあう。

のちに東京で太宰とくらす小山初代《おやまはつよ》である。

背が低く、ふっくらした丸顔に、まつげの長い垂れ目が愛らしい紅子は、義太夫三味線を、バチを力強くはじかせて弾いてくれた。

この年九月、修治と紅子は結ばれた。

青森浜町の芸者は、謡《うた》い、舞い、三味線をもっぱらとし、客と枕を重ねるものは多くはなく、「浜町女学校」とも呼ばれていた。また紅子は、芸妓の一枚鑑札であり、芸妓と娼妓をかねる二枚鑑札ではなかった。

三歳年下の紅子は生娘であると、大人ぶってはいても無垢な修治は、のちに同棲するまで信じこんでいた。

十八歳の修治は、文学と肉欲、死への甘美な誘惑とマルキシズムにゆさぶられていた。

当時、共産主義は非合法だったが、知的な青年たちには、階級社会を糾弾する左翼活動がひろまり、とくに旧制弘前高校ではさかんだった。

大地主の家に生まれ、小作人を搾取して、富を享受している修治は、中学までの明るい優等生から一転して、自分の存在意義をうたがう悩みをかかえる。

二年後の昭和四年十二月、地主と小作の争議をとりあげた小説「地主一代」の連載第一回を書きおえた深夜、下宿先の藤田宅で鎮静催眠剤カルモチンを多量に嚥下《えんか》。昏睡状態となり、自殺未遂さわぎをおこした。翌日は、高校の期末試験だった。

第二章　花嫁

●昭和十二年（一九三七）　富栄十八歳

晴弘は、結髪用の白衣を着た娘の後ろにまわり、手ぬぐいで目隠しをした。

「なにも見えないか」

「はい」

晴弘はもう一度、手ぬぐいをきつく結ぶと、校舎一階の実習室に響きわたる太い声を発した。

「本日は、島田髷をひととおり習得されました上級のみなさんに、目隠しの実習であります」

目隠しという妙な言葉に、箸《はし》がころんでもおかしい年ごろの娘たちは吹きだしそうになったが、真剣な晴弘に気圧《けお》されて、笑いをのみこんだ。

「お輿《こし》入れの花嫁さんを前にして、ゆうべ目をけがしたんで、おしたくはできません、では、一人前の美容師と言えましょうか。今は若いみなさんも、この先、年をかさねて、視力が弱るやもしれません。目をけがしようと、たとい失明しようと、美容師として、ひとりだちできる確固たる腕を身につけてほしいのであります」

まずは、初歩的なひさし髪（ポンパドゥール・スタイル）を練習することになった。

教室の前で目隠しをされた富栄は、両手をゆっくりのばして、すぐ前にすわる客役の女生徒の頭頂部をたしかめた。そこから左右に指をすべらせて両耳、生えぎわ、えり足をたどり、それぞれの位置をおぼえると、口にくわえたクシを右手にとり、髪の下梳《したす》きをはじめた。

つづいて女生徒たちも二人ひと組になり、片方が手ぬぐいで目をおおった。二月の東京は雪がふっていたが、実習室は私語もなく、静かな熱気がこもっていた。

その夕方、父は富栄にさらなる特訓をした。左手で結うのだ。

「右手をけがしても、左手で仕事ができなければならない。富栄がこれから教える生徒さんには、左利きもいるだろう。いつなんどきも完璧な仕事をする。いいか、それが顧客をかかえた美容師の責任であり、指導者の務めなんだぞ」

富栄は練習用のかつらをくしけずりはじめたが、上級者コースにいる富栄でも、利き腕ではない左手だけで結うのはむずかしかった。結んだ髪をしばるときは、口を使った。ひものはしを歯でかんで、左手でひきしぼろうとするが、髪がばらけてしまう。よだれもたれる。

富栄は、和紙を唇にはさんで、つばの湿りをすわせつつ、ひもを結んだ。父はなにも言わない。娘が自分でコツをつかむのを待っている。富栄は涙ぐみながら練習をつづけた。

父の指導が厳しかったからではない。負けず嫌いの富栄は、思うように結えない自分の未熟さが悔しくて泣けるのだった。

その夜、遅くまで実習室で試行錯誤している娘のもとへ、信子は、餅をやいてはこんだ。

昭和十二年三月、錦秋高等実業女学校を卒業した富栄は、美しい娘へ成長していた。

その年に撮影された日本髪の写真を見ると、色白のうりざね顔に、鼻すじがとおり、奥二重まぶたの目もとには、学校の後継者となる清らかな決意さえ感じられる。

大きな紗綾形《さやがた》紋様の銘仙に、白い染め帯、鹿の子《かこ》しぼりの帯あげという普段着であるが、島田髷が、匂うような娘らしさをひきたてている。正面に蒔絵のクシ、右うしろに玉簪《たまかんざし》、左前に彫金の簪をさした姿は、風格も漂う。

だが彼女はまだ、みずからの美しさに気づいていない。ただ学ぶことに懸命だった。

日中は、本郷金助町の日本大学付属の外国語学院にてロシア語を学び、父のもとでは、結髪、洋裁、衣紋道にはげんでいた。

当時、学校には三人の優秀者がいて、晴弘はそれぞれの将来を期待していた。一人は、福島県安積《あさか》の地主の娘遠藤なみ（のちの山崎伊久江）十九歳、もう一人は、仙台にいる信子の弟嘉治郎の娘で、富栄のいとこにあたる黒川つた、そして富栄である。

年若い三人は、腕を競いあっていた。

つたは、この春、三兄輝三男の妻となり、山崎家に入籍することになっていた。

女学校を出ている頭のいい遠藤なみは、晴弘の指示で、英語を学んでいた。ウェーブやパーマネントは、アメリカから入ってくるからである。肉づきのいい体、意志的な目をしたなみは、粘り強く、腕もたしかであり、晴弘は高く買っていた。甘やかしたつもりはないが、お嬢さん育ちで図太さに欠ける富栄とちがって、なみには現実的な強さ、根性、野心もある。晴弘は、なみを結髪科の講師に任命した。

富栄はさとった。もはや暢気《のんき》に甘えた一人娘ではいられない。父母が永年にわたり習得してきた技術をひとつ残らず学びとろう。


その一つが衣紋道である。

平安にさかのぼる十二単と束帯《そくたい》の着つけ、おすべらかしの髪結いに晴弘と信子はすぐれ、宮中の儀式に参内する華族、女官に奉仕していた。衣紋道とは、単なる着つけではなく、儀礼にのっとった正しい作法、手順にしたがう着つけ道である。

晴弘は、これはと見こんだ生徒にのみ衣紋道を教授し、毎年、学校行事として「有職故実《ゆうそくこじつ》研究発表会」をひらいた。元米沢藩主の上杉伯爵家から委託されたもよおしで、さまざまな襲《かさね》の十二単とおすべらかしを披露するものである。

十八歳になった富栄は、舞台ばえする容姿と度胸をかわれて、モデルをつとめ、白い化粧をほどこし、長いすそをひいて舞台をみやびに歩いた。

目の前に居ならぶ来賓は、政府高官、各国の大使館、領事館からまねいた外交官、日本画家、学者、音楽家といった文化人である。

幾重にもつらなる織りの衣は量感をともなって重く、長い袴《はかま》、うしろにのびる裳《も》は歩きにくい。つけ毛のおすべらかしの頭も不自由だったが、富栄は、だれにも真似できない父母の着つけのたしかさ、王朝の伝統を理解しつくした仕事ぶりにおそれいっていた。

十二単姿の女性の写真が、三枚、残っている。戦前の学習院女学部で、皇族、華族の令嬢の前で、晴弘と信子が実演して着つけたものである。

衣裳は、髙島屋呉服店（現髙島屋百貨店）に依頼して、平安装束に忠実に、地紋を織りだした光沢ある正絹地を、紅花《べにばな》、紫根《しこん》、蘇芳《すおう》、梔子《くちなし》、丁字《ちょうじ》といった天然染料で草木染めにしてから仕立てた特注品で、ひとそろい六百円以上した。それを四季折々の色目の襲ごとに何枚もあつらえていた。


晴弘は、つねづね語っていた。

「美しさは、目に見える姿形だけでなく、内面から光り輝くものです。美容師は、お客様の心のあたたかさ、優雅さ、知性を引きだす仕事であります。それには美容師本人が、心のあたたかさ、優雅さ、知性をそなえておらねばなりません」

「美を追いもとめる美容師は、この世の美しいもの凡《すべ》てを学ばねばなりません」

父は富栄に、茶道、華道を習わせた。

一流の美容師になるには、文学を豊かに味わう知性と感受性も大切である。また美とは、目ではなく、心で鑑賞するものであり、心理学も必要であろう。

娘を慶應義塾大学に聴講生としてかよわせた。三田の学舎で、富栄は、戦後、東宮《とうぐう》（当時の明仁親王）の教育参与となる経済学者小泉信三の講義もうけている。

父は、日本画の展覧会、和装洋装の一流人がつどう帝劇のオペラ、歌舞伎座にも、自慢の美しい娘をつれていった。後継者としての自覚がうまれた富栄は、喜んで父とでかけ、すべてを吸収しようと、ノートを持参してメモをとり、ドレス、髪型をスケッチした。

富栄は、自宅に近い東京神田YWCA（キリスト教女子青年会）で英語を、神田駿河台の外国語専門学校アテネ・フランセにてフランス語も学んだ。

昭和十一年、宇野千代と北原武夫が、日本で初めてのファッション雑誌「スタイル」を創刊して、はやりの洋服、帽子、和服、化粧、ヘアスタイルを紹介していたが、まだ海外ファッション誌の翻訳版はなく、本場の流行と技術を知るには、外国語の素養がもとめられたからである。

丸の内では、「アメリカ帰りの美容師」と呼ばれた山野千枝子《やまのちえこ》が、丸ビルに美容室をひらいていた。作家吉行淳之介の母あぐりは、ここで洋髪を学んでいる。

その洋髪も、かつてのように長毛をアップにするたばね髪でなく、断髪だった。

大正なかば、「毛断蛙《モダンガール》」と当て字をしてポンチ絵に揶揄された断髪は、昭和にはいると、その簡便さでひろまり、肩で切りそろえた毛先をカールさせるスタイルが流行していた。パリで開発されたマルセルウェーブである。

富栄は、炭火で熱した鉄の焼きごてや電気アイロンをあやつり、つたを練習台にして、髪を巻いた。

お手本は、フランスやハリウッドの白黒映画だった。ダニエル・ダリュウの優美なカール、グレタ・ガルボの短髪、マレーネ・ディートリッヒのえも言われぬ美しく輝くウェーブに、うっとり見とれながら、ほの暗い映画館で鉛筆を走らせてノートにスケッチした。

パーマネントウェーブも日本にはいっていた。アルカリ液で毛髪のタンパク質を変質させてから巻いた髪に電熱をあたえると、カールを数か月たもつことができる。そこから英語で、パーマネント、「永久不変のもの」と呼ばれた。

だが米国製のパーマネント機は一台千円、説明書も英語だった。公務員の初任給七十五円のころ、晴弘は舶来のパーマネント機を買いいれ、富栄、つた、なみに使いかたをおぼえさせた。

ちなみに、昭和十一年、都下に美容室を何軒かひらいていた美容家山野愛子は、夫とともに国産パーマネント機の開発製造、販売、指導にのりだす。その国産機は七百円で販売され、昭和十五年（一九四〇）、東京に七千軒あった美容室のうち、パーマ店が八百五十軒におよぶほど人気をあつめていた。

新しいパーマ、衣紋道、ロシア語、英語、フランス語……。富栄は父の期待にこたえようと、寝る間も惜しんで勉強した。

夢は、外国航路の客船に美容サロンをもつことだった。旅客機のない当時、商用や留学の渡航は、すべて船旅だった。横浜からサンフランシスコへわたる豪華客船、浅間丸も人気をあつめていた。数週間、ときには数か月かかる旅が終わり、上陸する前に、女性たちは髪を切り、パーマをかけるだろう。需要はあるはずだ。世界各国の富裕層に、パーマ、セット、マニキュア、メイクをしよう。

だが、この年、昭和十二年七月、日中戦争がはじまる。昭和六年の満州事変より大陸に進出していた日本軍と中国軍が盧溝橋《ろこうきょう》にて衝突したのが発端である。

靖国神社や街角には、千人針をもとめる銃後の妻や母がたち、師走は南京《ナンキン》占領を祝う提灯《ちょうちん》行列にくれていった。

●昭和十三年（一九三八）　富栄十九歳　銀座の美容師

「つた姉さん、見て！　お湯のでる洗髪台よ、ああ、あったかい」

富栄は目を輝かせてふりむき、つたに抱きついた。開店をひかえた銀座二丁目の美容院オリンピアに、富栄、つた、晴弘、信子がそろっていた。

銀座通りの松屋百貨店前から一本はいった店は、正面が、床から天井までガラスばりで、五月《さつき》の陽があふれんばかりに射している。革のひじかけイスが鏡の前にならび、パーマネント機も五台あった。高い天井からシャンデリアが長くさがり、階段をのぼると、二階はマニキュアとペディキュア、美顔マッサージ、化粧、お召しかえ室もある。

晴弘念願の二号店だった。御茶ノ水には叶《かのう》美容室があったが、学校修業生の練習店でもある。東亜でもっともしゃれた人々が集まり、老舗《しにせ》、名店、一流店が軒をつらねる銀座に、最先端の美容室をひらく、しかも晴弘が一から指導した娘と嫁のつたを経営者としてすえる。

学校をはじめてより二十六年、長年の夢がかなった晴弘は感無量のあまり、かえって言葉も少なく、真新しい電髪機をひとりでなでていた。

富栄は美容師として一本立ちできる技能を身につけていた。つたも腕がよく、小麦色の肌に、うるんだ大きな目をした印象的な美女で、銀座にふさわしかった。

「オリンピア」という店名は、この年に公開された同名のドイツ映画にちなんでいた。一九三六年のナチス政権下にひらかれた、ベルリン・オリンピックの記録映画である。

二年後の昭和十五年には、東京オリンピックが予定され、帝都民は、日本初のオリンピックにわきたっていた。しかし日中戦争激化により、この年七月、政府は中止を決定。まぼろしの祭典となる。

そうした戦時下に、富栄は、銀座の美容師となった。芸能プロダクションと契約をむすび、ヘアスタイリストとして現在の東映の大泉撮影所、蒲田の松竹撮影所にもかよった。

「愛染かつら」（田中絹代、上原謙主演）が公開されて大ヒットしたのは、この昭和十三年であり、映画産業はまださかんだった。

富栄は俳優の髪をととのえ、衣裳を着つけ、カットごとに、顔に浮いた脂《あぶら》をとって白粉《おしろい》をはたき、着物のえりと帯を直した。短い時間に手ぎわよく仕事をする富栄は重宝された。

富栄は娘時代を謳歌《おうか》していた。ときには奮発して煉瓦亭《れんがてい》でコンソメスープとポークソテーを食べ、酒をださないカフェとしてひろまった喫茶店でケーキとコーヒーを味わった。まだ砂糖は手にはいり、木村屋でへそに桜の塩づけがのったあんパンにかぶりつき、梅園《うめぞの》であんみつに舌鼓をうった。明治屋でチョコレートも買ってかじった。

男装の麗人ターキーこと、水の江滝子の大ファンで、松竹少女歌劇団の華やかな舞台にかよい、東京宝塚も好んだ。築地で新派を、有楽町で映画も見た。観劇する前の日は、夜遅くまで電灯をつけてワンピースを縫い、通りがかりの巡査に注意をうけた。

そんな時代だったが、仕事を終えた夕ぐれには、つたと薔薇の咲く日比谷公園へむかい、水色のワンピース、白いヒールの夏靴でそぞろ歩き、アイスキャンデーをなめ、仕事を忘れてたわいもないおしゃべりに花を咲かせた。

そんな年ごろの富栄を見そめて、嫁にしたいと申しこんだ和菓子屋の跡とり息子がいた。晴弘は反対した。和菓子は好物だが、その店先にすわらせるために娘を教育したのではないとことわって、先方が気を悪くすると、信子が丁重なおわびをしたためた。


そのころの富栄が、神田区の友人にあてた数枚の葉書を、神奈川近代文学館が所蔵している。

差出人は「京橋銀座二―四　やまざきとみえ」、切手の消印は、昭和十六年七月二十八日、「貯蓄報国」と印刷された愛国葉書である。

文面には、書物からひいた言葉を、万年筆でつづっている。

「最良の助力とは、友に代わってその重荷を背負ってやることではない。友自らその重荷を背負い、人生の困難に立ち向かう勇気と元気を与えることである。ジョン・ポラック」

のちに太宰と交際をはじめてから富栄が書いた日記の思索的な文章は、作家と恋愛中の娘が気どって作りだした文体ではなく、彼女本来のものだったことがうかがえる。

銀座時代の富栄は、仕事のかたわら、ＹＷＣＡで英語とともに聖書も学んでいた。師は、高見澤潤子。気鋭の文芸評論家として頭角をあらわしていた小林秀雄の実妹である。

東京女子大学で英文学をおさめた潤子は、「少年倶楽部」連載の「のらくろ」で国民的人気を博していた漫画家田河水泡《たがわすいほう》（本名高見澤仲太郎）の妻であり、キリスト教徒だった（戦後、潤子は、聖書から読みとく生きる叡智をつづった随筆集を上梓《じょうし》、全国で聖書の講演活動をした）。

明治以降、知識階級の青年たちが聖書研究に関心をよせ、そこに魂のすくいをもとめ、社会活動の精神的根拠をもとめたように、富栄も、生きるための骨太の指針を学びたい、大型客船にサロンをもつ日のために西洋人の精神的基盤を知りたいと考えていた。
昭和二十二年三月、三鷹で初めて太宰に出逢った日、「聖書でどんな言葉をおぼえていますか」と問われた富栄は、次の二節をそらで答え、日記に書いた。

「機《おり》にかなって語る言葉は、銀の彫刻物《ほりもの》に金の林檎を嵌《は》めたるが如《ごと》し」

旧約聖書「箴言《しんげん》」第二十五章十一節

「吾子《あこ》よ、我ら言葉もて相愛することなく、行為《おこない》と真実《まこと》とをもてすべし」

新約聖書「ヨハネの手紙第一」第三章十八節

のちに二人の仲が深まり、妻子ある太宰との関係が人の道にはずれると苦悩する富栄は、十代から読み親しんだ聖書をひもとき、折々の心境にかなった一節を、日記に書きうつしていった。富栄は不倫の罪を自覚しながら、それでも断ちきれない修治への恋慕とともにいかに生きるべきか、矛盾した茨《いばら》の道を、イエスの教えから模索していくことになる。

富栄が、少女から一人前の美容師に育った十年の間に、修治は文壇期待の作家になっていた。

だがその十年は、けっして順風ではなく、まっとうな暮らしを営むことができずに頽廃へ流れる自分への絶望、三度の自殺心中未遂、その苦しみを執筆することで凄《すご》みを増す小説への気負い、文壇への反逆心に、修治自身が翻弄されつづけた。

昭和五年四月、二十歳、弘前高校から東京帝国大学仏文科に入学。まずは、本郷台町にくらした。下宿も大学も、富栄の家の近くである。二人は、同じ町の空気をすっていた。

翌五月には、前年に「山椒魚」を発表していた井伏鱒二の弟子になる。

共産党活動のシンパをしながら小説を書いていた十月、青森の紅子を、置屋に無断で東京によびよせた。

兄の文治が跡をついでいた津島家は、修治を除籍して分家させることで、二人の関係と同棲をみとめた。卒業するまでの仕送りは保障されたものの、財産は分与されなかった。

予想外の厳しい処置だった。傷ついた修治は、十一月、銀座のカフェで痛飲し、広島の女学校を中退して上京していた十七歳の女給、田部《たなべ》あつみ（本名田部シメ子）と知りあう。

二人で本所、浅草を遊びまわり、萬世《まんせ》ホテルで宿泊したのち、神奈川県鎌倉西部、腰越《こしごえ》海岸にある小動《こゆるぎ》崎の畳岩《たたみいわ》にて、睡眠薬カルモチンを服用して、横になった。

翌日、二人は発見されるが、あつみは吐いたものをつまらせて窒息、絶命していた。

かねてよりカルモチンを服用していた修治は一命をとりとめ、現場の海岸に面した七里ヶ浜恵風園にて手当てをうける。これが初めての心中未遂にして、二度目の自殺未遂となった。

事件は、青森の地方紙「東奥日報」でも報じられ、母と兄の文治は、世間体を気にしつつ、修治を案じた。修治は自殺幇助《ほうじょ》罪でとり調べをうけ、起訴猶予となった。

年が明けた昭和六年一月、初代と青森市内で仮祝言をあげ、都内で所帯をもつが、共産党活動への資金援助はつづき、金木の実家に特高がたびたび訪れたことから、昭和七年、修治は、青森警察署に出頭、非合法活動からしりぞくことを誓約する。

それからは、せめて遺書がわりに小説集を上梓したいと、「一連の遺書の、銘題のつもり」(「東京八景」)として名づけた最初の本『晩年』におさめる中短編の執筆にはげみ、静岡県沼津で「思い出」を、三島で「ロマネスク」を書いた。

だが、あつみを死なせた二十一歳の秋のあやまちが、苦い悔恨が、忘れられなかった。情死事件をもとに、「道化の華」を書く。実際は睡眠薬を服用したが、小説では、二人で海へはいり、女は水死したことに変わっている。

昭和八年には、初めて太宰治の筆名で「東奥日報」に「列車」を発表。

このころ東大の後輩、檀一雄《だんかずお》と知りあい、同人誌創刊といった文学の活動、飲酒、売春宿通いをともにする。

昭和十年からの三年間は、悪夢のような日々となった。

まず昭和十年、サボって単位をとっていなかった東大を落第、都《みやこ》新聞の入社試験にも落ち、知人に自死をほのめかして失踪。鎌倉鶴岡八幡宮の裏山で縊死《いし》をこころみるもかなわず、新聞沙汰になった。

「逆行」が第一回芥川賞候補となり、これで新進作家として華々しくデビューできると、未来がひらけるように感じたが、「作者、目下の生活に厭な雲あり」とした川端康成の選評もあって、落選。

小説そのものではなく私生活をみる批評に、修治は激高した。「川端康成へ」と題する礼儀を欠いた反論文に「刺す。そうも思った。大悪党だと思った」と書く。

それをうけて川端は、「太宰氏へ芥川賞について」として、選考過程を説明する事態となり、文壇内に騒動をまきおこす。

しばしば自分に絶望するにもかかわらず、自尊心だけは強く、他者からのわずかな批判にいきりたち、攻撃を何倍にもして無礼な言葉で斬りかえす。この悪癖は、死の直前にもくりかえされた。

この年は盲腸炎から腹膜炎を併発、痛みどめに注射された麻薬性鎮痛剤パビナールの中毒となる。

昭和十一年、第二回芥川賞は、候補に入らなかった。

檀一雄の尽力で、初めての本『晩年』が刊行される。出版記念会では、すでに評論家として立っていた亀井勝一郎に「病める貝殻にのみ真珠は生まれる」と激励され、感激する。

今度こそ『晩年』で第三回芥川賞を受賞したいと、川端康成に「何卒《なにとぞ》私に与えてください」と長文の手紙を書いたが、またのがした。

パビナール注射の中毒は進み、薬を買うために借金を重ねる。井伏鱒二、初代らの説得により、精神医学研究所附属の東京武蔵野病院に入院。窓は鉄格子がはめられ、ドアは外から鍵がかかる病室だった。肺結核もひどく、血痰を吐いていた。

中毒を治して退院したものの、太宰の入院中に初代が不貞をおかしたと知り、昭和十二年三月、谷川温泉でカルモチン服用による夫婦心中をはかるが、この四度目も未遂。ひとりで帰京し、初代との離別を決意する。

そのころ、十九歳の富栄は、目隠し結髪に衣紋道、パーマに外国語と、日々懸命に学んでいた。

●昭和十六年（一九四一）　富栄二十二歳

夕方の銀座の街角を、絣《かすり》のモンペに鉢巻き姿の女子が、プラカードをかかげて行進している。

「パーマネントはやめましょう」

「贅沢は敵だ」

富栄と年のちがわない娘たちがまなじりを決し、叫んでいる。みな白粉気《おしろいけ》はなく、短い髪を輪ゴムでたばねている。その一人が、富栄の肩をたたき、声をはりあげた。

「そこの貴女《あなた》、今こそお国のために、パーマネントはやめましょう！」

毛先がカールしている富栄を、娘たちが、にらみつけるようにして歩いていく。

人垣もいっせいにこちらをむいて、富栄は動くに動けなくなった。

行進が通りすぎると、富栄は、ため息をもらして店にもどった。

昭和十三年、国家総動員法が制定され、翌年には、国民精神総動員本部がパーマネント廃止を提言。ちまたには、パーマをはやす歌もはやっていた。

〽パーマネントに火がついて
みるみるうちに禿《は》げ頭
禿げた頭に毛が三本
ああ恥ずかしい恥ずかしい
パーマネントはやめましょう

本郷では、国民学校より下校する子どもたちが大声で唄いながら、富栄が校長助手をつとめる学校前をあるいていく。

もっとも、パーマのほうが髪はあつかいやすく、手間も時間もかからないと反論がでて、パーマ批判は下火になったが、「パーマネント」は敵性語だからと「電髪」とよばれ、さらに昭和十八年（一九四三）には、電力消費規制により全面禁止された。

富栄の家は、もはや鉄筋校舎の三階にはなかった。

地下二階という防空機能をもつ校舎は、昭和十五年、政府の企画院に接収された。

企画院とは、日中戦争がはじまった昭和十二年に設立された組織で、内閣の総動員政策を担当し、戦時下の電力管理、物資動員にあたった機関である。金文字で学校名を書いた黒い看板がかかっていた入口には、「東亜研究所」と札がさがることになった。

鉄筋は木造にくらべて燃えにくく、焼《しょう》夷《い》弾《だん》にも強い。実際、晴弘の校舎は、昭和二十年三月の東京大空襲にもたえ、平成にはいっても病院として利用されていた。生徒と家族の安全のために強固な建造物をたてた晴弘の気概のほどがうかがえるが、軍部に供出した学舎が、校長の手にかえることはなかった。

巨額の資金を投じた鉄筋校舎を失った晴弘は、還暦をすぎていた。時局をかんがみ、贅沢視される美容学校の再建には躊躇《ちゅうちょ》していた。

そんな校長を変えたのは、全土に巣立っていった教え子たちが組織する「お茶の水会」だった。留吉の息子と結婚して、遠藤なみから改名した山崎伊久江が、全国の卒業生に連絡をとり、新校舎建築の寄付金と手紙をあつめたのだ。

教え子たちの大半は所帯をもち、妻となり母となっていたが、戦時もふるさとで美容師をつづけていて、虎の子の蓄えから送金してくれた。

総額は建築費にはとどかなかったが、旧姓がそえられた書面の一通一通を読むうち、晴弘の脳裏に、なつかしい教え子たちのあどけない顔がつぎつぎと浮かび、目は涙でかきくもった。まだ平和だったころ、晴弘がミシンかけや島田髷を教えた娘たちの真剣なおももち、溌剌《はつらつ》とした声もよみがえった。愛弟子からの手紙のたばを、彼は神棚にあげて、長い間、拝んだ。

翌昭和十六年、晴弘は近くの本郷区一丁目一五番地に木造校舎を再建、「お茶の水洋裁整容女学校」を開校した。だが、鉄砲の弾にする金属供出で、理髪バサミ、髪のアイロンごて、電髪機も、教室から消えていった。

この年、米英仏の映画は敵国製として上映禁止となり、公開最後となるハリウッド作品「スミス都へ行く」を、富栄は、つたと見にいった。都会的なコメディに声をあげて笑い、女優ジーン・アーサーの手のこんだカールに目をこらした。

この軽妙洒脱な映画を作るアメリカと、ほどなく日本は国運を賭《と》し、一億火の玉となって戦う。

十二月八日、日本海軍は、ハワイ、オアフ島真珠湾を攻撃、太平洋戦争がはじまった。

同日、日本軍は、米国支配下のフィリピンも空爆。翌一月からフィリピンに軍政をしき、五月にはマニラ湾のコレヒドール島が陥落、アメリカ極東陸軍司令官ダグラス・マッカーサーひきいる米軍は、日本軍に降伏して撤退した。

マッカーサーは、「アイ・シャル・リターン」（われは必ずもどる）とフィリピン奪回を誓い、潜水艦でオーストラリアに脱出した。

マッカーサーの屈辱と執念の誓いが、富栄の運命をも変えていく。それを、米軍「敵前逃亡」と揶揄して大勝利を報じる新聞を、銀ぶち眼鏡をかけて読みふける富栄自身は、夢にも思わなかった。

むしろ、男子出征による女子の結婚難をうけ、東京府結婚奨励組合が結婚相談所をひらくという記事に目をとめ、年ごろの娘は、くすぐったそうに微笑した。


日米開戦の年、太宰は長女が生まれ、父となっていた。

昭和十三年、初代と別れた二十九歳の青年作家は、井伏の誘いをうけて、病み爛《ただ》れた生活からぬけだすために、山梨県南部、御坂峠《みさかとうげ》の天下茶屋に滞在して再起をはかる。

山の茶屋からは、河口湖と富士山の全景を、見晴らすことができた。

彼は、御坂トンネルを通って、バスで甲府へおもむき、東京女子高等師範学校（現お茶の水女子大学）を卒業して教師をしていた石原美知子《いしはらみちこ》と見合いをした。

デシンのワンピースを着た美知子は、色白の高い頬に、深い色の目をした顔だち、ふくよかな体つきで、理知的で、成熟した女らしさが匂っていた。太宰はすぐに心を決めた。

美知子は、明治四十五年（一九一二）に、父初太郎《はつたろう》、母くらの四女として、島根県西部の浜田に生まれた。

初太郎は山梨県に生まれ、東京帝国大学を卒《お》えた鉱物学者であり、明治三十六年から島根県立松江第一中学校（現松江北高校）で、明治三十九年からは県立浜田第二中学校（現浜田高校）にて校長をつとめ、十四年間にわたって、妻子とともに島根県にくらした。その時期に、美知子は浜田で生まれ、育っている。

大正六年に、美知子は父の転勤にともない山形県米沢へ、大正八年には広島へうつり、大正十二年より甲府にくらし、見合い時は、山梨県東部の大月にあった都留《つる》高等女学校にて、地理と歴史の教員をしていた。

見合いのあと、太宰は井伏鱒二にあてて誓約書を書いた。

「井伏様、御一家様へ。手記。

このたび石原氏と約婚するに当り、一札《いっさつ》申し上げます。私は、私自身を、家庭的の男と思っています。よい意味でも、悪い意味でも、私は放浪に堪えられません。誇っているのでは、ございませぬ。ただ、私の迂愚《うぐ》な、交際下手の性格が、宿命として、それを決定して居るように思います。小山初代との破婚は、私としても平気で行ったことではございませぬ。私は、あのときの苦しみ以来、多少、人生というものを知りました。結婚というものの本義を知りました。結婚は、家庭は、努力であると思います。厳粛な、努力であると信じます。浮いた気持は、ございません。貧しくとも、一生大事に努めます。ふたたび私が、破婚を繰りかえしたときには、私を、完全の狂人として、棄てて下さい。以上は、平凡の言葉でございますが、私が、このの ち、どんな人の前でも、はっきり言えることでございますし、また、神様のまえでも、少しの含羞《がんしゅう》もなしに誓言できます。何卒、御信頼下さい。

昭和十三年十月二十四日

津島修治（印）」

井伏は、太宰のくらしぶりを見てきた経緯から、堅実な美知子との家庭生活は無理だろうと危ぶんでいた。

しかしこの誓約書を読んで仲人《なこうど》をひきうけ、昭和十四年一月、杉並区の井伏家で挙式のはこびとなる。太宰は実家から縁を切られていたため、津島家からの列席者はなかった。

新婚生活は、甲府駅の北側、美知子の母くらが暮らす石原家より、歩いてすぐの御崎町にてはじまった。

太宰は、津軽の生家では十番目の子どもであり、親に愛されなかったのではないかとひがんでいた。そんな彼を、母くらは実の息子のように愛した。

くらから聞いた話をもとにして、太宰は結婚したばかりの春、いったことのない島根県の城下町を舞台にした短編「葉桜と魔笛」（昭和十四年「若草」六月号）を書いている。

同年九月には、新婚夫婦は、東京府三鷹村下連雀《しもれんじやく》にうつり住む。太宰の終《つい》の住《すみ》処《か》となる借家は、駅から二十分ほど歩いた畑のなかにあった。

良妻のささえにより、規則正しくおちついた生活をいとなみ、精神の安定をえた彼は、中期の佳作「富嶽百景」「女生徒」「走れメロス」「ろまん燈籠《どうろう》」「東京八景」などを発表していく。

戦争がはじまると、多くの作家が文士徴用として戦地へおもむいていた。井伏も一年間、報道員としてシンガポールへいった。だが、太宰は胸部浸潤につき、徴用を免除される。

徴兵適齢は、二十歳から十九歳にひきさげられ、学徒兵総数は十三万人にふくれあがっていた。十代兵士の出陣と戦死は、太宰に負い目をもたらした。

敗戦後は、その暗い心情に、世相の軽薄な変化への疑念と抵抗心が芽ばえる。それが「戦争未亡人」富栄の鬱屈した心境と共鳴し、二人が惹かれあう要因のひとつとなる。

結果的に、太宰は、井伏にあてた誓約を守ることはできなかった。

●昭和十九年(一九四四)五月　富栄二十四歳

飯田富美《いいだふみ》は、自宅離れの茶室で、富栄の所作をいつになく注意深く、またあたたかい目で見ていた。富栄は毎週、茶道と華道を習いにくる。

時局がら、ふだんの稽古は、白いブラウスに膝下スカートやズボンだが、月々のお茶会には、趣向と季節にかなった和服である。

今月初めの端午《たんご》の節句には、新緑を思わせる萌葱《もえぎ》の色無地に、鎧模様《よろいもよう》の織帯で、季節にも時勢にもかなっていた。もっとも、「欲しがりません勝つまでは」の世間から晴れがましさを隠すため、母親のお古らしい地味な道ゆきを羽織ってきたが、そのあたりも気がきいていた。

お茶、生け花と古風な趣味をもちながら、銀座で美容院をひらいているだけあって、洋服はモダンでセンスがいい。しかも清楚な美人だ。職業婦人らしく臨機応変で、ものわかりよく、さばけたところもある。考えれば考えるほど、奥名君のお嫁さんにうってつけだ。

華族令嬢の着つけと髪結いをしている関係から、宮内省方面より見合い話がいくつもまいこんでいると、いつだったか、雨の日に傘をもってむかえにきたおまさが得意そうに語ったが、その縁談はどうなったのだろう。

三井物産広東《カントン》支店にいる奥名修一は、年内のマニラ支店への転勤を前に、この夏、本社へ一時帰国する。そのとき、内地の女性と見合いをしたいと、社内便の追伸に書きそえてあったことを、飯田はおぼえていた。

平素はおとなしいが、どことなく愛嬌があって笑顔のいい奥名が東京の本社にはいってより、人事部にいた姉御肌の飯田は、弟分のように可愛がっていた。

飯田の人となりについては、戦後に書かれたものがある。

［三井物産の最長老、吉田初次郎翁から『女史』の敬称で呼ばれる人は、三井史上おそらくキミを除いて空前だし、以後も出ないだろう。キミはつとに物産人事部の至宝《しほう》だし、定年満期後も『特別厚遇嘱託』として社宝的存在であり、ぜひいてもらわなくては困る〝生き字引〟的権威である。いわゆる沐猴《もっこう》にして冠する輩《やから》ではない。女傑としての雷鳴は社の内外にあまねく、その仕事ぶりは八面六臂《はちめんろっぴ》、一人三役、明断即決、まさに電光影裏に春風を斬る趣をみせる。当代第一流の女性で……］

「アサヒグラフ」昭和四十二年十一月三日「ニッポン女傑伝」

大正二年（一九一三）、三重県生まれの飯田は、上京して常磐松《ときわまつ》高等女学校に学び、卒業後、十九歳で三井物産に入社、人事部に配属される。毎晩のように十一時近くまで一人残って働く熱意と有能さを買われて、昭和十五年には、三井六社（本社、銀行、信託、物産、鉱山、生命）の女子社員一万人をたばねる全三井婦人部長に、二十七歳にして就任。さらに「三井銃後娘の会」を結成して、幹事長についている。実家から母をよびよせ、一緒に茶道、華道の教授もしていた。

戦時中の飯田は、男子社員が出征し、がらんとした日本橋の三井物産人事部で、社員の重要書類を命にかえる決意でまもっていた。その書類は、戦後、海外引揚社員の証明書発行から再就職斡旋、縁組まで、多岐にわたり活用され、社員を助ける。

そうしたやり手の実務家であり、面倒見のいい飯田が、六つ年下の富栄に縁談をもちかけたのだ。

帰りの木炭バスにゆられながら、富栄は、あずかった奥名修一の見合い写真と釣書を、細くひらいてのぞきこんでいた。

その人は、三ぞろいのスーツに太縞のネクタイをしめ、長髪を横わけにしていた。

内地では、男の長髪も排斥されて丸刈であり、大陸にいる人のしゃれたヘアスタイルが新鮮だった。

顔だちは理知的な細おもてだが、目もと口もとに、ひょうひょうとしてユーモラスな明るい表情が漂っている。見かけほど堅物ではなく、話せば楽しい人かもしれない。

富栄は、前にも見合い写真を見せられたことはあった。しかし新聞の三面記事にのっている赤の他人の顔をながめているようで、ぴんとこなかった。ところがこの奥名修一という男性には会ってみたいと思った。

大正五年十二月十三日生まれ、ということは、富栄より三歳年上だ。

出身は、栃木県宇都宮市。

父の奥名奥太郎は、文房具店を経営。母シゲは昭和十年に他界。

昭和十年に、宇都宮商業学校を卒業、三井物産入社は昭和九年に内定。

「宇都宮から物産に採用されて話題になって、地元の新聞にのったらしいよ。奥名君は次男だけど、ご長男は生後すぐに亡くなったんで、実質的には、ご長男さん。だから一の字がついて修一。姉が四人、弟が三人、妹が三人いて、弟や妹の学費を仕送りするために、大学へいかずに商業学校へすすんでね。入社後も仕送りをするために、月給のいい外地勤務を希望して、孝行息子だよ。もちろん物産は、優秀な人材しか海外へださないから、将来を嘱望《しょくぼう》された社員だよ。ええと、昭和十三年の日本軍の広東占領のあと、昭和十六年に広東支店へ赴任したな」

ヨーロッパやアメリカへむかう客船に美容室をひらく夢も、この人となら、実現するかもしれない。富栄は晴ればれと思いえがいた。

「東京の本社にいたころは、姉さん、妹さんと滝野川に住んでたね。姉さんは教員だよ。そういや、日本橋三越で、妹の梢《こずえ》に卒業祝いのプレゼントを選ぶんだが、飯田女史、何がいいかなって。妹思いの優しい男だよ」

年一兄ちゃんみたいな人かしら。富栄の胸に、また甘い想像がひろがる。

「奥名君は、洋画も好きで、ディアナ・ダービンの『オーケストラの少女』やコリンヌ・リュシェールの『格子なき牢獄』もいいけど、ダニエル・ダリュウの『うたかたの恋』、マレーネ・ディートリッヒの『モロッコ』が大人っぽくて好きだって話してたな」

映画の好みも一緒だ。

「東京時代は、東京商科大学（現一橋大学）の夜間部にかよって、英語を勉強してね、毎日英語であいさつしてたよ。出社時は『グッド・モーニング』、退社時は『シー・ユー・トゥモロウ』に『ハブ・ア・ナイス・イーヴニング、エブリバディ』

なんてね、愉快でしょ」

今どき大きな声では言えないが、英語好きも一致している。

富栄はもう一度大判の白黒写真を見て、「奥名修一さん」とつぶやいてみると、自分でもあわてるほど胸の鼓動を感じた。だが父は気にいるだろうか。

果たして、晴弘は大いに気にいった。なにしろ三井財閥である。裸一貫で学校をおこし、事業経営に孤軍奮闘してきた晴弘は、大企業の組織力というものを痛感していた。

商社員の婿なら、実業と貿易の知識も豊富であろう。いずれは商社をしりぞいてもらい、学校の理事長としてむかえよう。うちの経営に手腕をふるってもらいたい。戦争が終わった暁には、外国からの美容機械の輸入、新技術の導入にも、協力がえられるだろう。

三男の輝三男は、二年前の昭和十七年、出征先の満州で体調をくずして内地へもどり、世田谷大蔵にある東京第二陸軍病院にて、二十七歳で亡くなっていた。奇しくも、次男年一の命日と同じ四月十日、死因も同じ髄膜炎だった。

ただ一人残った長男の武士は、家業には興味をしめさない。男子の後継者がいない山崎家において、優秀な婿をむかえることは、家運を決する重大事だった。

息子二人を亡くした晴弘は、ひさびさに目の前が明るくなるようだった。

富栄も、数えの二十六である。適齢期をすぎた娘にとって、出征による男子不足で、伴侶探しは、このさき、ますます困難になるだろう。大東亜戦争も足かけ四年となり、いつ終わるともしれない。

物不足打開の標語「足りん足りんは工夫が足りん」をもじって、「足りん足りんは夫が足りん」という言葉もはやっていた。このあたりで縁組みをしておかなければ、娘は婚期をのがすだろう。

信子も、写真をしげしげと眺めたのち、ひょうたんみたいな顔だけど、頭のいいまじめそうな青年と好印象をもった。


善は急げと、翌朝、晴弘は娘の見合い写真と釣書を風呂敷につつんで、飯田宅に持参した。和室に通された父は、袱紗《ふくさ》をかぶせた祝い盆をさしだし、あらたまって丁重に頭をさげた。

見合い写真は、錦紗《きんしゃ》の振袖姿である。白菊が大きくえがかれた上品《じょうぼん》で、髪はマルセルウェーブの洋髪、銀ぶちのメガネをかけ、歯をみせて笑っている。

晴弘は、同じ振袖写真にしても、日本髪にメガネはなし、口をつむった写真のほうが奥ゆかしいと言って聞かなかったが、相手は大陸にいるハイカラな商社員さんだから、現代的な洋髪にメガネのほうがよいと、父の頑固さをうけついだ娘もひきさがらず、結局、見合いをするのは本人だからと、信子が間にはいって、メガネの写真となった。

さっそく釣書をそえて、広東の修一に送られた。

山崎富栄　大正八年九月二十四日生まれ
大正十三年　愛の園幼稚園（カトリック系）入園
大正十五年　本郷元町小学校入学。毎年級長。小学四年、成績優秀につき賞状を授与さる
昭和七年　同校卒業、京華高等女学校入学
昭和九年　錦秋高等実業女学校夜間部へ転校（日中は家業の美髪洋裁を学ぶため）、卓球部選手に選ばる
昭和十二年　同校卒業、日本大学付属第一外国語学院入学、ロシア語専攻
昭和十三年　東京YWCAにて英会話、アテネ・フランセにてフランス語、慶應義塾大学にて聴講生として一般教養を学ぶ。小林秀雄先生令妹高見澤潤子様より聖書講読を教授さる。銀座にてオリンピア美容院経営
昭和十五年　お茶の水美容学校校長助手

昭和十八年　同校洋裁部の講師兼任
趣味　映画鑑賞、読書、登山、ハイキング、卓球、旅行
特技　洋裁、結髪、編物、茶道、華道、英語

「父上の山崎晴弘様は、日本橋の羅紗《らしゃ》問屋雨宮商店の支配人をへて、お茶の水美容洋裁学校を設立。その鉄筋校舎を供出され、第二次近衛文麿《このえふみまろ》内閣の陸軍大臣ならびに大蔵大臣より感謝状と勲章を授与された名士であらせられます。

富栄さんは内地全域はもとより、朝鮮と満州へ、父上、兄の武士様と旅行をなさり、外地の事情にも通じておいでです。明朗な人がらで、職業婦人でありながら、良妻賢母としてのたしなみもご習得。外国語も得意で、海外赴任の奥名君には、最高のお嫁さんでありましょう。世界のどちらへ転勤しても、最上の伴侶として内助の功をつくされましょう。大和なでしこの美徳と西洋女性の美点をかねそなえた女性です」

ほめちぎった推薦文を書き送った飯田だが、それは十代から富栄を見てきた彼女の本心だった。

「まずは都内のツヤお姉様にご相談までと、釣書と写真をおとどけしたところ、ご主人の土家由岐雄《つちやゆきお》様ともども大賛成でした」

三週間後、中国の修一から返信があった。この早さは、すぐに返事を書いたと思われ、飯田の顔も思わずほころんだ。

「小生はメガネの女性は好みではありませんが、富栄様はすばらしい御方と存じます。お話をすすめてください。夏に帰国のおりは、ぜひお目にかかりたく存じます。富栄様にくれぐれもよろしくお伝えください」

実姉の土家ツヤには、連日のように封書がとどいた。

「ぼくの花嫁さんが見つかった！　という心持ちで、帰国を思い、ただ胸がはずんでおります」

翌週の稽古のあと、水屋で茶碗を洗う富栄に、飯田は、修一からの文面を見せた。富栄は耳まで赤くなった。その横顔を見やりながら、人の善い飯田は、あたたかな声で言った。

「夏におひきあわせするよ。私も大いに楽しみです」

●昭和十九年（一九四四）十二月九日　花嫁二十五歳

「いいお式だったな」

晴弘は国民服を脱いでセーターに着かえ、あぐらをかいた。師走の早い日ぐれに外はもう暗く、急に疲れをおぼえた。

早朝から花嫁の文金高島田、婚礼衣裳の着つけ、白化粧をしたのだ。富栄は髪を肩口まで切っていた。父は長いつけ毛とかもじをおぎなって、見事な文金高島田を結いあげ、鼈甲《べっこう》のかんざしを飾った。古式の装束を教える校長としての腕の見せどころであり、嫁いでいく愛娘へのはなむけだった。

あわただしさに娘を手ばなす感慨にひたる間もなかったが、今ごろになって、富栄の黒髪をクシでといてやるのも、あれが最後だったかもしれないと気がついた。

信子はとなりの和室で、五つ紋ながら、あっさりしたすそ模様の黒留袖を衣紋かけにつるしながら、目のはしで晴弘を見やり、夫のうつろな横顔に気づいた。

「ええ、いいお式でしたよ」信子は、つとめてほがらかにかえした。「媒酌人の林青海ご夫婦も、正装で礼をつくしてくだすって、頭がさがりました。ご主人はモーニング、奥様は膝上まで柄ゆきのある黒留に、西陣の丸帯で、近ごろじゃ滅多にお目にかかれない装いでした。お父さんも国民服にゲートルなんか巻かないで、紋つき羽織袴になさればよかったのに、奥名のお父様みたいに」

「軍人会館じゃ、あれほど豪華なお式は、近年珍しいって言ってたな」

「この食糧難に、尾頭つきの鯛の塩焼きに、お赤飯、お銚子もならんだんですから、上等ですよ」

「今ごろ富栄はどうしているかな」晴弘は力なく言った。

信子の返事はなかった。あえて黙っているのか、帯のしわをのばすのに気をとられて、聞こえないのか。

「なんだか大泥棒にはいられて、家でいちばん大事なものをもっていかれたみたいだな」晴弘はやっと本音を口にした。富栄がいないと、急に家がひっそりと感じられた。

「当分はうちでくらしてもらうんですから、お婿さんをもらったみたいなものですよ」現実的な信子がなぐさめた。

この気持ちは男親にしかわからないのだと、晴弘はまた吐息をついた。

それにしても、婿が近々転勤していくマニラは、いかばかりだろう。晴弘は疲れた腰に手をあててたちあがり、修一の無事を神棚に祈った。

富栄の結婚式がとりおこなわれた九段の軍人会館は、昭和十二年に、満州国皇帝愛新覚羅溥儀《あいしんかくらふぎ》の弟溥傑《ふけつ》と、日本の公爵嵯峨実勝《さがさねとう》の娘浩《ひろ》が十二単姿で挙式した格式ある総檜《そうひのき》づくりの神殿をそなえていた。晴弘は、建設に高額寄付をした特別功労者である。

宴には両家の知人友人もまねかれたが、記念写真には親族だけがおさまっている。中央に、モーニングに縞ネクタイの修一。富栄は紗綾形紋様の白無垢姿、裏は濃く染めた魔よけの紅絹《もみ》である。反物《たんもの》が不足して婚礼は貸衣裳がほとんどだった当時としてはめずらしく、正絹のおあつらえだった。

島田髷の結びきりの水引にも、一度きりのちぎりに幸《さち》あれかし、と願う父の親心がこめられている。

その両側は媒酌人で、三井物産の林夫妻。奥名家からは父奥太郎、弟、姉妹たち。修一と仲のよい姉ツヤはお産が近く、実家の宇都宮に里帰り中であり、その夫で童話作家の土家由岐雄が、国民服で参列していた。

土家は、第二次大戦中、空襲で上野動物園のオリがこわれて猛獣が市中ににげると危険だからと処分されたとき、飼育員にエサをねだり芸をしながら餓死していった三頭の象をえがいた絵本『かわいそうなぞう』で、戦後ベストセラー作家となる。

山崎家からは、晴弘と信子、武士、未亡人となったつた、昭和十四年に留吉の息子と縁組みした伊久江がうつっている。

おまさも写真にはいるよう、富栄は何度も手まねきしたが、身のほどをわきまえて首をふり、脇から花嫁姿を涙ぐんで見つめていた。

「富栄お嬢ちゃんに産湯をつかわせてから二十五年、年よりはおいとまするころだ」おまさはひとりごちていた。

新婚の夜は、軍人会館に洋室をとった。

「お見合いで初めて会ったとき、ぱっとぼくに手をのばして、握手したでしょ。内地の女性にはめずらしいから驚いたよ。ぼくの目をまっすぐ見て、こんにちはって言ったのも新鮮だった。生涯をともにするお嫁さんは、富栄ちゃんみたいに明るい人がすてきだと思ったよ」

「じゃ、私に一目惚れね」

「そうだね」修一は照れ笑いした。

「私は会う前からすてきだと思ってたから、ゼロ目惚れよ」

修一は腹をかかえて笑い、若い長身をもてあますようにベッドにころがった。

起きあがると、きまじめな顔をした。

「今夜は、ぼくらの結婚生活のはじまりだ。四つ約束をしよう。一つ、離れていても、毎晩寝る前に相手を思い浮かべよう。二つ、すぐ一緒にくらせる日がくるよう祈ろう。三つ、子どもはたくさん作ろう。四つ、いつまでも仲よく幸せにくらそう」

「はい」富栄はうなずき、夫を上目づかいに見つめた。

三井物産では、夫婦そろっての海外赴任が通例だったが、戦争激化により、修一は単身、軍用機でマニラへむかうことになっていた。

船舶にしろ、民間機にしろ、南方への人員輸送は、敵機および潜水艦のあいつぐ攻撃をうけて、多くの日本人が海底に散っていた。マニラ転勤もあやぶまれるところだったが、たまたま修一の妹の一人が、東京市ヶ谷の陸軍将校邸でまかないをしていた伝手《つて》で、上官用特別機の一席をたのんでいた。

土家由岐雄が駒込《こまごめ》の自宅へもどると、ちょうど軍部から電報が届いた。迷ったが、修一に報せることにした。

夜九時、新婚の客室に、電話が鳴った。

「修一君、じゃましてすまん。マニラゆきの軍用機、一席とれたよ。軍から連絡があったばかりだ。出発は、十二月十六日と決まった。転勤おめでとう」

「ありがとうございます」修一はつとめて明るく装って、受話器をおいた。

あと一週間で、初妻と別れ、祖国を去らなければならない。

だが修一は、今夜は富栄に告げないことにした。富栄には、華やいだ花嫁の気持ちのまま大切な夜をすごしてほしかった。この一夜を幸せな思い出として、永遠に記憶にとどめてほしい……。戦雲たなびく南方へおもむく覚悟が、口にはださねど、修一の腹にはあった。

「土家の兄さんでしょ？　なんですって」富栄がたずねた。湯からあがった首すじが色づいている。

「富栄ちゃんが、お父さんお母さんを恋しがって泣いてないかって、心配してたよ」

「ま、ウソばっかり」

新しい浴衣に伊達巻《だてま》きをきつくしめた富栄が嬉しそうに笑って身をよじると、修一はその柔らかな体を両腕で抱きすくめた。富栄はその腕に、花嫁の未来も、夢も、体ごとすべてあずけた。

第三章　銃後の妻

●昭和十九年（一九四四）十二月　富栄二十五歳

あかね色に照らされた校舎に長い影をうつして、富栄は、夕飯のニンジンをぬいていた。

学校の花壇と前庭は、畑へかわり、小松菜、ネギ、白菜、カブ、ほうれん草も、植わっている。校舎の裏には、金網をかこって屋根板をのせた小屋に、ニワトリが地面をつついていた。卵をとるのは富栄の日課だったが、結婚してからは、修一と腕をのばして、ほのあたたかい卵をとるのがささやかな楽しみだった。

木造校舎一階の居間から、父母と修一の笑い声が聞こえていた。両親があんなに嬉しそうに笑うのは、何年ぶりだろう。

富栄は、ほうれん草をたばね、根の泥を落とした。今夜は、ほうれん草のごまあえ、ニンジンのきんぴら、小松菜の卵とじを、修一さんにこしらえよう。

家へあがると、父が修一に酒をついでいた。毎月二合の配給は大事にとってあった。それを今、海外赴任前の休暇をすごしている婿にふるまっているのだった。

「ぼくは昭和九年に三井に入って、石炭部に配属されたんです。がっかりしましたよ、砂糖部が希望だったんです、甘いものがたらふく食べられると思って。ぼくの勘ちがいでしたけど」

日ごろ口数の少ない信子が、高い声で笑っている。

「でも、石炭は主要燃料ですから、石炭部は花形なんです。もともと三井は、明治時代に官営の三池炭鉱をゆずりうけ、上海、シンガポールなどに石炭を輸出して、資本力を高めた企業です。日本は小さな島国ですが、産業と文明の輝く一等国とするため、ぼくは世界交易の仕事に尽力する所存です」

修一の言葉に、晴弘が感心して耳をかたむけている。

「昭和十二年からは、ぼくは本店の電信掛《がかり》と兼任になって、夜間勤務もしました。アメリカ、ヨーロッパ、中東など、世界中の支店とは時差がありますから、夜中に電信がはいるんです。昭和十四年からは、石炭部の会計課です。商業学校でおぼえた簿記をいかして、広東支店でも会計一筋、これからいくマニラでも会計課です」

「商業簿記ができるとは、たのもしいなぁ。修一君は外国なれして、英語も達者だろうね」

父は、おちょこ二杯でもう赤くなり、相好《そうごう》をくずして、修一を見あげている。

年一と輝三男が病死してより、家の男は晴弘だけだった。武士は仕事でわたった朝鮮半島で日本人女性と所帯をもち、長らく帰国していない。武士は、美容は女の仕事だと見なし、若いころから家業とは距離をおいていた。そんな山崎家に、ひさしぶりに張りのある青年の声が響き、晴弘は新しい息子ができた晴れやかさにうわずっていた。

信子は信子で、修一の旺盛な食欲にも、長い足で窮屈そうに正座する姿にも目をほそめ、食糧難なりに腕によりをかけてもてなした。

「お母さん、おかわり、お願いします」

お母さんと呼び、すぐ空になる茶碗をさしだすうちとけたふるまいが、信子は嬉しかった。

修一は、九年前に母親を亡くしている。お母さんと呼んで甘えたいのだろうと、信子は婿をかわいく思った。そんな父と母を見やって、富栄の頬にひとりでに微笑がうかんだ。

修一の転勤が近いため、二人の新居は、校舎内自宅の八畳間にしつらえた。

出発までの日数がせまっていることを気づかって、父母は、若夫婦がなるたけ八畳間ですごすようにしむけたが、富栄も修一も部屋にこもっているのが、かえって気恥ずかしく、夜のふけるまで居間でおしゃべりに興じた。修一は広東で見聞した珍しい話をして面白がらせた。一家はふと戦争を忘れるほどだった。

おまさは、富栄の挙式から二日後に、この家を去っていた。

「お婿さんがおいでになるってぇのに、こんなお婆さんがいたんじゃ、おじゃま虫というもんです。さいわい、錦糸町の染め替え屋に片づいた妹が、前からきてくれきてくれってうるさいんですよ。亭主は他界して、息子たちも染めの職人も、みな出征、孫らは学童疎開。このご時世、きものの染め替えだの、小紋の洗い張りだのってする人もいなくて、店はひまだし、お嫁さんとあたしの二人っきゃいないから、気がねはいらないヨって言うんです」

富栄は涙声でひきとめたが、おまさの腹は決まっていた。

「そう言ってもらううちに身をひくのが江戸の心意気ってもんですから」おまさも目を赤くした。

気がつけば、丸かったおまさのほっぺたも、ふくよかだった正座の膝も、ぺしゃんこになっていた。

「三十三年もご厄介になって、おかげさまでいい目を見さしてもらいました。晴弘先生が学校を作られる前は、美容院が大忙し、大晦日は夜も寝ないで正月の髪結いして、あたしゃ山ほどにぎり飯こしらえてねぇ、今思えば楽しかったですよ。学校は繁盛して、女生徒さんの声がそりゃあにぎやかで、大地震ものりこえて、先生はご立派でした。富栄お嬢さんのお嫁いりも見とどけて、もうあたしのでる幕はありません。つくづくとお世話になりました」

富栄は、辻《つじ》まででて見送ったが、たまらなくなって下駄のまま走りだした。修一もついてきて、神田川にそって御茶ノ水駅まで、三人で歩いた。荷物は先に送っていた。

風呂敷包みひとつさげたおまさは、改札を通る前に、つと修一の手をとった。

「富栄お嬢さんを、くれぐれも、よろしくお願いしますよ」

それから片手で鼻をこすり、あとは怒ったように口を真一文字にむすんで、省《しょう》線《せん》にのった。

「さよなら、おまさ、さよなら」富栄は改札の木枠から身をのりだして手をふった。

「ご近所だもの、そのうち錦糸町へ遊びにいきますからね、さよなら」

おまさは硬い顔つきのまま頭をさげ、列車が走り、富栄が見えなくなってから、目頭に袖をあてた。これが、永遠の別れとなった。

明くる日、富栄は、修一の髪を刈りあげ、顔のひげも丁寧にあたった。切った髪はあまさずあつめて和紙につつみ、小袋にしまって、首からさげた。それが、夫の不在を生きる富栄のお守りだった。

それから日比谷の映画館へいき、入江たか子の映画を見た。華族出身の入江は、日本一の美人女優と呼ばれたスターで、専属の美容師がついていたが、助演以下の役者は、富栄が髪を結ったのだ。

修一に見せて感心させるつもりが、彼は、どうやら入江の美貌に見惚《みと》れている。銀幕からの反射をうけてほの白く浮かびあがる夫の陶然とした横顔に、富栄は嫉妬をおぼえたが、それが修一を愛している証《あかし》なのだと初めて気づいて、苦い感情は一転して、胸を甘くゆらした。

映画館をでると、雲ひとつないあかね空がひろがっていた。

日比谷公園を散策すると、かつて、つた姉さんとそぞろ歩いた青春の場所は、今、長びく戦争に人影も少なく、冬枯れの枝が、夕空を刺すようにのびている。

だが、富栄が編んだ毛糸のえりまきに、あごまで顔をうずめている修一がいて、そのとなりを、厚手の外套につつまれて歩いていると、幸福としか言いようのない感慨が、静かに富栄のうちにわきあがっていた。

「あら、一番星が光ってる」富栄がつぶやくと、修一は妻の手をにぎった。

「内地では、男女が手をつなぐと、憲兵に怒られるそうだけど、ここなら大丈夫だ」

妻の手をひいて、椿のしげみに隠れたベンチに腰をおろした。

富栄が指さした宵の明星は、少しずつかげっていく冬空の彼方から、二人にむかってひときわ明るく瞬いている。修一は、ゆっくり、低く唄った。

〽男純情の　愛の星の色
冴えて夜空に　ただ一つ
あふれる想い
春を呼んでは　夢見ては
うれしく　輝くよ
思いこんだら命がけ
男の心
燃える希望《のぞみ》だ　憧れだ
燦《きら》めく　金の星

「燦めく星座」佐伯孝夫詞

深い声色《こわいろ》が、富栄を魅了しながら体中にしみわたった。修一の歌声を聞くのは、初めてだった。まだこの人のことをほとんど知らない、それを富栄はもどかしくさとった。彼が職場で働く姿、英語を話す声、テニスをする姿も知らない。それなのに明日、別れなくてはならないのだ。

胸がつまってなにも言えずにいると、修一は案じるように妻をのぞきこんだ。

「ぼくは、あの星のように、ずっと富栄を見守っているよ」

うららかな歌の旋律《メロディー》とはうらはらに、彼の瞳には、哀しみと虚無の色が宿っていた。それを富栄は瞬時に見ぬいて、息がとまりそうになった。修一が、本郷の父母の前では決して見せたことのない表情だった。

この人は、仕事とはいえ、日本を去ることを望んでいない。その本心を口にだせず、ひとりで苦しんでいる。人に話せば、弱腰の非国民とそしりをうけるかもしれない。私もいかないでほしいとせがんでしまい、かえって二人とも苦しむだろう。だからなにも言えずに、悲痛な目の色だけで語りかけている。

この九月、十月には、米軍機がたびたびマニラに飛来し、攻撃していることを、富栄は新聞で読んでいた。先月は、マニラ上空に二百機、海上には三百機、さらにのべ八百機と大編隊がせまり、日本軍がむかえ撃っていると記事にあった。

今、フィリピンには、山下奉文《やましたともゆき》司令官がいる。昭和十六年の開戦時に、英領シンガポールを短期に陥落させ、「マレーの虎」という勇名を国内外にとどろかせた日本の英雄である。けれどマニラ湾内では、病院船牟婁丸《むろまる》まで、Ｂ24の空襲で、沈没したことも報じられていた。

そうした異国の戦場に、修一は赴任していくのだ。

「きっと神風がふく。神国日本は決して負けんぞ」父は励ましてくれたが、もう彼に会えないかもしれない。

富栄は、夫の肩を抱きしめたい衝動にかられた。だが昔気質《むかしかたぎ》の親から古い躾をうけて育った彼女は、修一のやせた顔を優しくなでるのが、精一杯だった。

彼の目に、うっすら光るものが浮かんできた。会社も本郷も、人目がある。ここでしか、この私の前でしか、修一は本当の自分にもどれないのだ。

そう気づいた富栄のうちに、夫への愛しさが、海底から波がふいとせりあがるようにこみあげ、初めて修一の前で泣いた。

一週間はあまりに短かった。いよいよ翌日となった別れを惜しむ切なさを、言葉にはださず、新婚の二人は、見つめあう目でわかちあい、手をとって泣いた。あたりは凍える夕闇につつまれていった。

●昭和十九年（一九四四）十二月二十一日

羽田は快晴だった。東京湾は陽光を照りかえし、ロビーの富栄は、額に手をかざして、別れの海を見た。

昭和六年に開港した東京飛行場のターミナルビルは、アールデコ様式の二階だてで、半円形のガラスばりの待合室がモダンだった。

駐機場には、灰色の軍用機が二機、日だまりに翼をやすめていたが、滑走路手前の特別機は、離陸にむけて準備がはじまっていた。

「今度こそ、本当のお別れだ」修一がイスからたちあがった。

十二月九日の挙式から、十二日めだった。笑顔で送りだしたいと思っても、富栄はうつむきがちだった。

当初は、結婚から一週間後に出国の予定だった。

ところが冬型の強風で欠航、翌日はフィリピンへの途次に空中戦、さらに帝都に敵機来襲、といった具合で、今日は飛ぶ、明日こそ飛ぶとしたくをして、京浜電車で羽田へむかいながらも、出国は延期になっていた。

そのたびに富栄は嬉しさを押し隠し、長身の修一をかばうようにして本郷にもどってきた。二人はたがいに明日をも知れぬ命を生きているのだとまざまざと感じて、もとめあう気持ちが激しく高ぶった。夫の熱い体に抱かれながら、遠くへいってしまう修一のよすがに、彼の子を身ごもりたいと、富栄は切望した。

そして今、搭乗の時間が刻一刻と近づいて、富栄はもう、なにを言っていいのかわからなかった。

修一はふくらんだズックの雑嚢《リュック》を背おっている。なかには愛用のソロバン、富栄がこしらえた弁当、非常食の炒《い》り米と炒り大豆、鮭缶、お守り、不時の着水にそなえた浮輪と懐中電灯、竹の水筒、胃腸薬、富栄の写真、結婚写真、校舎の白いカーテンからよいところを裁って富栄が縫った開襟シャツと下着を七枚ずつ、そして、弾よけの千人針。

「週に一度、お洗濯すれば間にあいますから」

「社宅の召使いがしてくれるよ。そんなことより、空襲が激しくなる前に、土家の兄さん一家と、栃木へ疎開するんだよ、きっとだよ」

何度もかわした言葉をまたくりかえす。二人は、ひとたび手が離れたら最後、二度とつなぐ機会はないとでもいうように、固く手をにぎっていた。そのために近くにいる将校に殴られてもかまわない覚悟だった。

搭乗の合図があった。二人の手が、ゆっくり離れた。

富栄は「どうぞご無事で」と言うのがやっとだった。

修一が駐機場へでていくと、富栄は小走りになって屋上へあがり、夫がタラップをのぼる一挙手一投足を、目に焼きつけるように見守った。

夫はタラップをのぼり切ると、ふり返り、帽子をとって会釈する。富栄もお辞儀をすると、彼は長身をかがめて機内に姿を消した。扉が封じられると、富栄は思わず、吐息をついた。

やがて両翼のプロペラがまわると、灰色の機体は、滑走路を一気に加速していき、ふわりと浮かんだ。見送りに別れを告げるように上空を大きく旋回してから、西へ去っていった。

みるみる遠ざかる機体に、富栄は日の丸の小旗をふりつづけた。

けし粒ほどに小さくなり、やがてなにも見えなくなった青空から腕をおろしても、富士山のそびえる西の空を、にじむ視界のなかに、いつまでも見やっていた。

修一が出国した日、東京のラジオ局では、帝都爆撃にそなえて、B29のエンジン音の放送をはじめた。B29の爆音を耳でおぼえ、飛来を早急に察知して避難し、被害を減らすためである。

B29は、ボーイング社が開発した大型長距離爆撃機であり、四トンの爆弾を搭載して、五千五百キロの継続飛行ができた。

太平洋戦争は、緒戦《しょせん》こそ、日本が華々しい戦果をあげ、マニラ、シンガポール、ビルマのラングーン（現ミャンマーのヤンゴン）を占領し、アジア太平洋の広大な地域を支配したものの、やがて悲惨な敗退をくりかえしていく。

昭和十七年、太平洋ミッドウェー島沖にて、海軍大将山本五十六《やまもといそろく》ひきいる連合艦隊は、アメリカ艦隊をおびきだして攻撃する作戦の暗号を解読されて、惨敗。

これが分岐点となって、米軍の反攻に追いつめられていく。すなわち、日本が占領した太平洋の島々を、米軍がうばいかえしていく流れとなった。

十八年、南太平洋ソロモン諸島ガダルカナル島で、日本の占領軍は、二万四千人の戦死者と餓死者をだして撤退。

同年、北太平洋アリューシャン列島アッツ島（現米国アラスカ州）配備の日本守備隊が全滅。これより大本営は、部隊の全滅を、「玉砕」と発表するようになる。

十九年には、西太平洋マリアナ諸島サイパン島に、米軍が上陸侵攻。補給路のない日本軍四万三千人が「玉砕」、日本人の移住者一万人も死亡。

このサイパン島陥落により、アメリカ軍は、B29による日本本土空襲の足場をえた。

つまり、サイパン島から日本までの往復は五千キロ。島のマリアナ基地を飛びたった大編隊のＢ29が本土に爆弾をおとして、そのまま着陸することなく帰還できるようになった。

サイパン陥落から四か月後の十一月、マリアナ基地から飛びたったＢ29七十機が、東京都を初めて空襲。都下、北多摩郡武蔵野町（現武蔵野市）にある中島飛行機製作所を爆撃。死傷者五百五十人、罹災家屋三百三十二戸の被害をだした。

結婚して三鷹に住んでいた太宰の家は、製作所よりわずか数キロ南だった。

中島飛行機製作所は、大正六年に設立された日本初の飛行機工場である。

三井物産の提携をうけ、満州事変後は、陸海軍の発注で業績をのばし、戦時下には、三万人以上が働いて、日本の主力戦闘機「零戦《ゼロせん》」のエンジンも製造していた。

アメリカは、日本の飛行機製造壊滅のために攻撃をつづけ、太宰と妻子はまきこまれていく。

そのころの彼は、美知子、長女、長男とともに、三鷹の畑にたつ借家にくらしていた。ふるさと津軽半島を旅して、旧友や子守のタケとの再会をつづった紀行集『津軽』が発行されたところだった。

物資不足と空襲で飲み歩きもかなわず、家で原稿を書き、夜はトルストイ全集の読破など体系的な読書をしていた。

親しい読者だった小山清に、手紙を書いている。

［拝啓　その後お元気ですか。当方は、三鷹附近にバクダンが落ちるのでヒヤヒヤしていますが、まあ、どうやら無事です。
私の中篇『雲雀《ひばり》の声』は、発行間際に神田の印刷工場がショーイダンにやられて全焼したそうです。本屋では、またすぐ、印刷し直すと言っていますが、つまらない目に遭《あ》ったものです。］

戦時下は、日本文学報国会が作られ、三千人以上の作家、つまり太宰もふくめて、ほとんどの文筆家が所属していた。

戦争協力の作品を書いた実作者は多かったが、太宰は軍国主義に同調しなかった。


所帯をもって二児の父となり、地道に執筆していた太宰だが、平穏な家庭だけに飽きたらず、新たな恋をもとめる浮いた男心も、三十五歳の胸に揺動していた。

戦後のベストセラー小説『斜陽』の主人公かず子のモデルとなり、のちに太宰の娘を出産する太田静子《おおたしずこ》との出会いは、真珠湾攻撃の年である。

静子は、大正二年、滋賀県愛知《えち》郡にて裕福な医師の一人娘として生まれ、東京の実践女子専門学校にすすみ、歌集『衣装の冬』を上梓した文学少女である。父が亡くなった昭和十三年に結婚するが、長女を生後一か月で亡くしたのち、昭和十四年に離婚。

愛のない結婚の冷ややかさゆえに、子どもを死なせたのではないか……。

罪悪感にさいなまれていた静子は、太宰だけが生き残り、女を死なせた鎌倉の心中未遂後をえがいた「道化の華」（昭和十年）の書きだしに、心をわしづかみにされる。

「「ここを過ぎて悲しみの市《まち》。」

友はみな、僕からはなれ、かなしき眼もて僕を眺める。友よ、僕と語れ、僕を笑え。ああ、友はむなしく顔をそむける。友よ、僕に問え。僕はなんでも知らせよう。僕はこの手もて、園を水にしずめた。」

静子は、太宰こそが自分の理解者であり、同じ悲しみをわかりあえると思った。

昭和十六年七月、自作の小説と手紙を書き送ると、父になったばかりの太宰から、返事がきた。

「私は、新ハムレットという長い作品を書いて、すっかり疲れてしまいました。毎日ぼんやりしていますから、お気が向いたら、どうぞおあそびにいらして下さい。ではお待ち申し上げております。」

秋、静子は、女ともだちをつれて、三鷹の太宰をたずねた。生垣にかこまれた庭に、おむつが干してあり、まずは美知子が応対した。

静子は、ギャバジンの薄いコートを着ていた。小さな顔に、夢見るような目をした二十八歳は、映画「乙女の湖」の女優シモーヌ・シモンに似ていた。

太宰は、初対面の読者をひと目見るなり、一度は結婚した婦人とは思えない可憐さがあると思った。そして彼女に、小説ではなく、日記を書くように助言する。

静子は、母とくらす日々をつづりはじめ、それが『斜陽』の原型となった。

そのころの太宰は、一からの創作ではなく、「女生徒」（昭和十四年）、「正義と微笑」（昭和十七年）、「雲雀の声」（昭和十八年）など、読者や知人の日記を再構築して小説にする手法をとりはじめていた。静子の日記も、資料にするつもりだった。

だが静子は、恋慕にも似たあこがれを、いちずによせてくる。

真珠湾攻撃の師走、太宰から電報がきて東京駅で会い、新宿でも会った。

昭和十八年秋、静子が神奈川県下曾我《しもそが》村へ疎開すると、翌年一月、太宰は熱海ゆきの帰りに、彼女のくらす大雄山荘をたずねる。

母は入院、弟は応召して、静子だけが残る屋敷で、彼女は、八畳間に布団を二つしいた。それぞれ床についたが、暗いなか、女の息づかいが聞こえて、太宰は眠ろうにも眠れない。男は寝がえりをうちつづけ、やがて静子の寝床にはいってきて、抱きしめ、キスをした。

こうした中途半端な関係は、男に気をもたせ、先々に期待をあずけたままにする。太宰が疎開して三鷹を去ったのちも、妻に隠れたひめやかな文通はつづいた。

●昭和二十年（一九四五）一月

富栄がつたと経営する銀座二丁目の美容院「オリンピア」の看板に、墨汁がぶちまけられていた。

店名は敵性語の英語ではなかったが、そうとは知らない者のしわざらしい。

富栄はぞうきんできれいにぬぐった。すると翌朝には、「非国民」と大書した紙がドアにはられていた。店の前を通るだれか、あるいは近所の者が、悪感情をもっているのはあきらかだった。

実際、目をむいて説教にくる京橋区の警防団員がいた。

「贅沢は敵だ、袖を切りましょう、の非常時であるぞ。一億火の玉で戦う覚悟があるのか！　男子が応召して労働力が不足する今、女子は、その労力を増産にむけ、また国防につくすべきである。その労力を、髪結いごときに浪費して、おまえたちは国賊である」

富栄は毅然《きぜん》として罵倒にたえた。

それからオリンピアの屋上へあがり、泣きながら手ぬぐいや肩かけをたらいに洗い、ロープに干していると、警戒警報が鳴る。空をとどろかして敵機の爆音が近づいてくる。燃えやすい洗濯物をいそいでとりこみ、つたと地下壕に避難した。


美容院の休みには、土家由岐雄の家へ遊びにでかけた。

女学校時代より翻訳小説を好んできた富栄は、童話作家のくらしぶりに、興味があった。小説家はどんな本を読み、どのように原稿を書くのだろう。

御茶ノ水の自宅から、自転車で白山通りを北上して、義兄のいる駒込へしばしばでかけた。

のちの昭和四十年、土家は、修一と富栄について随筆を書いている。そのころ、太宰が眠る禅林寺の桜桃忌はさかんでありながら、富栄の墓をおとなう人はほとんどなかった。

［軍人会館で一泊後、修一君は私の家を引き払って〈引用者註・昭和十九年に広東支店から一時帰国した修一は、結婚式まで土家の家に同居していた〉、富栄さんの両親が経営していたお茶の水近くの、服装学校兼美容学校の一室で新世帯を構えた。富栄さんが至れり尽くせりの態度で修一君に仕えた姿はまことに美しいものであった。そして、修一君がマニラへ出発してから、よく私の家へ遊びに来た。いつもさっそうとして自転車を走らせてくると、「兄さん、居ますか」と、庭から明るい声をひびかせた。「おお、居るよ」と、二階の手すりへ出て下をのぞくと、自転車だけが置き残されていて、富栄さんの姿はもう見えない。そのうちに近所の店から買い込んできたアイスクリームや果物などを抱えて、家へあがりこんで来るのが常であった。」

「文芸予報」昭和四十年六月一日発行号、東京作家クラブ会報

軍人会館で結婚式をあげた日、土家の妻ツヤはお産が近く、宇都宮の実家にいた。そして式の明くる日、女の子を出産した。

修一の姪が生まれたのだ。子どもを抱きたい。富栄は、土家の兄とともに、お祝いと見舞いにでかけた。

見舞いというのは、修一の父奥太郎が寝ついていたのである。奥太郎は挙式のあと、本郷に泊まりにきて元気だったが、宇都宮にもどったところで心臓発作に倒れた。病状は好転せず、食べものはおろか水ものどをとおらず、もう長くないだろうと身内は目を伏せて話しあっていた。

東北本線の汽車に、富栄と土家はのりこんだ。席にむかいあって腰をおろすや、富栄は手さげより、赤い毛糸玉と竹の編針をとりだした。赤い糸で小さな輪をつくり、そこから編みだして、筒をつくっていく。

「何を編んでるの」土家がたずねても、富栄はほほえんで答えず、鼻歌など唄って、「兄さん、お蜜柑どうぞ」と、手さげからとりだす。

汽車が走りだしても外には目もくれずに、編棒をあやつる。

それは靴下に仕あがり、宇都宮駅へつくころには、左右のひとそろいが完成していた。

手のひらにのるほど小さな靴下を編みながら、富栄は、いずれわが子の靴下を手作りする日を夢見ていた。

宇都宮につくと、駅前を流れる田川をわたり、商業学校前の奥名家まで冬の道を歩いた。

　奥太郎はうつらうつらして意識もなく、来客がわからなかった。富栄は横たわる義父の薄くなった髪をクシでとかし、枕をととのえ、布団を肩口までひきあげて、くるんだ。

　それから口もとをほころばせ、赤ん坊のいる居間へしのび足でいった。子どもを起こさないよう、そろそろふすまを開け、ひざでにじって小さな布団へよると、女の子はくりくりした目をぱっちり開けて、こちらへ顔をむける。

「まあ、可愛い赤ちゃん、こんにちは、富栄おばちゃんよ」

　手をさしのべると、爪楊枝のような細い指で、富栄の衿もとからたれさがってゆれる小袋をつかむ。修一の髪をしまったお守りだった。

「修一おじさまがわかるのね。さ、あんよに、靴下はかせてあげましょう」

　富栄はあやしながら、桃色の小さな足にかぶせた。

「ありがとう、富栄さん。炭も練炭もたりなくて、冷えこむ晩は、家のなかに一尺のつららがさがるの、それほど宇都宮の冬は寒いのよ。暖かい靴下を、本当にありがとね」

　ツヤは何度も礼を言った。初産《ういざん》をへて母になった喜びと満ち足りた落ちつきに、ツヤはふっくらして、柔らかな表情をしていた。

赤ん坊がむずかると、ツヤは厚着の胸をひらいて、白い乳をふくませた。はじめのうち、女の子は赤い靴下の足をばたつかせていたが、目をつむり、一心に吸いはじめた。戦争中でも、新しい命が懸命に生きようとしている。桃色の唇で力強く母乳をもとめる姿に、富栄は胸が熱くなり、ふと涙ぐんだ。

おなかを満たして眠っている赤ん坊を、ツヤは、富栄の腕にわたした。乳くさいぬくもりが、たしかな重みをともなって富栄につたわる。母になる憧れが、若い体のうちに芽ばえていた。

富栄が赤い靴下をはかせた赤ん坊の所在をさがした。

六十代になるその女性は、アメリカ人と結婚して二人の息子をもうけ、ネバダ州にくらしていた。

米国資本の石油会社に勤務して中東サウジアラビアに住んだこともあるその女性は快活で、話は論理的であり、また親身《しんみ》の優しさをそなえていた。大陸へわたった修一と、その姪であるこの女性は、どこか気質が似ているのかもしれないと想像しながら話をきいた。

彼女は、亡き母ツヤと叔母たちから聞いた「修一おじさま」の生いたち、人となりを語ってくれた。

後日、母の遺品から、修一が姉のツヤにあてた手紙が見つかったと報せがあり、送られてきた。

黄ばんだ薄紙の便箋に、黒い万年筆でつづられた書簡だった。日本を去るにあたって、長男の修一は内地の家族を案じ、姉によろしくと託《たく》している。

日付は書かれていないが、昭和十九年十二月中旬、結婚直後の修一が、マニラにたつ直前に、姉へおくった最後の手紙と推測される。

それは、姉の出産、すなわち赤い靴下の女の子の誕生を祝う言葉から、はじまっていた。

「ツヤ姉さん、今度《このたび》お目出当う御座います。

在京中はいろいろお世話になりました。過去数年来、私達姉妹兄弟一同集って、小さなときに皆して笑った、あの楽しい一刻《ひととき》を、富栄も入れて皆大きくなった今も、一度丈《だけ》でも造り度《た》いとは考えて居たのでしたが、それも出来ず早々に渡比する事が残念に思うのみですが、戦争であるのであるから、致仕方《いたしかた》ないと考えて居ります。

顧みれば姉さんには大変にお世話になっていますね。又今後よろしく頼みます。恐らく、父とは、再会する機会はない事と思って居りますが、これも亦《また》、戦争下であれば私事《わたくしごと》に捕《とら》われているときでありませんから、その不孝は許して頂きます。

父万一の場合は、土家の兄さんにも頼んで置きましたが、姉さんが中心となって、富栄に協力してやって下さい。

近代の女性としては珍しい程気を使うやさしい富栄です。きっといい人だと思われることでしょう。私自身誰れに感謝していいかと思い、それに報《むく》わるよき修一になろうと考えているところです。

（略）

右の様な次第で、私も安心して遠くへ行く事が出来る訳ですが、やがて疎開するとか、富栄を栃木に呼ぶことになるとか、という場合、未《ま》だ々々、主婦としての力に足りないところがある訳ですから、その方面を、指導して置いて下さいませ。呉々《くれぐれ》も頼みます。

心慌しく、表現に不十分では有りますが、向上、満足、感謝という入社以来の信念を今後も続けていける確心〈信〉が出来て私はよろこんで居ります。実際、今迄《いままで》順調に育って来た二十九年を最後と、結婚に依《よ》ってがらりと変わってしまう不安を持って居たのでしたが、不必要であることが分かりました。今後十年も続く事を祈りたい気持ちで一杯です。

勿論山崎ご両親のお配慮預《あずか》るところ大なるものがあります。

（略）

呉々も富栄のこと、父亡き後の事を頼みます。
そして、姉さんもお体大切にして下さい。
私も再び日本にかえるかどうか分かりません。
日本を去るに際し、さようなら」

呉々も富栄を頼みますと、二度にわたってたのんでいる。やはり、いちばんの気がかりは、残していく若い妻だった。

修一は、昭和九年、十八歳で三井物産に入社した。それから昭和十九年までの十年間、「向上、満足、感謝」を信条に、仕事にうちこんできた。

戦前の旧三井物産は、商業学校、実業学校出身者を多く採用したが、幹部候補生というより、どちらかというと事務方が多かった。だが、昭和十一年に取締役会長をつとめていた井上治兵衛《いのうえじへえ》は、商業学校を出てトップに登りつめている。

修一は、日本最大の商社に職務をえている現実に、若者の野心をもった。たゆまず自分をみがいて「向上」すること、不平不満をもらさず「満足」すること、周囲の人々に「感謝」することを、みずからに課した。英語を学び、クラシック音楽とテニスをたしなみ、海外勤務を志望して、有能な企業人としての出世、本物の紳士への成熟を、長い目でめざしていた。

そうして刻苦勉励してきた独身時代のくらしが、裕福に生まれ育った富栄と所帯をもったのちもつづけられるかどうか、秘かに悩んでいたことが、書簡からうかがえる。

だが富栄は、彼と同じか、それ以上に堅実な努力家であり、夫婦で力をあわせて「向上」していける確信をえて安堵したことを、親しい姉ツヤには、素直にうち明けている。

「近代の女性としては珍しい程気を使うやさしい富栄です。」

昭和十九年九月の見合いから暮れの出国まで、三か月にわたって、彼は富栄を見てきた。

富栄のこまやかな優しさは、晴弘と信子が、皇族華族の着つけとお髪結《ぐしゆ》いに奉仕できる礼儀作法、気働きを指導したたまものであり、なによりも富栄が夫によせていた情愛の深さゆえだった。

奥名家の嫁となった富栄は、宇都宮に泊まり、ツヤをはじめとする夫の姉たち、妹たち、弟たちとうちとけ、日米両軍の戦闘が激化していくフィリピンにいる修一の身を、ともに案じた。

結婚式の白無垢では、かしこまったあいさつしかできなかったが、宇都宮では、修一の少年のころを聞き、心づくしの手料理を食べ、妹たちと床をならべておしゃべりする夜ふけも、なにもかもありがたかった。

帰京した昭和二十年一月二十一日、日曜日、富栄は父と、東大すぐ南にある本郷区役所にでかけて婚姻届をだした。

宇都宮の役場でうけとった修一の戸籍謄本を持参して、入籍はとどこおりなく受理された。富栄は、山崎晴弘の戸籍からぬけて、奥名富栄となった。

「お父さん、今までありがとうございました。これからもよろしくご指導をお願いします」娘はかしこまって言った。

みぞれまじりの冷たい雨がふっていた。

富栄は、修一の妻となった喜びにぼんやりとさえして、かたわらの六十五歳の父は、老いた親のわびしさに、どこかうつろな目をして、雨傘をさした二人は、御茶ノ水までの下り坂を長ぐつで歩いていった。

●昭和十九年（一九四四）十二月　修一二十八歳　フィリピン

「私も再び日本にかえるかどうか分かりません。」

修一は手紙に書き、十九年暮れにルソン島のマニラへおもむいた。

修一の入社以来の軌跡は、毎週一、二度発行されていた旧三井物産「社報」の辞令欄と通報欄、さらに年二回作成の職員録により、すべてたどることができる。

彼は、微妙なタイミングで、もっとも不運な時期に、マニラへ転勤していた。広東支店にいた修一に、マニラ支店転勤の辞令がでたのは、昭和十九年五月三十日。

サイパン島は玉砕前であり、日本は太平洋の制空権をもち、フィリピンに米軍の空襲はなかった。

修一が広東をはなれ、船で日本へ一時帰国の途についたのは同年九月十日。すでにサイパン陥落後だったが、マニラはまだ組織的な攻撃をうけていない。ところが、彼が上海を経由して日本へむかっていた海路途中の九月二十一日、マニラは米軍による空襲をうける。

九月二十六日に帰国。それから暮れの出国までの三か月間に、富栄と見合いをして結婚。そのわずか三か月に、フィリピンをめぐる状況は一変していた。

サイパン島を制圧したアメリカ軍は、すぐ西のフィリピン諸島奪回をめざして、十月、レイテ島に、兵力約二十万人の上陸作戦をはじめた。

レイテ湾海戦で、日本軍は、四つの艦隊を集結させたが、圧倒的な航空力の差で、米軍機から猛攻撃をうけ、戦艦武蔵（大和と同型の二番艦）が沈没するなど、主力戦艦を失う。

このとき、アメリカ艦隊に体あたり攻撃する神風《しんぷう》特別攻撃隊がはじめて編成され、二十二機が突入した。

だがその甲斐なく、十月二十日、米軍はレイテ島に上陸。二年前、日本軍進攻のルソン島から退却を余儀なくされたマッカーサーは、悲願のフィリピン再上陸を果たし、「アイ・ハブ・リターンド」（われは帰還せり）と、全世界にむけて発した。

むかえ撃つ日本軍は、参加兵七万五千二百人のうち、七万二千八百人が死亡。これにより太平洋の制空権、制海権をすべて失った。

次にマッカーサー司令官は、修一の赴任するルソン島上陸と、首都マニラの奪回作戦へと、動きはじめていた。

マニラへむかう機内で、修一は、フィリピンの大型地図をひろげた。富栄が用意してくれたのである。御茶ノ水に育った富栄は、神保町の書店街に子どもの時分よりかよいなれて、三省堂書店も岩波書店も、売り場をよく知っていた。本をさがすのもうまい。

フィリピンは、夏まで勤務していた中国広東省のすぐ南にある。地図で見ても、日本から思ったより近く、時差もわずか一時間だ。

マニラでの新生活が、安穏としたものではないことはわかっていたが、台湾を経由してフィリピンに近づくと、機内も暖かくなり、東京から着こんできた国民服と下のチョッキを脱ぎ、ワイシャツ一枚となって、気分もいくらかゆるんだ。

同乗の将校が、軍用機の前方にしかない小窓に指をさす。こちらへきて、外を見ろということらしい。

窓によった修一は、眼下の景色に、息をのんだ。

濃紺から青、水色、緑色へ透きとおって陸につづく海、浜辺の白砂のまぶしさ、ヤシと密林におおわれた数えきれないほどの島また島。南国の美しい風景に、魅入られた。

フィリピンは、七千余の島からなりたっている。

大きな島は、首都マニラがある北のルソン島、南に最大のミンダナオ島。その間に、セブ島、ネグロス島、レイテ島などがある。その各地に、三井は事務所をもうけていた。

マニラの業務について、修一は、日本橋の本店で、資料に目をとおしていた。

昭和十九年のマニラ支店員は、六十八名である。アジアの支店では、天津《テンシン》の百二十九名、京城（現ソウル）の九十四名、ベトナムのサイゴン（現ホーチミン）八十名につぐ規模で、北京の六十九名、新京（当時満州国首都・現長春）の六十五名にもならぶ。

マニラは、南方から日本への資源輸送の中継地点として、重要だった。

フィリピン産のとりあつかい品は、マニラ麻、コプラ油脂、砂糖、セメント。

マニラ麻は、耐水性があり、かつ水に浮くため、軍船舶のロープに利用、コプラは油脂原料であり、ダイナマイト製造にも使われた。

内地企業との提携もあった。小野田セメント、協和煙草《たばこ》、大日本麦酒《ビール》（戦後、サッポロビールとアサヒビールの前身に分割）と、現地工場を共同経営するのである。

こうした幅広い商品を買いつけ、集荷し、売るマニラで、修一は、多岐にわたる業務の会計を担当することになっていた。

軍用機が日本軍統治のマニラに着陸すると、しめった熱気がむっと修一をとりまいた。

到着口には、支店長代理兼庶務課課長の篠田昌忠、砂糖課課長の小木好夫がむかえにきていた。

篠田は、昭和十二年から十五年にかけて、修一が会計職と兼務して東京本店の電信掛《がかり》に在籍していたころの上司であった。電信と暗号編纂《へんさん》のプロである篠田から、三井物産の国際暗号ＭＢＫコードの指導をうけたのである。

二人はひさかたぶりの再会を喜びあった。

「篠田さん、おひさしぶりです。マニラの空襲を案じておりましたが、ご無事でなによりです」

「奥名君、よくきてくれた。ようこそマニラへ」篠田は、妻子を祖国にのこしてきた単身赴任の身であり、望郷の念もひとしおだった。それだけに、日本で可愛がっていた部下が、敵機とびかう空をこえ、はるばるマニラにきてくれたことが嬉しかった。

「またお世話になります」修一も、なつかしい上司の笑みに、戦火の異国に初めて赴任した緊張が、ほどける思いだった。

表へでると、馬車が待っていた。

「去年までは自動車が自由に使えたんだが、日本の負けがこんできてからは、馬車だよ。社宅から支店への通勤も、仕事の移動も」小木が言った。

日本の負け、という言葉が、平然と小木の口からでて、憲兵や特高が目を光らせている東京からきた修一は、返答に窮した。

「日本は負けるよ」新任の若造の表情をあきれたように見て、年かさの小木がはっきり言った。「こちらの新聞を読むことだ。キミ、英語は読めるだろ。たとえば、『マニラ・タイムズ』は、比較的中立だ。日本と連合軍の戦況を、客観的に伝えている。東京の大本営発表ほど、あてにならないものはないからな。商社員は、正確な情報が、商品と同じくらい重要なんだ」

浅黒い肌の現地人の御者が、修一のリュックをうけとり、三人は、屋根つき馬車にのりこんだ。

「東洋の真珠」と呼ばれる百万都市マニラは、パッシグ河が蛇行してマニラ湾にそそぎ、その北と南に市街地がひろがる。

優雅な石造りの西洋建築、古風なカトリック教会、庶民の粗末な木造家屋が混在して、独特の景観をつくっていた。往来の標識も、サンチャゴ通り、サンアンドレス通りと、スペイン語ゆかりのつづりで、ものめずらしさに目をうばわれる。

九月、十月の米軍空襲で、ところどころに破壊された建物がくずれて内部をさらし、石壁に弾丸の跡が生々しくのこる一角もある。

だが町はにぎやかで、道いっぱいに馬車、荷車をひいた自転車、自動車、トラックがゆきかい、混雑していた。

「思ったよりも空襲がひどくなかったようで、ちょっと安心しました」

「なに、日本軍がくる前は、もともとスペイン人とアメリカ人が、統治して造った町なんだ。自分たちがたてた立派な建造物をぶっ壊すほど、やつらも馬鹿じゃないさ」砂糖課に似ず、小木は辛口だった。だが、彼の楽観的な予想ははずれる。

社宅はパッシグ河の北岸、リサールカレッジ前の千坪ほどの地所にあった。マラカニアン宮殿にも近い高級住宅地である。高い塀にかこまれた敷地には、大きな屋敷が八軒たちならび、独身社員が七、八人ずつくらしているという。テニスコート、広い庭園、迎賓館兼集会所の壮麗な洋館、給仕と召使いの宿舎もあった。

翌日、篠田が、さっそくマニラ支店と町を、馬車で案内してくれた。

社宅から通りを南へすすむと、幅広のパッシグ河につきあたる。濁った水を満々とたたえ、照りつける陽にぎらぎら光る水面に、大型船から古ぼけた木造船、小舟まで、さまざまにゆききしている。

河にかかるジョーンズ橋をわたる手前に、白亜と赤の大理石が美しい縞もようをえがいた威風堂々たる建物が、青空を背にそびえていた。その前に、篠田は馬車をとめさせた。

「奥名君、わが社のマニラ支店だ。フィリピン生命保険のビルで、二階フロアを借りきっているんだよ。もっとも、今日はクリスマスでお休みだ、カトリック教国だからね」

支社は大河の川岸にあり、水運の便がよい。ビジネスの一等地でもある。修一は南方における三井物産の威力に感じいった。

ジョーンズ橋をわたってパッシグ河をこえた南岸には、左手に国立中央郵便局、右手には、高さ五メートルもの石垣の城壁がそびえていた。

城壁内にはいると、スペイン統治時代に造られた南ヨーロッパ風の美しい町なみがつづいている。

丸いドームをいただいた優雅な大聖堂では礼拝をしているらしく、祈りの声が聞こえてくる。二階からはりだした木製のヴェランダに花が飾られている。馬車は、石畳の道を揺れながらすすんだ。

「フィリピンは、十六世紀にスペインの植民地となり、十九世紀からアメリカ領、そして昭和十七年、一九四二年から、わが国が支配している。城壁内には、日本の憲兵隊本部もある」篠田は淡々と説明する。「真珠湾攻撃までは、取引先や現地採用のフィリピン人と、うまくやってきた。でも今は……。キリスト教徒のマニラ市民にむかって、現人神《あらひとがみ》の天皇陛下を崇拝せよ、日の丸をあげよ、日本語を学べ、と無理強いしているものだから、反感をもつ人たちもいる。商社員が心配することではないのかもしれないが」

誠実な目をした篠田は、思慮深げに黙った。

修一も黙っていた。

馬車が近づくと、はなし飼いの黒いニワトリが、細い足で道ばたに逃げる。一羽が鳴き声をあげた。モンペの富栄と卵を集めたのが、ずいぶん前のような気がして、修一は、強烈な郷愁をおぼえた。


その夜、社宅の集会所で、歓迎会がひらかれた。大阪の支店から転勤してきた日本人女子社員もいて、なごやかな宴会だった。

さっそく支店長の三田がスピーチをした。

「古くから、袖ふりあうも他生《たしょう》の縁と申します。国内外の支店からあつまったわれわれもまた、一つの不思議な縁で、マニラで働いております。戦況の激化により、当地は物価高騰のインフレにくわえ、各島々との輸送事情も悪化しており、さまざまな困難が予測されますが、新任の奥名君とともに、みなさんで力をあわせ、また個々が責任感と使命感をもって、職務にはげんでいただきたいと思います。マニラ支店一同、奥名君を大いに歓迎いたします」

天井に扇風機がまわる大食堂へ、料理が次々とはこばれる。食材は、本土とはくらべものにならないほど豊かだった。大日本麦酒の現地生産ビールが何ダースも用意され、白米もふんだんにある。豚と鳥の串焼き、揚げ魚、中国風の炒めもの、焼きそば、焼きめし、酸味のきいたスープ、イモのケーキにココナツ風味の焼き菓子、バナナ、パイナップル、見たこともない南国の果物、コーヒー、紅茶。

富栄にも食べさせてやりたいと修一はせつなくなり、すまない気持ちがした。今ごろは山崎の両親と、庭の野菜をゆでたおかずに、スイトンの夕飯だろうか。

食後はダンスとなり、現地の若い娘たちがよばれた。西洋人との混血が多く、彫りの深い顔だちに赤い口紅をさしている。ワンピースから日に焼けたほっそりした素足をのばし、ハイヒールもはいている。

内地では、モンペにズックの女ばかり見ていた若い修一は、顔がほてった。富栄も、化粧をして華やかに装えば、さぞかしきれいだろう。

修一はダンスにでなかった。ついこの前結婚した男が、外地にきたとたん女の腰に手をまわして踊るのは、妻に申し訳なかった。男の純情だった。

明日の出社にそなえて休みますと断って会場をでると、篠田もついてきた。

「私もにぎやかなのは苦手でね。去年まで、マニラの日本人街には芸者もいて、三味線の音が、通りまで聞こえたものだよ。それほど大勢の日本の企業人と商人があつまっていたんだ。ルソン島だけで、日本人が六千人はいただろうね。でも今じゃ、内地にもどったり、こちらの工場に徴用されたり、北のバギオへ避難したり。バギオは軽井沢のような高原の避暑地で、涼しいところだよ」

「内地に郵便はとどくでしょうか」富栄に手紙を送りたかった。

「飛行機便はむずかしいだろうね。でも船便ならとどくだろう。支店の近くには三菱商事のオフィスもあって、日本むけの郵便は毎日でている。ほら、あれが南十字星だよ」

篠田が指さした。そのさきには、四つの大きな星が菱形にならび、漆黒の夜空に光っていた。日比谷公園の夕ぐれ、一番星を見あげた富栄の横顔が、思いだされた。

「支店長は言わなかったが、マニラでは、十月から在留邦人の現地召集がはじまっている。民間人をあつめて、臨時の中隊、大隊をつくっているんだ。実は昨日、三菱商事のマニラ支店では、二十二人が海軍に召集された。君が代を歌って、天皇陛下万歳の壮行会をして。われわれの支店も、どうなるかわからない。とくに奥名君は、二十代で若い」

部下思いの篠田は、修一を気にかけて、ともに中座したようだった。だが四十代の篠田自身も、ほどなくマニラで召集される運命となる。


昭和十九年のマニラ支店に勤務していた男性が見つかり、話をうかがった。

八十九歳になるその人は、修一と同じ会計課に所属していた。だが、名刺交換くらいはしたかもしれないが、記憶にないという。修一の着任からほどなく、彼は支店を去っていた。

「支店長とけんかしましてね、私も若かったですから。それでルソン島の南部、ピガールにある小さな事務所にとばされたんですわ、ウィスキー一本もたされて。でもそのおかげで、戦後、生きて日本へ帰ることができました。マニラにのこってたら、命はありませんでした」

当時のマニラ支店員の名前と所属課を、私は職員録から読みあげた。

戦前の同僚たちの名を耳にすることで、かつて机をならべた仕事仲間の顔がよみがえり、そこから、職場の様子、町の風景を思いだしてもらえるかもしれない。

「ああ、その人は死にましたよ、この人は、生きのこりました、あ、その人も亡くなりましたねぇ」

男性は、マニラ時代の同輩たちの名を聞くと、急に若い日にもどったように生き生きと声をはずませ、いかにもなつかしそうに、そして無念そうに、死者たちの名をくりかえした。それから遠い日の記憶をたどるように目をつむり、長い息をはいた。

●昭和二十年（一九四五）一月　東京

修一のマニラ着任は、東京に打電された。

三井物産「社報」第二三五号（昭和十九年十二月二十九日付）の通報欄に、

［奥名修一（馬尼刺《マニラ》支店勤務）去《さる》二十六日着任］とある。

富栄に修一をひきあわせた飯田富実は、すぐさま本郷に電話で報せた。

夫の無事に、富栄は父母と手をとりあって喜んだ。

しかし年があけても、修一からの便りはなかった。富栄は日にいく度も郵便うけをのぞき、朝いちばんに新聞を読んだ。

一月七日付の「読売報知」が、フィリピンを大きく報じた。

「敵、ルソンに新作戦企図」として、リンガエン湾に百隻内外の上陸用舟艇《しゅうてい》群が侵入、とある。

アメリカ軍の船が姿をあらわしたリンガエン湾とは、どこだろう。

富栄は、修一に贈ったものと同じ地図をひらいた。湾は、ルソン島の北西部にあった。南のマニラまで、直線距離にして二百キロほど。アメリカ軍が上陸したら、マニラの修一が危険だ。晴弘も信子も、新聞と拡大鏡をとりあうようにして記事を読んでいる。

続報ものった。

翌八日付「敵、リンガエン湾に侵入。艦砲射撃、ルソン上陸狙《ねら》う。荒鷲《あらわし》〈引用者註・日本の空軍〉、敵船団を猛攻」

九日付「比島決討《けっとう》刻々緊迫化す、敵艦砲射撃を続行、リンガエン湾、上陸の機窺《うかが》う」

十日付「敵船、実に三百数十、昨朝来リンガエン湾沿岸砲撃激化」「三輪船撃沈破、荒鷲連日の猛攻」

十一日付「敵、遂《つい》にルソン島上陸、迎え撃つ大激戦」

十五日付「マッカーサー上陸」

十六日付「敵更《さら》に新上陸」「海岸の敵も我陣地接近」

二十六日付「敵、ルソン南下作戦推進」「敵戦闘機マニラ周辺銃撃」「二十三日夜間、マニラ方面に来襲した敵機はＢ24、小型機など百四十一機であった」

富栄は暗い表情で紙面から顔をあげた。アメリカ軍は上陸し、少しずつマニラへ近づいている。しかも首都は、空からも攻撃されている。

いてもたってもいられず、三井の飯田に問いあわせた。

「富栄ちゃんか、ちょうど連絡しようと思ってたとこ。奥名君は、マニラ支店で現地召集されました。まだ情報が錯綜《さくそう》しているが、支店では、かなりの人数が召集、残りは疎開命令がでたらしい。本来なら、武運長久を祈りますと言わねばならないが、とにかくご無事を祈念します」

あわただしく電話は切れた。受話器をもつ富栄の後ろで、気をもんでいる晴弘と信子に伝えると、老父母は無言のまま、しわばんだ目をおとした。

二月になると、記事はさらにふえた。

二日付「敵、猪突《ちょとつ》のマニラ指向。先鋒《せんぽう》七十キロに迫る」

六日付「敵、マニラ包囲へ狂奔《きょうほん》。先鋒、既に北郊到達、敵兵力十一師団・千機」

八日付「敵一部、市南側に進出」米軍は、落下傘部隊をマニラ南部に投下。マニラの日本軍へむけて北と南から、はさみ撃ちがはじまった。

九日付「マニラ猛炎下の市街戦　本格化する持久出血戦」

十日付「砲弾下、マニラ市街戦激烈。パシグ南部堅守」

北から攻めてくる米軍をさけるため、日本軍は、パッシグ河にかかる最大の橋ジョーンズ橋を爆破した。修一の三井物産マニラ支店は橋のたもとにある。

だが米軍は、陸水両用戦車と船で河をわたり、ついにマニラの南部にも到達した。

十一日付「阿修羅、渡河の敵邀撃《ようげき》。凄壮焰《せいそうほのお》のマニラ全市。『数時間でマニラを攻略する』という敵将マッカーサーの空宣伝を粉砕して、火と鉄に覆われたマニラで、鉄血部隊の伝統を遺憾なく発揮、壮絶鬼神《そうぜつきじん》を哭《な》かしめるわが守備隊の奮戦が、すでに一週間に亙《わた》って続けられている」

日本のマニラ防衛軍が抗戦している勇ましい文言に、富栄は胸がしめつけられるようだった。

このころ、フィリピンの防衛にあたる陸軍第十四方面軍は、マニラ撤退を東京の大本営に要請していたが、返事は「最後の一兵まで敢闘せよ」。撤退は許されず、決死戦となった。

また当初、米軍は、マニラ市役所、国会議事堂、財務省ビルなどの首都機能をのこす方針だったため、銃撃のみで、大砲、爆弾はつかわなかった。だが徹底抗戦の日本軍に業を煮やし、方針を転換。首都破壊をみとめ、省庁、病院、マニラ大聖堂も爆撃され、日本軍はたてこもる建造物を失った。

十四日付「全戦線に総斬込《そうきりこ》み、マニラ、皇軍佳節〈引用者註・紀元節、現建国記念の日〉の奮迅《ふんじん》。日本軍最大の抵抗」

十七日付「マニラ全線紛戦、大建築物は悉《ことごと》く炎上」

マニラは、空爆と地上戦の両方があり、燃えている。富栄は涙を浮かべて父にたずねた。

「フィリピンの総斬込みって、なにをするの」

「敵の眠った夜、相手のすきをついて、日本刀をふりあげて敵陣にいっせいに突入するんだ、万歳、天皇陛下万歳と叫んで。これぞ勇敢なる日本兵、皇国の勝利のために命をささげるは軍人の本懐であるぞ」

だが晴弘のいないところで、信子は言った。

「アメリカの鉄砲やら大砲の前じゃ、どうしようもないでしょうに、いっぺんに撃たれて」

目にたまっていた富栄の涙が、こぼれおちた。

武器弾薬の補給もなく、弾がつき食糧もつきた日本軍は、小隊ごとの万歳斬込みしか、残された策はなかった。

しかも日本刀をもてたのは将校のみで、ほかは竹槍だった。さらに突撃しても、サーチライトに照らしだされ、敵陣につく前に、機関銃の一斉射撃で全滅していた。

敵軍の銃弾、砲弾が飛びかうなか、修一はどこに身をひそめ、どこで眠り、なにを食べているのだろう。

修一のおかれている境遇を思うと、自分だけが屋根のしたで食事ができるありがたさが申し訳なく、食事ものどをとおらなかった。ふたたび飯田に問いあわせた。

「わからん、マニラ支店全員が行方不明なんだよ」飯田も悲痛に叫んだ。「山へでも逃げているんじゃないだろうか、こっちも情報がはいらないんだ」

「修一さんはどこの部隊ですか」

「さあ、マニラ市防衛部隊なのか、どこなのか」

新聞を読んでも、話をきいても、不安とあせりが増すばかりだった。


昭和二十年一月六日のリンガエン湾上陸と二月のマニラ市街戦を、日本の新聞は伝えたが、当時の言論統制下では限界があり、日本軍の絶望的な死闘も、日米の戦争にまきこまれたマニラ市民十万人の犠牲も、富栄は知らなかった。

三月三日、マニラは陥落する。

そのころ、東京の南方、小笠原諸島の硫黄島では、栗林忠道《くりばやしただみち》ひきいる日本軍と米軍が激闘をくりひろげていた。

アメリカ軍にとって、硫黄島は、サイパンのマリアナ基地をたったB29が、東京へ空襲へむかう中間地点にあり、東京で日本軍の攻撃をうけて損傷したB29の不時着にそなえる戦略基地として、大きな価値があった。

●昭和二十年（一九四五）三月九日　本郷

北西の風が吹きあれて軒下にうなりをあげ、雨戸ががたがた鳴っていた。

寝床にはいった富栄は、いつものように修一に語りかけた。夫が死んでいるかもしれないという考えは、もたないことに決めていた。結婚式の夜にかわした約束を富栄は守りぬいた。

「兵隊になられた修一さん、毎日ご無事を祈っております。

オリンピアではお得意様が疎開され、客足は減りました。美容を敵視する風潮はさらに強まり、肩身がせまく感じられます。

午後は憲兵がきて、アメリカの婦人雑誌がないか、抜き打ち検査をしました。美容の大切な洋書は天井裏に隠してあり、見つかりませんでしたが、『わが国の重大時局において髪結いとは馬鹿者が。おまえはなぜ女子挺身隊にはいらぬか』とたずねるので、『わたくしは結婚しております』と正直に答えると、顔をゆがめてにらみつけるので、きっとビンタされると体が冷たくなりました。

憲兵が帰るなり、つた姉さんにしがみついて泣きました。つた姉さん、おぼえておいでてでしょう。戦病死した輝三男兄さんの奥さんですが、もともと私のいとこですから仲よくしています。姉さんには女の子と男の子がいて、三人でオリンピアに住んでいます。

父は、美容業界への風あたりをまともにうけて、内心、私以上に苦しんでいることと思います。美容学校を作ってより、その道一筋に半生をささげてきた人ですから。

けれども美容師ごときは国賊だと、白い目で見られるからなおさら、父は愛国者としての立場をしめそうと、司法保護員をひきうけ、警防団長に任命されると、人一倍、防空消火にはげみ、バケツリレー、竹槍訓練の指揮をとり、さらに帝国在郷軍人会の地方委員をしているのだろうと推測しています。

修一さん、今日は、私たちの結婚式から三か月です。三か月前の今夜、私は幸せでした。また会える日を、ご健闘と、ご息災をお祈りします。おやすみなさい」

その夜十時三十分、警戒警報が鳴った。ラジオをつけると、ほどなく警報は解除された。

富栄は非常袋を枕もとにおき、避難のためにズボンとセーターに着かえてから、また布団にもぐり眠りについた。それが、十万人が亡くなる東京大空襲のはじまりだった。

第四章　戦争未亡人の美容師

●昭和二十年（一九四五）四月　滋賀県神崎郡八日市町《かんざきぐんようかいちまち》

桜が散っていた。新緑がもえはじめた木立に、うぐいすの声が響く。風にこぼれる薄い花びらを頬にうけながら、富栄の心はむなしかった。

八日市駅の裏手にある小高い丘の見晴台に、富栄と信子はむかっていた。のぼるにつれて、眼下に町の全景がひらけていく。見晴台につくと、母と娘は肩で息をして、春がすみの湖東《ことう》平野を見わたした。

すぐ手前には、八日市町の黒い屋根瓦の家々がつらなり、甍《いらか》が昼さがりの陽に淡く光っている。ひときわ高い石造りの洋館は、明治にたった銀行だと信子が教えてくれる。

町はずれから先は、田畑がひろがり、遠くに鈴鹿《すずか》山脈が青く横たわっていた。

「あの峠をこえたむこうは、三重県の桑名だよ」山脈を指さし、湖東に生まれた母が、東京生まれの娘に語りかける。

青空には白い雲がうかび、平野に影をおとしていた。その丸い影をひきつれて、雲はゆっくり流れていく。

切り株に腰をおろした富栄は、ため息をついた。それは、どうにか生きて疎開先にたどりついた安堵とも、焼けだされた者のなげきともとれる深い息だった。

この静かな春の山にいても、富栄の脳裏に、三月の大空襲がよみがえるのだった。照明弾がはじけ、強い光に目がやられたかと思うと、爆撃機がうなりをあげて近づき、焼夷弾がひゅるひゅる音をたてて次々と落ちてくる。屋根をつきやぶり、家々を壊す轟音、火薬と油のはじける匂い、爆風に、一瞬、意識が遠のき、女の人の悲鳴、子どもの泣き声にまた意識がもどる。

襲いかかる炎の熱さと爆風に頬をうたれ、前髪をこがしながら、防空ずきんの富栄と信子、アルミかぶとの晴弘は、リヤカーに荷をつんでひき、風上の本郷元町小学校の鉄筋校舎へやっと逃げると、遠く上野松坂屋のあたりから、浅草、本所、深川まで火につつまれ、空がオレンジ色に染まっていた。

「おまさが……」三人とも、あとは声にならなかった。

この夜、帝都の空には、B29が百三十機来襲、銀色の機体は地上の劫火をうつして、腹が紅に染まり、ぎらぎらしていた。

富栄は、滋賀県の八日市町へ疎開してきたところだった。母のふるさと押立村横溝の隣町である。

三月十日未明の東京大空襲で、晴弘が経営する御茶ノ水の学校と自宅は焼失した。銀座二丁目のオリンピアも全焼した。わずか数時間の空襲で、富栄は、みずからが校長となるはずの学校、自宅、最新の機器をそろえた銀座の美容院を失った。

御茶ノ水駅の北側、学校のあった本郷一丁目は焼け野原となり、のこったのは、軍部に供出した鉄筋コンクリート校舎だけだった。

おまさが転居した本所区（現墨田区）では、二万五千人が死亡。家屋の九割以上が焼失して、焦土と化していた。

錦糸町へいってみると、染め替え屋は全焼し、黒焦げになった柱二本と反物を染める石の洗い場だけがのこっていた。近くの焼け跡を片づけるおかみさんにたずねたが、ひっ越して間もないおまさを知らなかった。

焦げくささと人肉が焼けて傷んでいく異臭が、たちこめていた。白煙がたつ焼け跡に、黒焦げの死体がたおれていた。その腹に、野良犬が鼻先をあてている。富栄は胸の悪くなる思いで、追いはらった。やせ犬は、乳房と腹がふくれていた。身ごもった母犬だった。飼い主もどこかで死んだのだろう。富栄はいたたまれなさに涙ぐみながら、地面の亡骸《なきがら》に手をあわせた。

話を聞いてまわると、そのおまさという婆さんは、染め替え屋の妹と、焼夷弾の火にまかれて仏さんになったんじゃないかということだった。四方からせまりくる火の熱さにたえきれず、隅田川にはいって溺れたという話も聞いた。富栄に産湯をつかわせ、育ててくれたおまさは、死に場所さえわからなかった。富栄は泣きながら帰った。


本郷では、婚姻届をだした区役所も焼けた。修一との結婚書類も灰になった。フィリピンで現地召集された夫は、相変わらず行方不明だった。

三月三日、マニラが米軍の手におちると、新聞は、連日のフィリピン戦の報道を、不自然なほど急にやめた。それが日本の大敗北を意味していることを、富栄はもうわかっていた。南方の状況を知る手だては失われた。

山崎家の三人は、本郷弓町の小島秀雄宅にまず身をよせた。

晴弘は、三度めの正直とばかりに、六十代になって再々建した校舎が、また燃えおち、憔悴し切っていたが、警防団長と在郷軍人会役員の責務をまっとうせんと、本郷一丁目の死傷者、被災家屋をしらべあげて警察と消防に協力すると、三月半ば、信子にともなわれて滋賀県へ疎開していった。

　空襲の夜、晴弘は、赤く染まった夜空のもと、焼夷弾に燃えていく町内の家々、美容学校の校舎に消火栓から放水した。だが、爆弾からとびちる油に、火は勢いをまして荒れ狂い、なすすべもなかった。消火をあきらめ、リヤカーをひいてたち去るとき、彼は不思議な光景を見た。

　炎のなかに、四十代の自分がいた。関東大震災後の大火の火の粉がふりかかり、燃えていった最初の校舎の前で、疲れて道ばたに腰をおろし、炎に顔をあぶられ、脂汗と涙を流している自分だった。

「おい、おまえ」

　晴弘が声をかけると、男はこちらを見たまま炎につつまれ、米軍機の機関銃掃射をあびている。不吉さに足がすくみ、歩けなくなったところを、防空ずきんの富栄が腕をひっぱり、大声で叫んだ。

「お父さん、早く！」震災の日、ふすまの下で泣いていた娘に助けられた。

だが財産を失った晴弘は、学校長としての日々が終わったことを感じていた。

　信子だけが気丈であり、冷静に前をむいていた。

「お父さん、命あってのものだねですよ。命だけは助かったんです。戦争が終われば、また富栄が校舎をたててくれます」

動きはじめた列車が焦土の都心をはなれて、早春の芽ぶきの多摩川土手をわたるころ、信子は言った。

だが戦後、富栄は太宰と出会い、恋が、女の運命を変えていく。

晴弘が一代で築きあげ、卒業生一万人を輩出した政府認可第一号の美容学校は、再建されることなく、戦争によって、三十二年の歴史をとじた。


空襲後、東京に残った富栄は、本郷の小島家から、学校と美容院の焼け跡にかよい、後片づけをした。徒労感におそわれながら、使えそうなハサミ、ヘアピン、焼きごてを拾いあつめた。

仮役場で罹災証明書をとり、疎開の届けをだし、戦災保険の手続きもした。だが本当に保険金が支払われるのか、見当もつかなかった。

つたは、自宅もかねていたオリンピアから焼けだされ、子どもをつれて仙台の実家へ疎開することになった。

「つた姉さん、戦争が終わったら、二人でまた美容院をひらきましょう。死んじゃだめ、かならず生きて会いましょう」

二人は、涙に光る目で別れを告げた。

四月二日、東京はふたたび空襲をうけ、小島家も全焼。

富栄はひとりで八日市町へむかった。その前に、本郷の校舎の焼け跡にたちより、疎開先をしるした木札をたてた。

「山崎晴弘、信子、奥名富栄。疎開先　滋賀県神崎郡八日市町二四四」

力強く墨で書いた。

修一が復員したら、まっ先にここへもどってくるだろう。消息の知れない夫に、せめて妻の無事を知らせたい。あの人と八日市で再会したい。富栄の切なる願いがこめられた立て札だった。

『斜陽』の女性《ひと》、太田静子は、滋賀県愛知《えち》郡愛知川町の出身である。

鈴鹿山脈に源を発して琵琶湖にそそぐ愛知川の中流に、富栄が昭和二十年春に疎開した八日市町があり、わずか五キロ下流に、静子が生まれ育ち、女学校にかよった愛知川町がある。

晩年の太宰を愛し、戦後、三鷹で顔をあわせる二人の女性は、ともに琵琶湖の東岸にくらした不思議な縁でつながっていた。

八日市町は、琵琶湖の東、彦根と大津の中間にある。

近江から鈴鹿山脈の八風峠《はっぷう》をこえて伊勢へむかう八風街道と、同じく近江の多賀《たが》大社から伊勢への脇街道、御代参《ごだいさん》街道がまじわる市場町であり、古くから伊勢参りや京へむかう旅人、商人がゆきかい栄えた。路傍の古石に、右は京、左は伊勢とほられ、瓦屋根をのせた家々も古風である。

大正時代には、郊外に陸軍の飛行場がつくられ、のちには航空隊と航空教育隊がおかれた。ちなみに戦後、俳優となる三船敏郎は、ここで航空教育隊に所属、パイロット姿の写真がのこっている。

そうした兵隊に面会するため、全国から家族があつまり、旅館、料理屋もにぎわい、花街もあった。

その八日市町に、信子の弟黒川嘉一郎がくらしていた。

嘉一郎は大陸へわたり、昭和十八年まで、天津の日本租界で、ダンスホールと料理屋を経営していた。将校と日本企業の駐在員がでいりする店は繁盛し、妻は和装に毛皮をまとい、富栄のいとこにあたる娘たちは革ぐつをはいて人力車で通学していた。しかし仕事先より日本の敗勢を知らされ、いち早く内地にひきあげ、八日市町で「思い出食堂」としゃれて名づけたうどん屋をひらいていた。

嘉一郎は、昭和十九年十二月、富栄の結婚式にも上京して、参列している。戦時下も好きな歌舞伎と芸事を忘れず、義理人情に厚く、面倒見のいい弟をたよりにして、信子は疎開したのだ。

そこに、ひと月遅れて四月、富栄もくわわった。

「思い出食堂のとなりを、カギヤ薬局さんから借りてあるさかい、洋裁屋でも、散髪屋でも、したらよろし。田舎やさかい、食糧もどうにかなる思うし、心配せんでええから」

「おじさん、お世話になります」富栄は頭をさげた。

「おじさんやなんて、水くさいなぁ、おっちゃんでええよ。辛気《しんき》くさいんはかなわんさかい、富栄ちゃん、いっつもニコニコしとってや」

被災した姪をはげますように、長身の嘉一郎が、背をかがめて笑いかけた。


晴弘は、本郷の防空壕からほりだした焦げくさいミシンを四台、八日市町へはこんでいた。「思い出食堂」のとなりに借りた店舗に、「山崎洋服店」と看板をかかげ、一家はひとまず、洋裁の仕立てと指導をなりわいとした。

店は、御代参街道の商店街にあった。江戸時代からの豪勢な商家がたちならぶ表通りである。大正時代に上質の建材でたてられた商家の一階が洋服店、その二階が、晴弘と信子の新しい、そして終の住処となった。

映画監督出目昌伸《でめまさのぶ》は、八日市町の出身である。『玄海つれづれ節』（一九八六）、『きけ、わだつみの声 Last Friends』（一九九五、日本アカデミー賞監督賞）、『霧の子午線』（一九九六）、『バルトの楽園』（二〇〇六）などを撮った出目に、疎開中の富栄をおぼえていないか、問いあわせた。以下、返信から引用する。

［山崎富栄さんが滋賀県の八日市町に疎開されていたのは、小生が国民学校六年生から中学（旧制）一年生の時期。町に隣接して陸軍の飛行場があり、昔は市場で賑わった町ですが、当時は軍隊一色の殺風景なもの。市《いち》とは名ばかりで、すべてが統制々々と制限を受け、売る物が殆《ほとん》どない時代でした。それでも縁故を頼って都会や外地から幾組かの疎開家族が住みつかれました。山崎家もそんな一家だったのでしょう。私の生家とは距離五十メートル足らず、いわゆる隣組でした。

当時、若い男女は軍隊や軍需工場に徴用され、とかく暗いムードの町内に、突然降って湧いたような江戸っ子女性・富栄さんの出現は、事件といえば事件でした。青春前期の小生なども、眼鏡がよく似合い歯切れのいい東京弁を話す富栄さんに都会女性の典型をみる思いでした。今も明朗闊達で垢抜けた印象ばかりが記憶にとどまり、なぜかモンペ姿の富栄さんが思い浮かばないのです。

戦争末期、町の飛行場はアメリカ軍の艦載機の標的となり、機銃掃射も何度か経験しました。そんな時、富栄さんは老人や子供を引率して近くの山に避難させる役をしておられました。そのテキパキした立ち居振る舞いから、後年太宰をして「すたこらサッチャン」と言わしめたいわれも納得です。町内協同の防空壕掘りにも参加されていました。」

出目の妹にあたる和子は、当時、小学生だった。昭和二十年の夏、空襲警報がでた夜、富栄の引率で避難している。

「富栄さんにつれられて、子どもらがお寺に避難したんですわ。『さ、みなさん、二列にならんで、お手洗いはこちらです』って、ハキハキ言わはって、子どもらがみんな、『お手洗いてなにぃや？』ゆうて顔見あわせて、ざわざわしたもんです。そのころ八日市では、お便所ゆうてましたから。東京ではお手洗いゆうんか、キレイな言葉やな、なんやハイカラさんがきはったなぁて、びっくりしました」

本郷で講師として教壇にたった経験が、富栄に指導力と度胸をやしなっていた。結婚し、夫とはなれ、大空襲をくぐりぬけた富栄は、若い娘から大人へと脱皮していた。

こうして町の人々に、さわやかな風のような印象を残した富栄だが、生死不明の夫を案じる憂いも秘めて日々はすぎ、敗戦が近づいていた。

昭和二十年七月二十四日と二十五日、軍事施設のある八日市町は、米軍機動部隊の空母から発進してきた戦闘機の攻撃をうける。

広島につづいて長崎に新型爆弾が投下された翌日の八月十日、町の空には、赤と青の紙きれが、落花のように舞った。米軍機がまいたチラシだった。

そこには、降伏をすすめる言葉が、日本語で書かれていた。

昭和二十年四月、富栄が八日市へ疎開した同じ月、太宰は三鷹から、美知子の里、甲府へ疎開した。

三月末、ひとあしさきに妻子を疎開させ、太宰はのこったが、四月二日、三鷹の家が爆撃をうけた。自宅には、太宰に師事していた田中英光もくらしていた。

田中は、早稲田大学在学中に、ボート部員としてロサンゼルス・オリンピックに出場した。その経験をもとにした青春小説『オリンポスの果実』（昭和十五年）を、太宰の協力によってすでに発表していた作家である。田中と太宰は、庭の防空壕に半身生き埋めとなり、書きかけの原稿用紙が隣家にまで舞いあがった。

太宰は、短編小説「薄明」（昭和二十一年）の冒頭に書いた。

「東京の三鷹の住居を爆弾でこわされたので、妻の里の甲府へ、一家は移住した。甲府の妻の実家には、妻の妹がひとりで住んでいたのである。…（略）…私は三十七になっていた。妻は三十四、長女は五つ、長男はその前年の八月に生れたばかりの二歳である。（略）いつまでも東京の三鷹で愚図々々しているうちに、とうとう爆弾の見舞いを受け、さすがにもう東京にいるのがイヤになって、一家は妻の里へ移転した。そうして、全く百日振りくらいで防空服装を解いて寝て、まあこれで、ここ暫《しばら》くは寒い夜中に子供たちを起して防空壕に飛び込むような事はしなくてすむと思うと、これからさきに於《おい》てまだまだ様々の困難があるだろう事は予想せられてはいても、とにかくちょっと安堵の溜息をもらしたという形であったのである。」

太宰を実の息子のようにもてなしてくれた義母くらは、もう他界していた。美知子の弟は海軍にはいり、妹の愛子が一人で家を守っていた。そこに太宰はうつり住んだ。

甲府には、井伏も疎開していた。そこで太宰は、最初の妻初代が、前年に中国青《チン》島《タオ》で死んだことを、井伏から初めて聞かされる。

太宰と別れた初代は、水商売をして大連《だいれん》、青島に流れ、三十三歳で病没。井伏は一年間、太宰に教えなかった。

美知子との結婚を世話した井伏は、やっと懶惰《らんだ》な生活からぬけだして所帯をもち、父となった太宰のためを思えばこそ、麻薬中毒に借金、深酒の過去につながる女の話をさけたのであり、それは年長者の知恵である、と解釈するのが妥当だろう。

だが、前夫に一年間も黙っているのは無神経であり、情にうといと解するむきもあるかもしれない。

太宰がどうけとめたか、それはわからない。戦後、太宰は、世話になった井伏と距離をおくようになり、親密だった二人は疎遠になっていく。

せっかく疎開した太宰一家だが、昭和二十年七月六日夜半、千百二十七人の死者をだした「甲府たなばた空襲」に見舞われる。美知子の実家は全焼した。

ちなみにさきほどあげた短編「薄明」は、甲府の疎開ぐらしとたなばた空襲のあとさきを、ちょうど結膜炎で目がふさがっていた幼い長女を案じる父の心情をまじえてえがいた秀作である。家族を守って戦時中を生きる若い父の姿がこのましい。

空襲後の七月二十日、甲府の太宰は、親しい弟子で京都にいる堤重久《つつみしげひさ》に、葉書をおくった。

堤は、新宿の医者の息子で、鼻すじのとおった好男子だった。高校時代に太宰の熱烈な読者となり、東大在学中の昭和十五年、三鷹の家をたずねてより親交をもったが、そのころは京都に移りすんでいた。

［拝復　御手紙ありがとう。こちら全焼した。三鷹ではバクダン、甲府ではショウイダン、こんどは砲弾か、どうもことしは運勢よろしくない。まず着のみ着のままという状態になった。甲府にも居られず、妹とわかれて、われら妻子いよいよ津軽行きだ。もう五、六日経つと、出発の予定、前途三千里、決死行だ。金木へ行って、午前は勉強、午後は農耕という生活になるだろう。トルストイ伯爵に褒められるだろう。］

笑いごとではない事態を告げる文面だが、ユーモアが漂う。太宰は本質的にユーモアの作家である。

一家は、甲府から上京し、空襲で大混乱する上野駅より東北本線をのりつぎ、四日がかりで金木へ帰郷。

兄津島文治が家長をつとめる家で、洋間もある風雅な離れにおちつき、敗戦日をむかえた。

●昭和二十年（一九四五）八月　八日市町

終戦の日、富栄は、失望と虚脱感にぼう然としていたが、しばりつけられていた体が自由にときはなたれるような喜びもおぼえていた。

空から爆弾は落ちてこない、飛行機の音におびえることもない。これからは思う存分に美容の仕事ができる。なによりも、修一が戦場から帰ってくる。

灯火管制の黒い布をはずすと、電球のまばゆさに、一同はにわかに目を細めたが、みなの顔が、生き生きとほころんでいた。

一同とは、富栄と父母、朝鮮半島から八日市町へひきあげてきた兄の武士一家、つたと子どもたちである。つた母子は、疎開した仙台の空襲でまた焼けだされ、はるばる宮城県から滋賀県まで逃げてきたのだった。

子どもたち、孫たちがそろったにぎやかな家で、晴弘は気力をとりもどしていた。

美容蔑視の風潮は、戦争が終わると一転、女たちはモンペからスカートへ、あざやかに変身していた。

敗戦の翌月には、新しいおしろい、口紅、コールドクリーム、マニキュアが売りだされ、美容師も洋裁師も、ひく手あまただった。

戦時中、男子は国民服、女子はモンペか簡便な衣服に統制されていたが、戦後は自由になった。軽やかで華やかな西洋服へのあこがれ、既製品の不足から、衣服を手作りする人々が急増。洋裁教室は、都会でも地方でも、人気のまとだった。

たとえば東京のドレスメーカー女学院は、敗戦五か月後の昭和二十一年一月、入学受付をはじめたところ、千数百人が殺到して話題になっている。

晴弘が、八日市町ではじめた小さな洋裁教室も盛況であり、大勢の娘たちや家庭婦人に、仕立てを教えた。

晴弘は、本郷からもちはこんだ焼けのこりのシンガーミシン四台を店にならべ、生徒をとった。

東京で洋裁学校を創立し、校長として指導してきた晴弘は、その経歴と実績に、一目おかれ、永年つちかってきた技術、丁寧な指導が評判を呼んでいた。

アメリカのレコード歌曲がながれ、新しい時代のおしゃれに胸ときめかせている女たちに、晴弘は、美しく丈夫な服作りを教えた。

彼はあくまでも良き指導者であり、教えること、教え子たちの成長を見守ることが生き甲斐だった。

そのころ、晴弘は信子に語っていた。

「学校の生徒たちは、戦争が終わって、どうしているだろうねぇ。一生懸命学んでいたあの子らに、もっと教えてやらねばならなかったのに。一人一人の生徒の顔が浮かんでしかたがないんだ」

全国からあつまり、全国に別れていった教え子たちは、戦中を無事に生きぬいたのか、平和になった今、美容師として恥じることのない仕事をしているのか、校長は気にかけていた。


新聞、ラジオは、復員兵とひきあげ者をのせた船の帰還のニュースでにぎわっていた。栄養失調の兵士ばかりだったが、念願の帰郷を果たした復員兵も、むかえる妻、母たちの顔も、輝いていた。

修一の消息は、依然、不明だった。けれど不明ということは、死んだわけではないのだ。

富栄は夫の帰還を夢に見ながら、自分のことのように熱心に復員兵の記事を読んだ。どんな小さなひきあげ写真も、修一がうつっていないか、さがした。

フィリピンからの第一次ひきあげ船は、昭和二十年十月二十一日、広島宇品《うじな》港に三隻はいり、五百名の婦女子が帰国した。第二次、第三次の船は、男たちの帰還である。夫はきっと帰ってくる。修一を待ちうける喜びが、富栄をささえていた。

その年の十二月、富栄と晴弘は早朝に家を出て、大阪の繊維問屋へでかけた。これから寒さも増して、毛織りものの需要がふえる。終戦から四か月たち、服地が問屋にでまわりはじめていないか見にいったのだ。

若いころ、東京日本橋の羅紗問屋でイギリス製のウール地をあつかっていた晴弘は、生地の目ききだった。巻いた布を、なれた手さばきで広げながら左右に視線をはしらせ、織りきず、染めむら、色焼けなど、すぐに見つける。けれど今はぜいたくは言わない。

たずねた問屋では、倉庫から見つかった古いウール地が手にはいり、富栄と晴弘は大喜びした。

虫食いの穴があいていたが、物資不足の時世に、厚手のたっぷりしたウールは高級品である。さっそく店に飾ろうと、リュックにたたんで家路を急いだ。

そのころ、山崎洋服店に来客があった。

「こちらに、奥名修一さんのご家族はお住まいでしょうか」のびた坊主頭、日焼けして頬がこけた復員兵らしき男が、片足をひきずるようにして、はいってきた。

「さようでございますが」店番をしていた信子がたちあがり、見慣れぬ男にあらたまって応じた。

男は武藤と言った。

「わたくしは、奥名修一君とともに、フィリピン、ルソン島で戦闘についたものであります。本日は、ご報告に参上いたしました。陸軍上等兵、奥名修一殿は、ルソン島バギオ南方、約二十キロ地点にて、壮烈なる名誉の戦死を遂げられました。昭和二十年一月十七日でありました。ここにご報告し、ご冥福をお祈り申しあげます」右手を挙げ、敬礼する。黒い顔に、ぎょろりとした白い目がうるんでいた。

信子は「へぇ」と言ったきり、後じさりしてイスにすわりこんだ。

やっとわれにかえり、男にもイスをすすめると、「遠いところ、よくおいでくださいました」と、やせた男を拝まんばかりに頭をさげた。

信子が、修一の妻の母親だと名のると、武藤は言った。

「ああ、お母さんですか。よく聞かされました、ぼくには結婚したばかりの女房がいるんだ、心の優しい家内だよって、奥名君、椰子の木のしたで、結婚式の花嫁さんの写真を見せてくれました。いつも大事に胸ポケットにしまってました」

武藤は、別の戦友の遺族にも報せるため、今日中に堺《さかい》へいくという。京都、大阪を経由して、堺まではけっこうな道のりだ。

急いでいるらしい武藤に、母は、修一の最期をたずね、おむすび、蒸籠《せいろ》にあったふかし芋、御礼の封筒をもたせ、八日市駅まで送った。

帰り道、感情を表にださない信子にしてはめずらしく、人目もはばからず、涙をにじませながら店にもどった。

ほどなく富栄と晴弘が、リュックいっぱいに服地を背負い、にぎやかに帰ってきた。

「どうしたの、お母さん」問いかけながら富栄は、にわかに青ざめ、目を見ひらいた。「あの人、亡くなったのね」かすれ声だった。

晴弘も顔色を変えた。

「武藤さんという戦友さんでね、修一さんと約束したんですって。生きのこったほうが、仲間の訃報を身内に報せようなって。どっちが死んでもおかしくない状況でしたって」

修一が死んだのは、マニラから北へ二百キロあまり、ルソン島北部にひろがる山岳地帯だった。

昼は、空から米軍機が爆撃してくる。地上では、フィリピン人の抗日ゲリラが発砲してくる。

そこで部隊は、日中は森に隠れて休み、日がくれてから、けわしい山の谷間をつたってすすみ、高地の町バギオをめざしていた。

バギオは、標高千五百メートルにある。戦前、フィリピンを統治していたアメリカが、猛暑のマニラをさけて、夏の首都として総督府をおいた高原の町である。

山上のバギオに通じるケノン道路を建設したとき、難工事にあたったのは、二千名をこえる日本人移民であり、バギオの目ぬき通りの商店も、日本人が経営していた。

このように戦前は日米が共存していたバギオを、日本軍は、真珠湾攻撃の日に空爆。のちに占領して、司令部をおき、総司令官の山下奉文大将も、バギオにいた。

リンガエン湾からルソン島に上陸した米軍は、第二の首都バギオ奪回のため、日本の防衛軍に激しい攻撃をつづけ、美しかった高原の町は壊滅した。そのバギオ防衛戦の任に、修一はついていたことになる。

修一の最期を、武藤はくわしくは語らなかった。木立からでると撃たれるため、遺体の確認ができなかった。

ルソン島の山岳地帯では、薬も包帯もなく、死者はもとより、負傷して歩けない者も、おき去りにするしかなかった。出血多量で死んだり、破傷風にかかったり、風土病でも死んだ。

食糧補給路はたたれ、村々をおそい、村人たちを武器でおどして米や食べものを盗み、田をたがやす水牛までうばったが、それでも足りない。カエルにヘビ、虫と、動くものはみな食べ、下痢や栄養失調で弱った者はそのままおいてゆかれ、森も谷

も死屍累々《ししるいるい》だった。過酷な戦況下で、何百何千何万の死傷兵を見すてていくしかな
かった。武藤は涙ぐみながら語ったという。
だが富栄は泣かなかった。つたの幼い子どもたち、武士の妻子も同居する家に、
未亡人が心おきなく泣ける場所はなかった。悲痛な表情のまま、乾いたうつろな目
ですわっていた。
案じた嘉一郎がやってきた。
「富栄ちゃん、そんな顔せんといてくれや、べっぴんさんが台なしや」いつもなら
叔父と冗談をかわす富栄が、身じろぎもしなかった。
暗くなると、富栄はひとり、冬の闇へでていき、近くの神社にむかった。本殿の
裏にしゃがむなり、涙がふきだした。
修一は、今年の一月に死んでいた。羽田をたってマニラ支店に着任したのは、昨
年の十二月二十六日。
それから一月六日のリンガエン湾米軍上陸で、夫は現地召集され、一月十七日に
戦死。あっけない死に、富栄はぼう然としていた。
富栄が、本郷区役所に婚姻届をだしたのは、一月二十一日。あの喜びの日の四日
前に、夫は死んでいたのだ。

二月は、毎日、マニラ市街戦の記事を読み、ひとつのこらず切りぬいて、夫の身を案じた。

四月は、廃墟と化した東京を去る前、本郷の焼け跡に、復員してくる修一にあてて、転居先の立て札をだした。だが修一はすでにこの世になく、すべてが無駄だったのだ。

昨年十二月の結婚式から一年間、毎晩、夫を思いつづけ、敗戦後は、復員を待ちこがれてきた。富栄は、紙袋いっぱいにつめてふくらんだ砂糖に水をかけられ、すべてが溶けて消えたような絶望に、めまいさえおぼえた。無事を願う祈りも、帰りを待ちうける期待も、無意味だったのだ。

首からさげていた袋をとり、修一の短い髪を手にうけると、嗚咽《おえつ》がもれた。それが夫の遺髪なのだと気づいたのだった。

息をひきとるとき、夫はなにを思っただろう。汗と垢にまみれた体から血を流し、痛みに顔をゆがめ、うめいて死んだのか。最期に富栄の名を呼んだのか。ふるさと宇都宮を思ったのか。

今は森に野ざらしになって横たわり、朽ちた亡骸は、昼は強い日ざしに、夜は南国の星に照らされているのだろうか。

このさき、骨が日本にかえることはないだろう。それを修一は覚悟して、力なく目を閉じたにちがいない。彼の無念、かなわない望郷を思って、富栄は声をあげて泣いた。

毎晩、修一に語りかけ、無事を祈った。ともにくらせる日を待ちこがれた。あの人の子どもを産みたいと願った。

夫が生きていると信じて、戦争をたえてきた日々は、なんだったのか。やり場のない怒りが、わきあがった。歯をくいしばってこらえてきた悔しさもよみがえった。「パーマネントはやめましょう」というお国の号令にみながしたがい、アメリカかぶれの美容師は非国民だと石を投げられた。贅沢は敵だ！　と非難された。

鬼畜米英！　と絶叫した人たちが、負けたとたん、掌をかえすように、アメリカを礼賛し、「日米会話手帳」だ、ハリウッド映画だと、目の色を変えて飛びついている。

富栄は、戦前から、西洋には西洋の美点があると、欧米の言葉と文化を学んできた。自分はなにも変わらないのに、戦中は攻撃され、戦後はもてはやされる。

フィリピンで日本兵を殺した米軍マッカーサー司令官を、あれほどののしった日本人は、今になって彼を笑顔でむかえ、元帥《げんすい》元帥と、スターのごとくもちあげる。

富栄は悔しさに体がふるえた。思えば、この国に裏切られた、世間にだまされたのだ。

戦争で父の鉄筋校舎は軍部にとられ、家も学校も美容院も焼け野原になり、夫は外地で死んだ。たった十二日の結婚生活で、自分は未亡人になった。

富栄は草をひきちぎり、地面を拳でたたいた。そして冷たい土にたおれ、涙を流した。いっそこのまま死んでしまいたかった。なにもかも失って、もうどうでもよかった。

凍える地面に体が冷えきったころ、やっと起きあがった。夫は死んでも、老いた両親をたすけて、食糧難の戦後を食べていかなければならない。手ぬぐいで涙をふきながら、家へもどった。


年が明け、昭和二十一年、婿を亡くした山崎家の正月はひっそりしていた。

元旦の詔書《しょうしょ》で、昭和天皇は人間宣言をおこない、みずからの神格を否定した。

「天子さまは現人神《あらひとがみ》だって信じてきたのにねぇ」信子が納得のいかない顔つきでぼやいた。

晴弘はおそれおおいと口をつぐんでいる。

「世のなか、なんでもかんでもひっくりかえって、えらいこっちゃ」嘉一郎が白みそのぞう煮をすする。

「復員してきた兵隊を、おまえたちは侵略戦争の手先だって、京都の大学生が批判してるらしい。去年まで、お国を守る兵隊さんと、尊敬していたものを」武士が言う。

富栄は終始うつむいて黙っていた。死んだ修一も、侵略に荷担したことになるのだろうか。

この正月、ＧＨＱは、軍国主義指導者の公職追放令を、日本政府にたいして発する。それをうけて政府が作るリストに、美容と洋裁を教えてきた晴弘がふくまれることを、一家は予想さえしていなかった。


なにが正しくてなにが悪いのか、価値観が逆転する混乱はつづいた。そんな時世に夫の戦死を知った娘の鬱屈《うっくつ》を、信子は察していたが、うまくなぐさめる言葉が見つからなかった。

ある夜、一言、声をかけた。

「長いものには巻かれろ、大きいものにはのまれろって、昔から言ってね、それが女のかしこさじゃないかえ」

日ごろ信子は多くを語らない。富栄はひと晩、母の言葉をかみしめた。

哀しみは晴れなかったが、もともと好きな洋裁の仕事は楽しかった。

背広を女性のスーツに仕立て直し、男ものの大島紬をほどいてシックなワンピースを縫った。古いオーバーコートをハーフコートに作り直して、あまり布で、ベルトと帽子、刺繍をしたバッグもこしらえた。

さすが銀座にいた人はセンスがちがう、おしゃれだと、富栄のアイディアは評判だった。自分の腕をいかした仕事の忙しさとやりがいに、やがて富栄は、冷静さをとりもどした。

そして思いわずらうことをやめた。もう悩むまい。戦争で夫を亡くした妻は、五十万人とも八十万人とも言われていた。新しい時代を生きていこう。美容院をはじめよう、また学校を創ろう。

まずは美容院の計画を、富栄とつたは、夢中で話しあった。アメリカ風のファッションが流行し、細かなカールのパーマが人気だった。山崎洋服店の二軒となりでは、嘉一郎の娘の一人が、クローバー美容院をひらいたところで、景気がよかった。戦前、晴弘が指導した教え子である。

真冬の白い枕にほてった頬をのせると、その冷ややかさが疲れた富栄の頭をなぐさめた。

ある晩、富栄は修一の夢を見た。

帰還してきた修一が、八日市町の商店街を兵隊姿で歩いていた。彼は、富栄の聞いたことのない歌を、知らない言葉でしずかに歌い、最後に、知らない言葉でなにごとか言って小さくほほえむと、ゆっくり遠ざかっていった。それがあの世の言葉であることを、富栄は眠りながら寂しくわかっていた。

泣きながら修一の名を呼んでいる娘を、布団におきあがった背の丸い母は、暗いなか、じっと見守った。

●昭和二十一年（一九四六）一月　金木

金木の実家に疎開していた太宰は、終戦を冷静にうけとめた。家族に戦没者もなく、彼は読書と執筆に、日を送っていた。

戦争中は、紀行文の『津軽』、おとぎ話を変幻自在に翻案した『お伽草紙』、鎌倉幕府の将軍にして歌人でもあった源実朝《みなもとのさねとも》の悲劇をえがいた『右大臣実朝』、井原西鶴の浮世草子をパロディ化した『新釈諸国噺』、仙台時代の魯迅《ろじん》についての『惜別』など、検閲で問題視されにくい古典などに材をとり、精力的に書きつづけた。

戦後も、多くの作家が、旧い軍国主義と新しい民主主義に翻弄《ほんろう》されるなか、彼の文学は断絶しなかった。

だが世相のあからさまな変化には、敏感に反応した。敗戦後、戦争賛美者はひきずりおろされ、天皇打倒の声もあがっていた。

太宰は、戦前の肩いからせた益荒男《ますらお》ぶりに同調しなかったが、戦後の軽薄な価値転換にも、懐疑的だった。

肺浸潤で文士徴用をまぬがれた彼は、戦没兵に負い目もあり、一夜づけの平和主義の仮面をかぶったジャーナリズムを、その戦争否定を、ひどく嫌悪した。

井伏鱒二にあてて書いている。

［いつの世もジャーナリズムの軽薄さには呆れます。ドイツといえばドイツ、アメリカといえばアメリカ、何が何やら。」　（昭和二十年十一月二十三日）

軍事同盟をむすんでいたドイツを賛美し、鬼畜米英と書きたてていた新聞雑誌が、一転してアメリカを賞賛していた。その変わり身の早さを、さめた目で見ている。

京都の弟子、堤重久にも、長文の手紙を送った。

［一、いまのジャーナリズム、大醜態なり、新型便乗というものなり。文化立国もへったくれもありゃしない。戦時の新聞雑誌と同じじゃないか。古いよ。とにかくみんな古い。

一、戦時の苦労を全部否定するな。（略）

一、教養の無いところに幸福無し。教養とは、まず、ハニカミを知る事也《ことなり》。

一、保守派になれ。保守は反動に非《あら》ず、現実派なり。チェホフを思え。「桜の園」を思い出せ。（略）

僕はいま、注文毎日殺到だが、片端から断り、断りの葉書や電報を打つのに一仕事なり。」

（昭和二十一年一月二十五日）

太宰は、敗戦後に金木で書いた戯曲『冬の花火』（昭和二十一年）で、津軽の地主の娘で、東京からもどってきた主人公の数枝《かずえ》に語らせた。

「負けた、負けたと言うけれども、あたしは、そうじゃないと思うわ。ほろんだのよ。滅亡しちゃったのよ。日本の国の隅《すみ》から隅まで占領されて、あたしたちは、ひとり残らず捕虜なのに、それをまあ、恥かしいとも思わずに、田舎の人たちったら、馬鹿だわねえ、いままでどおりの生活がいつまでも続くとでも思っているのかしら」（第一幕）

「いつから日本の人が、こんなにあさましくて、嘘つきになったのでしょう。みんなにせものばかりで、知ったかぶってごまかして、わずかの学問だか主義だかみたいなものにこだわってぎくしゃくして、人を救うもないもんだ」（第二幕）

「どうして日本のひとたちは、こんなに誰もかれも指導者になるのが好きなのでしょう。大戦中もへんな指導者ばかり多くて閉口だったけれど、こんどはまた日本再建とやらの指導者のインフレーションのようですね。おそろしい事だわ。日本はこれからきっと、もっともっと駄目になると思うわ」（第三幕）

この芝居は、第一回直木賞受賞作家の川口松太郎から、上演の依頼があったが、占領軍の検閲で許可がおりなかった。アメリカ主導の民主化を、表層的な転向にすぎないとして、否定的にとらえるこの戯曲を、占領軍が容認するはずはなかった。

太宰は、戦時中の自分が戦争に反対していなかったことを、はっきりみとめていた。

それだけに、自分は戦争反対論者だったと、戦後になってリベラルな顔つきをする文化人の偽善を浅ましく思った。

そして無頼派を名のった。

「私は無頼派《リベルタン》ですから、この気風に反抗し、保守党に加盟し、まっさきにギロチンにかかってやろうかと思っています」（昭和二十一年一月十五日、井伏宛て）

「私は無頼派です。束縛に反抗します。時を得た顔のものを嘲笑します」

（「返事の手紙」初出、昭和二十一年五月）

太宰は、「無頼派」を、周囲に左右されない真の自由主義者として使った。戦後、ひろく知られた、既存の道徳を破壊する無法者としての「無頼派」とは、別の意味をもたせている。

だが、太宰にも当時の自由主義者の限界があり、その自由は男だけの領域であり、自由なふるまいの足もとでふみつけにしている女の忍従は見えていない。理知的な妻美知子の心にしずむわびしさもわかっていない。

戦後も、津軽の太宰は、太田静子と手紙をやりとりしていた。

昭和二十一年一月十一日、神奈川県足柄下郡下曾我村の大雄山荘にあてた。

「拝復　いつも思っています。ナンテ、へんだけど、でも、いつも思っていました。正直に言おうと思います。

おかあさんが無くなったそうで、お苦しい事と存じます。

いま日本で、仕合わせな人は、誰もありませんが、でも、もう少し、何かなつかしい事が無いものかしら。私は二度罹災というものを体験しました。三鷹はバクダンで、私は首までうまりました。それから甲府へ行ったら、こんどは焼けました。

青森は寒くて、それに、何だかイヤに窮屈で、困っています。恋愛でも仕様《しよう》かと思って、或る人を、ひそかに思っていたら、十日ばかり経つうちに、ちっとも恋いしくなくなって困りました。（略）

一ばんいいひととして、ひっそり命がけで生きていて下さい。

コイシイ」

戦後、金木の太宰は、殺到する原稿依頼の対応と執筆に追われつつ、チェーホフの戯曲『桜の園』にえがかれた傾いていく階級に、滅びの美とノスタルジーを投影する小説を考えていた。それが戦後のベストセラー『斜陽』となる。

農地改革の波にさらされて没落していく大地主の息子としての自分の感慨に、裕福に育ち、今は古風な屋敷にひとりでくらしている静子の日記のエッセンスをくわえて小説を書こうと思っていた。

●昭和二十一年（一九四六）春　富栄二十六歳　鎌倉長谷《はせ》

潮の香りをふくんだ浜風が、戸口をあけはなった美容室に流れこむとき、ここは海辺なのだと富栄は、ふと思い出す。

鎌倉長谷の丘を背にした店の上では、翼をひろげたトンビがゆっくりと丸い輪をえがいていた。

美容院「マ・ソアール」は、今日も満員だった。

米軍放送のラジオから「ユー・アー・マイ・サンシャイン」が流れている。白いスモック姿にサクランボウ色の口紅をひいた富栄は、十七歳の女子学生、梶原悌子《かじわらていこ》の髪をブラシでときながら、「マイ・オンリー・サンシャイン」とラジオにつづけて、きれいな発音の英語でのびやかに歌った。

鎌倉駅から、大仏のある長谷まで、由比ヶ浜《ゆいがはま》海岸と並行して古い街道がつづき、帽子をかぶった観光客が歩いている。その街道、由比ヶ浜通りに、山崎つた、山崎富栄、池上静子の三人が経営する美容室「マ・ソアール」があった。

店の名は、私の姉妹という意味のフランス語「マ・スール」をもじったものである。

昭和二十一年四月、富栄とつたは、疎開先の八日市町から鎌倉へうつってきた。共同経営者の池上静子は、美容院をはじめるつもりで、戦前、お茶の水美容洋裁学校にかよい、晴弘のもとで学んでいたが、美容師の資格をとっていなかった。

そこで知人から、富栄とつたを紹介される。池上は、長谷に一軒家をかりて美容院の設備をととのえ、つたと富栄が、資格者として働いた。

銀座に店をもっていた富栄とつたのセンスと技術には、特別なものがあり、すぐに店ははやった。和服のまとめ髪もうまい富栄は、得意客がつき、名ざしでかよってくる鎌倉のお屋敷夫人もいる。

繁盛した店の売りあげは、四割を池上がうけとり、六割をつたと富栄がわける。女三人の職場は、円満にいとなまれ、笑い声と歌声のたえない気持ちのいい湘南のサロンだった。

店の奥には八畳間があり、富栄、つたと二人の子どもたちが、四人でくらしていた。

東京ではないにしろ、富栄はふたたび関東にもどり、つたと美容院をいとなみ、水を得た魚のようだった。

客の髪を切りそろえ、つややかなカールをつけて美しく仕あげると、店にきたときとは客の表情が変わっている。鏡にうつる自分を上気してながめている客の明るい顔色を見ることが、喜びだった。

長谷時代の富栄をよく知る梶原悌子を、鎌倉の自宅にたずねた。グランドピアノのある客間にあらわれた悌子は、若々しくて姿勢がよく、理知的だった。

昭和二十一年、悌子は、叔母の池上静子からきいた。

「今度、戦争未亡人の美容師さん二人と、お店をひらくのよ」

悌子は、戦争で夫を亡くして悲しみにやつれた中年女性があらわれるのだろうと思っていた。

ところが、独身にも見える色白の富栄と、優しくて気さくなつたが、元気いっぱいの子どもたちとやってきて、驚いたという。

それから悌子は、毎週のように美容院にかよい、富栄にカット、セット、パーマをたのんだ。十代だった悌子は、九歳年上の富栄に、大人の女性の美しさ、職業婦人のかしこさをまぶしく見ていたのだ。

夏には、大船の進駐軍キャンプでひらかれた屋外映画会にでかけて、ハリウッド映画を楽しみ、日本ではまだめずらしかった「コーラ」をはじめて飲んで「お薬みたいなお味ね」といって笑いあった思い出話などは、平和な時代になって、二十代をのびのびと生きる富栄の姿を彷彿させる。

富栄は、息をふくんだ低くて柔らかい声で、いくらか早口の江戸弁だった、小花模様の布を買いもとめて、ブラウスを縫って着ていた、クリーム色や薄紫の淡い色を好んでいた、小学校へかよう成長期のつたの娘のために、牛乳の配給の列にならぶような優しい人だった、のこりもののありあわせで手早く料理をして、手ぎわのいい人だった、切れ長の目に銀ぶちのメガネをかけて、それが知的で、ちょっとクールに見えて魅力的だった、姿のいいきれいな人だった、明るくほがらかで、二年後に心中する人にはとても見えなかった……。悌子は、本当の富栄を伝えたいという静かな情熱をこめて語った。

悌子は、二〇〇二年に『玉川上水情死行』という評伝を上梓している。

執筆の動機は、親しかった富栄の死後、「文壇の人々が根拠のない噂《うわさ》や憶測で富栄を中傷し、卑《いや》しめた文章を発表している」のを読んで、「太宰につき添って死んだ富栄が憐れで、一人でも多くの人に本当のことを知らせたかった」（あとがき）からだった。

評伝によると、富栄は、亡き修一をさして悌子に語っていた。

「このごろは私も、亡くなった人は仕方ないと考えるようにしているの。残ったものが元気で暮らしていけば、それが供養になるんだって自分に言い聞かせているのよ。」

かつての富栄は思い悩んでいたが、もう考えないように決めたのだ。わずか十二日しか生活をともにしなかった夫である。その思い出は、少しずつ遠いものになり、憶えている表情もあれば、あいまいに薄れていく記憶もあった。

この年の春、山崎晴弘は政府が作成した公職追放者名簿にのった。

公職追放とは、戦後の民主化の一環として、GHQの指示で、軍国主義者、国家主義者を追放したもので、二十万人が該当した。

もっとも多かったのが、帝国在郷軍人会の地方役員で八万人、次に、陸海軍の将校が約七万人、あとは憲兵、特高、大政翼賛会関係者などである。

晴弘は、帝国在郷軍人会の本郷第六支部長に任命されていた。軍人会の本部である九段の軍人会館建設に高額寄付をした功労者であったこと、また巨額の建設費をかけた鉄筋校舎を政府に供出していたことから、地方役員に任命されたのだろう。

だがそのために、女子に美容と洋裁を教えていた晴弘が、追放されるべき「軍国主義者」とされ、学校長として復帰することは絶望的になった。

学校再建は、富栄の若い肩にのしかかった。

のちの昭和二十七年、公職追放は、サンフランシスコ講和条約の発効とともに、該当者全員が解除される。だが、その年、富栄はこの世にいない。後継者として指導してきた一人娘に先だたれた晴弘には、もはや学校再建の気力はのこされていなかった。

●昭和二十一年（一九四六）十一月　富栄二十七歳、太宰三十七歳　三鷹

十一月、富栄は、鎌倉から三鷹へうつった。

「マ・ソアール」は軌道にのり、池上も美容師の資格をとっていた。富栄は安心して店をはなれることができた。

むしろ富栄がいないほうが、つたのとり分は、売りあげの六割丸々となり、子ども二人を育てるには都合がいいと考えたのである。二十七歳の富栄には、気がねなくひとりの部屋でくらす生活へのあこがれもあった。

三鷹では、駅南口に、お茶の水美容洋裁学校の卒業生、塚本サキが、ミタカ美容院をひらいていた。戦後の東京は、焼け跡の都心への人口流入制限をもうけていたため、三鷹周辺に、地方からもどってきた人々があつまり、急激に人口が増えていた。

駅前の美容院は人手がたりず、塚本が、経験ある美容師をもとめていたところへ、恩師晴弘校長の娘がきてくれることになり、願ったりかなったりだった。

こうして富栄は、八か月くらした鎌倉を去り、三鷹駅南口に近い、下連雀二一二、野川アヤノ宅の二階に下宿した。

住宅難の当時、野川家の下宿を世話してくれたのも塚本だった。塚本は、かつて野川家のとなりに住み、アヤノをよく知っていた。さらに野川家の娘の一人は、このころミタカ美容院で働いていた。

そうした二つの地縁から、富栄は、野川家二階の六畳間にくらしたのだ。そしてこの部屋で、富栄は、太宰とともに遺書を書き、玉川上水へむかうことになる。

だが三鷹にきたころの富栄は、希望と野心にみちて、はつらつとしていた。カット、セット、カールのテクニックに磨きをかけ、戦後第一回の美容師競技会に、東京都西部にあたる三多摩地区の代表として出場している。流行の髪型をセンスよく仕あげる富栄は人気があり、加藤治子など、新劇女優の指名もうけていた。

パーマは進歩して、かつての電熱パーマから、薬品だけでカールをつけるアメリカ式のコールドパーマへ変わっていた。

富栄は新しい技術を学び、働き、自分の美容室をひらく資金を蓄えていた。生活は切りつめ、派手に身を飾ることもなかった。

このころ三鷹には、進駐軍のダンスホール兼キャバレー「ニュー・キャッスル」ができ、ミタカ美容院は支店をだした。兵隊とダンスをする大勢の日本人女性の髪を結うのである。

英語のできる富栄は主任として派遣され、昼は駅前の美容室で、夕方からは自転車でダンスホールへむかって働き、さらに夜間は、駅前マーケットの酒店でアルバイトもした。公職追放にあった父にかわり、美容院と学校を再建するため、朝から夜ふけまで働いていた。

富栄が三鷹へうつりすんだ昭和二十一年十一月、太宰も青森から三鷹の旧宅へもどってきた。

銀座のバー「ルパン」で撮られた有名な太宰の写真は、この時期の彼をうつしている。

グレーのフラノ地の三つぞろいスーツの上着を脱ぎ、イキなネクタイを心もちゆるめた太宰が、カウンターの高いイスに、立て膝のあぐらをかいている。長い指に煙草をはさんだ三十代後半の太宰には、中年にさしかかった男の色気が漂う。

そんな太宰との恋をのぞむ太田静子の手紙は、せつなさをましていた。

●昭和二十一年（一九四六）九月～昭和二十二年（一九四七）三月　青森、三鷹、下曾我

戦後、静子は、金木にのこっていた太宰にあてて、便りを送りつづけた。

［（昭和二十一年九月二日）
今日は秋風に吹かれながら一日、カーディガンを編んでいました。（略）売るものもいよいよなくなり、私もこれまでのような生活をつづけることは出来なくなりましたので、それで、これから私の生きてゆく道を三つ、考えました。
一、私より若い作家と結婚して、マンスフィールドのように小説を書いて生きてゆく生活。
二、私をもらってやろうと仰っしゃる方のところへ再婚して、文学なんか忘れてしまって、主婦として暮らす生活。
三、それから、名実とも、M・Cさまの愛人として暮らす生活。
この三つのうち、一つを選んで、すすみたいと思います。
この三つのうち、どの道が一番よろしいでしょうか？（略）

では、とりいそぎおねがいまで。かしこ。

九月二日
太宰治様（私の作家。マイ・チェーホフ。M・C）」

太宰の胸中を問いただしたい静子は、これからの自分の身の処しかたをたずねている。つまり自分をどうするつもりなのか、彼の心づもりを知りたいのである。

同月、太宰は文を返した。

「御手紙拝見、「いさい承知いたしました。」

私は十一月頃には、東京へ移住のつもりでいます。下曾我のあそこは、いいところじゃありませんか。もうしばらくそのままいて、天下の情勢を静観していらしたらどうでしょう。もちろん私はお邪魔にあがります。そうしておもむろに百年の計をたてる事にしましょう。あわてないようにしましょう。あなたひとりの暮しの事など、どうにでもなりますよ。安心していらっしゃい。また御手紙を下さい。さようなら。

お身お大事に。」

三つのうちどれが良いかという静子の問いには答えず、だが、その気のある手紙である。

さっそく静子から返事が届き、太宰はまたすぐに青森から返信した。

［離れの薄暗い十畳間にひとりで坐って煙草をふかし、雨の庭をぼんやり眺め、それからペンを執《と》りました。

雨の庭。

あなたの御手紙も、雨の風景を眺めながらお書きになったようですが、雨の日に、一日一ぱいお話したいと思いました。（略）

それよりも、これから、手紙の差出人の名をかえましょう。

小田静夫、どうでしょうか。美少年らしい。

私は、中村貞子になるつもり。（略）

これから、ずっとそうしましょう。こんなこと愚かしくて、いやなんだけれども、ゆだんたいてき。

いままでとは、ちがうのだから。

それではまた、お手紙を下さい。お大事に。］

ひめやかな恋文である。とくに、書き出しは、寂しい女心をつかむ。

太宰は、知人の作家小田嶽夫《おだたけお》をもじって、静子を小田静夫と名づけた。女の差出人名で、危なっかしい手紙を金木へ送ってくる静子は、悪知恵を働かさない無垢な女である。

だが、兄の家に妻子ともども居候《いそうろう》している太宰に、女からちょくちょく手紙がくるようでは都合が悪い。そんな太宰のずるさを感じた静子は、直球を送る。

「苦しい一日が過ぎて、夕方になって考えついたことは、行くところまで行きたい、ということでございました。……私はもう、小さいことは考えないことにいたします。赤ちゃんがほしい……。（略）

今度、下曾我へいらっしゃいましたら、母の思い出の日記を見ていただきたいと存じております。」

十月、太宰からの返信。

「拝復　静夫君も、そろそろ御くるしくなった御様子、それではなんにもならない。よしましょうか、本当に。

かえって心の落ちつくコイ。
憩《いこ》いの思い。
なんにも気取らず、はにかまず、おびえない仲。
そんなものでなくちゃ、イミナイと思う。
こんな、イヤな、オッソロシイ現実の中の、わずかな、やっと見つけた憩いの草原。
お互いのために、そんなものが出来たらと思っているのです。
私のほうは、たいてい大丈夫のつもりです。
わたしはうちの者どもを大好きですが、でも、それはまた違うんです。
やっぱり、これは、逢って話してみなければ、いけませんね。
よくお考えになって下さい。
私はあなた次第です。（赤ちゃんの事も）
あなたの心がそのとおりに映る鏡です。
虹あるいは霧の影法師。
静子様
（あなたの平和を祈らぬひとがあるだろうか）」

太宰の本質は女たらしではない。だからつい、思ったとおりの虫のいいことを書いてしまう。まともな浮気男なら、もう少し策をねる。

そもそも太宰は根っからの女好きではない。女に性的な興味はあるが、根本的なところで、女に心を許していない。いつか裏切られるのではないかという不安がある。女好きは、たいがい女を軽く見くびっていて、それゆえに女を理解しているつもりの安堵がある。だが太宰にとって女は、得体の知れない、いつか自分に予想外の失望や悲哀を突然のこしていく厄介な存在だという不信が根底にある。

可愛がってくれた叔母もタケも不意に去っていき、最初の妻初代は彼の留守に不貞をおかした。やっと理性的で堅実な妻をめとってつかんだ家庭だった。

「うちの者どもを大好き」だが、それとは別の「憩い」の恋もしたいと、太宰は妻子もちの男の本音を、ぬけぬけと書いている。

赤ちゃんがほしいと、はやる静子をなだめつつ、といって手を切るでもなく、ときどき会える愛人という、都合のよい存在としてのこしておきたいのだ。

だが、一人大雄山荘に待つ静子は、全身全霊、情熱である。「あなた次第です。」などという煮えきらなさに、手きびしく返した。

「たった一つの胸の花火が、蛍や星のように映っているのでしたら、お別れいたします……。」

気の弱い太宰は、すぐに甘い言葉を送る。

「こんどのお手紙、すこうし怒っていらっしゃいますね。ごめんなさい。（略）でも、いつも思っています。

私の仕事を助けていただいて、（秘書かな？）そうして毎月、御礼を差し上げる事が出来ると思います。毎日あなたのところへ威張《いば》って行きます。きっと、いい仕事が出来ると思います。あなたのプライドを損ずる事がないと思います。

そうして、それには、附録《ふろく》があります。小さい頃、新年号など、雑誌より附録の方が、たのしゅうございました。

十一月中旬に東京へ移ります。移ったら知らせます。それでは、もうこちらへ（金木へ）お手紙よこさぬよう。」

仕事を手伝ってもらう秘書であり、たのしい附録として愛人という役割もある。そんな存在がほしいという太宰の願望は、結果的には、このあとすぐに身ごもる静子ではなく、富栄が命がけで果たすことになる。

十一月、太宰は、一家そろって青森から三鷹にもどった。だが十二月になっても、静子のもとに便りはこない。

静子は、「かもめ、少し待ちくたびれたのかしら？（略）こちらでお仕事をなさいません？」と誘いかける。チェーホフ四大戯曲の一つ、『かもめ』にちなんだ文章である。この芝居では、女優志望の娘ニーナが、中年の流行作家に身をまかせて子どもを産む。しかし赤ん坊は亡くなり、作家とも別れていく。

だが戦後の東京にもどった太宰は、執筆と面会に多忙をきわめていた。

「拝復　いつも気にしながら（本当に）御手紙おくれてすみませんでした。一日も早くお逢いしなければと思いながら、雑用山積し、ごぶさたしてしまいました。（略）いま近くに仕事部屋を借りて仕事をしています。もし東京へ出かけられる時があったら、ついでにお寄りしてみませんか。

三鷹郵便局の反対側の小川に沿った一階建の洋風のドアの玄関の家です。（略）たいてい朝の十時頃から午後の三時頃まで、そこにひとりでいて仕事をしているつもりです。」

一人きりの仕事場にいると誘われて、昭和二十二年一月六日、静子は朝早く下曾我をたち、太宰が仕事場へくるという十時ごろには三鷹駅へついた。

ところが仕事場に太宰はいなかった。仕方なく畑のなかの自宅をたずねると、太宰は和服に汚れた二重廻し、破れた足袋姿ででてきた。

静子を吉祥寺へつれていき、二人きりになると、彼女の両手をにぎりしめ、日記がほしい、次に書く没落貴族の小説に静子の日記がいる、一万円はらう、と語った。

静子は、太宰との出逢いから別れまでを小説風につづった『あわれわが歌』（昭和二十五年）に、そのときの心境を、主人公園子の独白として書いた。

「このひとが言いたかったことは、これだけのことだったのだ、このひとが欲しかったのは、日記だけだったのだ。園子は自分のあわれさを身に沁みて感じた。」

失望の色を浮かべた女の心を読みとり、太宰は「不意にコンクリート塀の前でたちどまると、ぐっと園子を引きよせ、庭の中へ入って行った。その庭の樹のかげで、彼は圧《お》しかぶさるように、荒々しく園子を抱きしめた。」

静子は、下曾我へ来てくれたら日記をわたすと語る。太宰が一泊してなにもなかった中途半端な夜は、静子にも悩ましい心のこりとなっていた。

このころ、美知子は三人めの子どもを妊娠中で、春の産み月をひかえていた。

●昭和二十二年（一九四七）二月～三月　下曾我、三鷹

二月二十一日、早春の陽をあびて、下曾我の梅林では、白い花が甘く香っていた。小田原の海へむかってかたむいていくゆるやかな斜面は、どこまでも梅の花ざかりである。

太宰はリュックサックに原稿用紙、辞書、聖書をいれて、芳香につつまれた坂をのぼり、静子がひとりで住んでいる大雄山荘をふたたび訪れた。

前庭には、羊をかたどった中国風の石がおかれ、玄関の飾り窓、応接間も中国的な意匠である。東京をはなれた小田原近く、満開の梅林にぽつんとある屋敷は、さながら桃源郷の隠れ家か、竜宮城を思わせるたたずまいだった。

その夜、二人は初めてむすばれた。

借りた日記を読みはじめた太宰は、すぐにひきこまれた。静子の文章は、乙女のような甘さがあり、それでいて鋭敏で生々しい女の感覚、西洋趣味から生まれるモダンさもあり、自分には決してない都会的でロマンチックな匂いがあった。

太宰は膝をうった。これは『斜陽』に使える。

冬の曇り空にはえる牡丹色のセーターを編むもの憂い女心、子どもたちに卵を焼かれた母蛇が庭をさがしまわる壮絶なあわれさ、すべてを太宰は小説にとりいれることにした。

毎日よく晴れ、梅はますます香った。シモーヌ・シモンのようなコケットリィのある静子の愛らしさ、人里はなれた桃源郷の安らぎに、太宰は五日間をすごした。

大学ノート四冊にわたる日記を借り、リュックにつめて、太宰は、田中英光のいる伊豆西海岸の三津浜《みとはま》へ行き、海に面した旅館安田屋で『斜陽』を書きはじめる。

やってきた新潮社の担当者野原一夫《のはらかずお》と野平健一《のひらけんいち》にむかって、「傑作を書く、大傑作を書く。日本の『桜の園』になる」と自信ありげに語った。

潮騒のきこえる旅館に泊まって静子の日記を読み、小説を書いていると、夢のようだった五日間がしきりに思い出される。

太宰は執筆途中の三月十七日にも、大雄山荘をおとずれた。

すると静子は妊娠を告げた。思いもしない告白だったが、太宰は顔色ひとつ変えなかった。

「それはよかった、よかった」にっこり笑って抱きしめた。その気持ちは嘘ではなかった。つづけて、「赤ちゃんができたんだから、これでもう一緒に死ねないよ」とも言った。

一方で、野原には、「おれはどうしてこんなに子早いんだろうね」と愚痴《ぐち》ってもいる。それも嘘ではなかった。

悩みの苦しさを、田中英光への手紙に書き送った。

「僕もいま死にたいくらいつらくて、（つい深入りした女なども出来、どうしたらいいのか途方に暮れたりしていて）ひとの世話どころではないが……」（昭和二十二年四月二日）

閉店後のミタカ美容院でカットの練習をしていた美容師見習いの今野貞子が、クシを洗う富栄に、なにげなく話しかけた。

「この前、面白い小説家さんに会ったの。太宰さんといって、津軽出身で、弘前高校から東大に入った秀才なのに、サボって落第したんですって。酔っておかしな話ばかりするんだけど、帰りは下宿まで送ってくれて、ちょっと紳士だったな。富栄さん、知ってる？　太宰治っていう作家、三十代後半か、四十歳くらいかしら」

富栄は顔をあげた。十九歳で病死した兄の年一は、弘前高校に学んだ。生きていれば三十七歳、年も近い。もしかするとその小説家は、亡き兄さんを知っているかもしれない。富栄は鏡にうつる自分を、じっと見つめた。

富栄は、今野貞子の手びきで作家に会った。

すでに屋台のうどん屋で飲んでいた太宰、期待に胸をふくらませて仕事帰りにやって来た富栄。

それは、太宰が静子から懐妊を告げられた十日後の三月二十七日であり、美知子が出産する三日前だった。

この日から、「酒と仕事と女性でメチャクチャ」と、太宰が親しい仏文学者、青柳瑞穂への手紙に書くようなくらしがはじまり、彼は三人の女の間を、あやうく綱わたりしていく。

第五章　『斜陽』

●昭和二十二年（一九四七）三月二十七日　富栄二十七歳、太宰三十七歳

その人はほろ酔い加減だった。

長身に厚手の二重廻しを羽織り、灰色のセーター、あずき色にあせた黒いズボン、編みあげの兵隊靴というちぐはぐないでたちで、屋台のうどん屋に腰かけ、頬杖をついて配給の煙草をふかしていた。

春浅い夜気に、だしの匂いのする白い湯気がたなびいては消えていく。ほりの深い横顔に、根《こん》をつめて書きものをした後らしい疲れと虚脱が、翳りをおとしていた。

「センセ、こちらが奥名富栄さんです」

今野貞子が紹介すると、頬杖をついたまま太宰は、ああとも、ううともつかない声をかえし、いかにも若い娘らしくはにかんでたっている富栄を見あげた。それからあごの手をはずし、丁寧に会釈した。うしろにかきあげている長い前髪が、男の額にはらりとこぼれた。

「奥名と申します。今野貞子さんから、弘前高校のご卒業だってうかがって参りました。高校時代、山崎年一をご存じありませんでしたか？　兄なんです。明治四十二年生まれです」

気の早い富栄は、せっかちに切りだした。

太宰はゆっくり煙草に口をつけて上目づかいになり、思い出をめぐらしているふうだったが、実のところは、銀ぶちメガネのむこうから、思いつめた目でこちらを見ている奥名という女の色白のおもざし、メリハリある均整のとれた体つきが気になっていた。ぴったりした紺のとっくりセーターに短い上着、スカートからは形のいい脚がのびていた。

山崎年一という名前に、心あたりはなかった。生まれ年は同じだが、太宰は尋常小学校をでたあと、まっすぐ中学へすすまずに、高等小学校へかよって寄り道をしている。さらに聞けば、兄さんは早生まれという。学年がちがい、わからなかった。

「そうですか、ご存じありませんか。年一兄さんは、昭和三年に、病気で亡くなったんです、まだ十九でした。兄さんについて、どんなことでもいいから知りたかったんです。私、兄さんが大好きで、亡くなる前の年、昭和二年の夏休みに、父にたのんで、兄のいる弘前へつれていってもらったほどです。私は七つでしたけど、青々とした岩木山がきれいだったこと、大鰐温泉と浅虫温泉に泊まったことを覚えてます」

「大鰐と浅虫なら、子どもの時分からちょくちょくいって、ぼくの庭みたいなもんだ」

ふるさとを語るとき、どことなく津軽なまりになったことを、富栄はあたたかく気づいた。

「昭和二年と言ったね……、あの夏休み、ぼくも弘前にいたよ。芥川龍之介が自殺して、動揺して、色々と荒《すさ》んでね。そういや、弘前の駅前で、きれいな女の子を見かけたな、汽車からおりてきたんだ。無論、君は憶えていないだろうが、江戸弁を小生意気にあやつって、いかにも東京趣味のしゃれたいでたちの、小憎らしいほど可愛い女の子を見たおぼえがあるよ」

「本当ですか」富栄は声を高くした。

そのはずんだ声、つややかな唇に、太宰はまぶしい若さをおぼえた。

「そう問われると、困るんだが、必ずしも嘘じゃない。話しているうちに、本当のことだったかもしれないという気がして、真っ先に自分が信じてしまうのが、小説家の性分《しょうぶん》というものでね。口からでまかせを言っているつもりはないが、現実と想像を織りまぜたあたりを、いかにも見てきたように語ることはある。そういう人間だと、憶えておいてくれたまえ。君が三鷹の住人なら、また会うこともあろう」

「はい、三鷹です、下連雀の永塚《ながつか》葬儀屋とパン屋の二階に下宿してます」

女はゆるやかにカールした柔らかな髪をゆらして、うなずいた。身重の体で二児を育てている美知子は、もう髪などかまわなかった。

「葬儀屋？　それなら知っている。むかいの千草《ちぐさ》という店へよくいくんだ。ぼくらはご近所だ」

「もとは、本郷の生まれです」

「君は本郷か。東大にはいった初《しょ》っぱなは、本郷の台町に住んでたよ」

「まあ、台町なら、実家と目と鼻の先ですわ」

「奇遇だね」

「でも、焼けだされて滋賀へ疎開したんです。陸軍の飛行場があって、また空襲におびえる日々でした」

「三鷹も、飛行機の工場があったばっかりに、バクダンにやられて疎開したよ。ぼくらは同じような目にあっているね」

ここで富栄はやっと気づいた。この作家は、わざわざ初対面の自分に話をあわせているのだ。

それは、この人の平素からの気づかいであり優しさなのか、自分という女への多少の興味からなのか。

「弘前にいた兄さんといい、本郷といい、ぼくらは縁があるわけだ。乾杯しよう」

富栄の水が入ったコップに、自分のビールグラスをかちりとあわせてきた。

うどんを食べ終わっても、富栄は帰らなかった。

太宰治の本は一冊も読んでいなかったが、すらりとして、それでいて骨太の体つきから醸しだされる男っぽさに、磁力さながらの不思議な引力があり、せまい屋台で肩先がふれるほど近くに腰かけたまま、富栄は魔法にかけられたように、もう席をたてなくなった。

太宰のむこう隣にすわっていた新聞社の青年記者が、身をのりだした。

「先生、新年号にのった『トカトントン』、拝読しました。善悪が逆転した戦後の世相に放りだされた若者の空虚さを軽妙にえがいて、重いテーマと軽やかな文体の組みあわせの妙に、敬服しました」

太宰は嬉しげに口をゆがめて、泡の消えたビールをすすった。

「重苦しく書くのは野暮でね、誰だってできる。軽みがいちばん粋で、むずかしい」

何も読んでいない富栄が気まずく黙っていると、遠慮しない性分の今野貞子がたずねた。

「トカトントン、どんな話なんですか」

よほど心に訴えるものがあったのだろう、青年記者が勢いこんで答えた。

「主人公は、幻聴に悩む男でね。日本が戦争に負けたあの日、彼は、お国が滅んだのだから、死のうと決意する。ところが、どこからともなく、金槌で釘をうつようなトカトントンという軽々しい音が聞こえてきて、悲壮な気持ちも、厳粛な重々しさも、憑《つき》ものが落ちたようにきれいに消え去って、白々しい気持ちになるんだ。待てよ、カバンに掲載号がはいってる、読んでやろう」

青年記者は薄っぺらい雑誌をとりだした。

「『何か物事に感激し、震い立とうとすると、どこからとも無く、幽《かす》かに、トカトントンとあの金槌の音が聞えて』、『もう、この頃では、あのトカトントンが、いよいよ頻繁に聞え、新聞をひろげて、新憲法を一条一条熟読しようとすると、トカトントン』、『気が狂ってしまっているのではなかろうかと思って、これもトカトントン、自殺を考え、トカトントン』……、どうだい、ぼくは読むたびに身ぶるいする、今もざわざわ鳥肌がたったたよ」

会心の作らしく、太宰は照れながらも、満足げな笑みを浮かべた。

「この主人公のほうがまともなんだ、今の日本人はみっともないよ、おれは絶望するね」

富栄には「ぼく」と話した人が、青年には「おれ」と言ったことに、彼女は気づいた。

「大日本帝国万歳と叫んでいばっていた軍人どもに協力したマスコミが、負けたとたんに軍国主義をたたき、軍人を悪者あつかいして、アメリカの民主主義が正しいだのと、恥知らずに書いている。それじゃあ、お国のために死んだ兵隊は浮かばれないよ。夫が戦死した奥さんは、どう納得すりゃいいんだ。

もし悪かったというなら、戦争に反対しなかったわれわれ国民も、ひとりのこらず悪いんだ。ジープの進駐軍に、チョコレートや缶詰をもらってありがたがっている国民も愚かしい。おれは、民主主義に反対する、軍国主義も共産主義も信じない。もうナニナニ主義にはだまされない、ということだ。ところが日本人ときたら、右むけ右、左むけ左と、言いなりになる有象無象《うぞうむぞう》の愚衆ばかり。おれは、おのれの価値観で生きる。もちろん、おれは軟弱だから、暴力主義もまっぴらだがな」

最後の言葉に、太宰と青年記者は笑ったが、富栄は、冷水をあびせられる思いがした。

二年前の東京大空襲で、本郷の家と学校、銀座の美容院を焼失した。マニラに転勤した夫は、現地でにわか仕立ての兵隊にされ、半月であっけなく死んだ。

戦争ですべてを失った絶望も、無念も、悔しさも、無力感も、日本が敗れたのだから仕方がないとあきらめ、深くは考えないようにしてきた。長いものには巻かれろ、大きいものにはのまれろ、それが女の知恵だと母に諭《さと》され、思い悩むことさえやめた。

けれどここに、日本人の変わり身の早さ、そのみっともなさ、無節操をなげき、時流に染まらず、自分の信じる正しい道に、誠実に生きようと苦悩する人がいる。

富栄は頭を殴られたような衝撃をうけつつ、ひさしく離れていた知的な話題に、好奇心をたかぶらせた。

一か月後の四月、富栄は、太宰と出会った三月二十七日付の日記として書いた。

初めの頃は、御酒気味な先生のお話を笑いながら聞いていたけれども、たび重ねて御話を伺ううちに、表情、動作のなかから真理の呼び声、叫びのようなものを感じて来るようになった。私達はまだ子供だと、つくづく思う。

先生は、現在の道徳打破の捨石になる覚悟だと仰言《おつしや》る。また、キリストだとも仰言る。――「悩み」から何年遠ざかっていただろうか。あのときから続けて勉強し、努力していたら、先生のお話からも、どれほど大切な事柄が学ばれていたかと思うと、悲しい。（略）新聞社の青年と、今野さんと私とでお話したとき、情熱的に語る先生と、青年の真剣な御様子と、思想の確固さ。そして道理的なこと。人間としたら、そう在《あ》るべき道の数々。何か、私の一番弱いところ、真綿でそっと包んででもおいたものを、鋭利なナイフで切り開かれたような気持ちがして涙ぐんでしまった。
戦闘、開始！　覚悟をしなければならない。私は先生を敬愛する。

こうして富栄は、太宰との出逢いから心中の夜まで日記をつけた。いっぽうの太宰は、日録を残していない。富栄が遺した日記は、作家の晩年を知る一級資料となった。

太宰と知りあうとすぐに、富栄は彼の本をさがした。太宰治という作家が書いたものを読みたい、彼の小説を、思想を知りたい。
中央線で新宿にでかけて、熱に浮かされたように書店をまわった。『トカトントン』は見つからなかったが、筑摩書房の雑誌「展望」三月号に、小説『ヴィヨンの妻』がのっていた。

娘時代の富栄は、西洋趣味から翻訳文学を好み、フランス文学ではジッドの『狭き門』、モーパッサンの短編小説、ドイツ文学ではヘッセの『車輪の下』や『青春はうるわし』、『ハイネ詩集』などを愛読していたが、日本の小説は、さほど興味がなかった。そんな富栄が待ちきれずに、帰りの電車で読みはじめた。

『ヴィヨンの妻』は、成長の遅れた坊やをかかえた妻が主人公であり、女の一人語りで書かれていた。

主人公の夫は、放蕩無頼の詩人である。詩のほかに、窃盗や殺人をおかして投獄された十五世紀フランスの詩人フランソワ・ヴィヨンの論文なぞも書いている。

だが夫はだらしがなく、飲み屋の椿屋につけをためたうえに、暮れの売りあげ金を盗んだため、妻は椿屋で働いて、返済することになる。

やがて妻は「椿屋のさっちゃん」と呼ばれて人気者になり、ほかに女がいるらしい夫まで、さっちゃん目あてにかよいはじめ、さっちゃんと詩人は、今までになかった淡い幸福をおぼえる。

どうかすると、三晩も四晩も外泊して帰ってこない詩人の夫をささえて、けなげに働くさっちゃんの献身には、雪折れしない柳のような女の芯の強さ、どんな時代であろうと生きてさえいればいい、という諦念、ほのかに明るい寂しさもよぎっている。

透けた絹地が春風にそよいでいるようなしゃれた軽やかさのなかに、幸福というもののささやかさ、はかなさをえがいた小説だった。

富栄は読み終えてしばらく放心していた。太宰が青年記者に語っていた「軽み」とは、このことだったのか……。

富栄はやがて自分が「さっちゃん」と太宰から呼ばれるようになるとも知らず、作家の計り知れない才能に、おそれさえおぼえた。

そして小説家というものを知らない人の常のように、作中に、どこか作者の姿をさぐりあてようとして、創作の苦しみの底で無惨にはいまわり、外では見栄をはりながら、女に甘えのかぎりをつくす詩人に、太宰の面影を重ねた。

富栄はさらに太宰の本をさがした。彼の心のなかをのぞきたい、これまでの人生を知りたい……。とりつかれたように読みふけった。

文壇デビュー作の「思い出」には太宰の生いたち、自意識過剰な少年時代と初恋の記憶を、「走れメロス」には友情を信じるまっすぐな心の強さを、『津軽』のタケとの再会の交歓には、ふるさとと青森によせる太宰の愛着と誇りと、相反する悲しみを、富栄はかぎとった。

「道化の華」からは、女だけを死なせた心中未遂に苦しんできた過去を知り、と同時に、それを赤裸々にえがいて少しも品格を失わない文才に、さらに瞠目《どうもく》した。

この人は天才だ。

今まで読んできた翻訳小説も胸をうったが、もとから日本語で書かれた太宰の言葉は、春の雨が柔らかな土にしみとおるように、富栄の魂にしみわたり、うるおした。富栄の心のどこを切りとっても、太宰の小説の言葉が響きだし、息づいていた。

三鷹の屋台やおでん屋で酒杯を重ねている太宰のそばへいくだけで、目をうるませ、陶酔のおももちになり、彼の話を聞いた。

太宰は力強く思想を語りながら、ときに少年のような照れ笑いを見せ、ときに年老いた男の表情に翳り、また少年のようなさびしさをふと漂わせる。

バイオリニストのように細く長い指で、額にかかる前髪をかきあげる仕草も、座敷にあぐらをかいて着物のすそからちらりとのぞく毛深いふくらはぎも、すべてに男の色香が匂って、富栄はときめいた。

太宰は素面《しらふ》では口が重いが、酒がはいると一転して軽妙になる。その場を盛りあげるために虚実織りまぜて豊富な語彙でおもしろおかしく語り、話術でも富栄を魅了した。もっともらしく、しかつめ顔をしたり、ふざけて見せたり、聖書を語るかと思えば、義太夫節の一節をうなり、歌舞伎の女形の声真似までする。

最後に太宰がふらふらとたちあがるまで富栄はつきそい、編集者たちと自宅へ送った。いつしか富栄は、太宰目あてに三鷹にあつまるとりまきの一人になっていた。

●昭和二十二年（一九四七）四月

太宰は、『斜陽』の第三章以降を書きすすめていた。富栄と知りあって三日後の三月三十日、美知子は次女を出産して、子どもは三人にふえていた。

その喜びと慌ただしさのさなか、長女と長男がハシカにかかり、彼は子どもたちの看病に、赤ん坊のおむつかえにと、妻を手伝ったが、『斜陽』の執筆は中断しなかった。

毎朝、美知子がこしらえた弁当をたずさえて、近くに借りた仕事場へでかけ、三時まで書いた。それから小一時間ほど休み、あとは駅前にくりだして、うなぎ屋や屋台、料理屋で、たずねてくる編集者や記者、読者と面談しつつ酒を飲む。そうした日々がくりかえされた。

『斜陽』は、ロシアの小説家、劇作家のチェーホフによる戯曲『桜の園』に啓発された作品だった。

すぎさった昔の栄華に生きている地主貴族ラネーフスカヤ夫人は、生活のために、先祖代々の領地桜の園を、農奴あがりの成金商人ロパーヒンに売りわたすはめになる。美しかった領地の桜は切り倒され、その斧の音が、舞台に響いて、舞台は幕をとじる。

日本では大正時代からたびたび上演されてきた芝居であり、太宰も読んでいた。チェーホフの『桜の園』は、ロシアらしい階級差と新旧権力の闘争もテーマにふくまれ、ときに喜劇的でもある。

だが太宰は、滅びゆく古いものを、哀切にしてノスタルジックな美しさをこめてえがくつもりだった。

戦後の日本で、華族制度の廃止により没落していく上流階級を、さながら、咲ききった大輪の白牡丹が、西へかたむいていく斜陽の金色の輝きをあびながら、音もなく崩れていくような優美な悲しみをたたえて書こう。

核になるのは、津軽の生家の衰退である。

兄の文治は、戦後初の公選で青森県知事に当選したものの、大地主だった実家は、農地改革で水田を失い、太宰が生まれ育った広大な屋敷は、近々、人手にわたることになっていた。

だが、津島家の家風は、ロシア貴族のラネーフスカヤ夫人のそれではない。津軽土着の風土も、白牡丹が散りゆくような貴族の滅亡という風情とは、ことなる。『斜陽』には、みやびな浪漫の趣きがほしい。その点、滋賀県の裕福な医者の家庭に育った静子の日記に漂うおっとりした品のよさは、うってつけだった。

『斜陽』の登場人物は、敗戦後の改革で消えていく「日本で最後の貴婦人」の母、離婚してもどってきた娘のかず子、戦地から復員してきたものの新しい時代になじめずに自殺する弟の直治、かず子が恋心をよせる無頼作家の上原である。かず子の日常のエピソードは、静子の日記をもとに書いていた。

日記を借りにいって、大雄山荘に泊まったことは、出産前の美知子にばれ、妻は泣いて責めた。

以後、妻は冷ややかである。だが浮気どころか、静子が妊娠したと知ったら、美知子はどうするのだろう。

そもそもこの先、妻子四人にくわえて、静子と生まれてくる子どもの計六人を、どうやって食べさせていくのか。

生活費を案じて目の前が暗くなりながら、酒好きで、とりまきにおごっていい顔もしたい男は、文筆によって得た収入の大半を飲食遊興に浪費して、妻には必要最低限をわたすのみだった。

四月二日、太宰は、西伊豆にくらす田中英光にあてた。

［八方ふさがりの時は、（僕にも実にしばしば、その経験があり、いまだって、いつもその危機にさらされて生きているわけですが）あせって狂奔するよりは、女房にあやまって、ごろ寝するのが一ばんのようです。（略）前途にいろいろ解決しなければならぬ問題があって、それを思うと胸がどきどきして、三十九歳も、泣きたくなります。

危局突破を祈る。

あせっては、いけない。まず、しずかに横臥がいちばん。」

弟子の田中への忠告は、自分への戒めでもあった。

ところが泣きたくなる三十九歳は、しずかに横臥もしていなかった。

日中はひたすら『斜陽』を書く。執筆に没頭しているときだけ、不安を忘れられる。ところが鉛筆をおいて、一服していると、なぜか、出会って間もない富栄の白い横顔が、ふいと脳裏に浮かぶ。

美人は酒飲みと相場は決まっているが、あの女もイケルくちだ。ちっとも酔わずに、青くさい女学生みたいな顔つきをして、じっとおれの戯言《ざれごと》に耳をかたむけている。あんな目をして話を聞いてくれた女が、今までいただろうか。救世主の言葉を待ち焦がれる世迷《よまよ》い人《びと》のように、半分は酔いまかせの、しかし半分は本心からのおれの吐露にじっと聞きいっている。いつだったかは、大粒の涙をあとからあとからこぼしていた。

しかも気のきく女で、白い腕をさっとのばして灰皿をかえ、ビールをつぎ、料理をとりわけ、空いた皿を片づけ、なにくれとなく世話を焼いてくれる。それが煩《わずら》わしくなく、控えめでさりげない。

夜、屋台に富栄があらわれないと、今夜、あの娘《こ》はどこにいるのだろう、誰というのだろう、なにかあったのだろうかと、満三十七歳の太宰は気になるのだった。

●昭和二十二年（一九四七）五月一日

進駐軍キャバレーの美容室で仕事を終えた夜ふけ、富栄は、駅前から路地マーケットにつづく屋台を歩き、太宰を探した。

うなぎの若松屋《わかまつ》に太宰はいた。

猫背でイスに腰かける姿を見つけるなり、富栄が子犬のように一目散に走ってきたのを、目のはしで太宰は見ていた。

江戸っ子の若い主人小川隆司が、こげたうちわで扇《あお》ぎながら、串にさしたうなぎと肝を焼いている。太宰は書いているさなかの『斜陽』を語った。

「主人公のかず子がくらす屋敷からは、遠くに海が見えるんだ。［海は、こうしてお座敷に坐っていると、ちょうど私のお乳のさきに水平線がさわるくらいの高さに見えた。］どうだい、いいだろう」

お乳のさきに水平線がさわる、と好意をよせる男が言えば、二十代の富栄は恥ずかしさに胸をかきいだくように肩をすぼめる。そうしながらも、遠くに光る海が思い浮かんできて、作家の言葉のひとつひとつに詩情を感じるのだった。

その日、彼は都心からの帰りなのか、めずらしくネクタイをしめていた。紺地に小さな四角を白く織りだした模様が、白いシャツの衿にはえて、すがすがしい。

スーツ姿に見惚れる目をした富栄の表情も、太宰は見逃さなかった。

「現代の若者は、単なる友達として異性と遊ぶことすらできないんだな、異性から憩《いこ》いのような幸せを得ることを知らないんだよ、困ったな」

単なる友達として異性と遊ぶ、などというスマートな真似は、若いころの太宰本人も、金輪際《こんりんざい》できたためしはなかったが、酔い加減の中年男は、自分に惚れているらしい若い娘に鎌《かま》をかけて、からかってみたいのだった。

その晩は、となり町の吉祥寺にくらす亀井勝一郎も合流した。彼が戦前に『大和古寺風物誌』を発表した評論家であることは、富栄も知っていた。

亀井は、評論家の原稿料は、小説家とくらべてどれだけ安いかと、ぐちをこぼした。

端正な風貌をして仏教的な文章を書く亀井が、こまかな金勘定の話をしたことに富栄は驚いたが、評論家も［食べねば生きれない人間なんですものね］と日記に書いている。

［生きよ堕ちよ］と説く『堕落論』を発表して流行作家になった坂口安吾、その年の一月、肺結核で喀血して三十三歳で急逝した織田作之助とともに、無頼派と呼ばれて文名がうなぎ登りの太宰は、原稿料も、本の発行部数も、亀井とは桁《けた》ちがいだった。

亀井と太宰は、ともに東大を中途退学し、共産主義にかかわった過去を共有している。それだけに、戦後、一躍人気の高まった太宰を、二歳年長の亀井は、うらやんでいたのかもしれない。

太宰につきそって世話を焼く富栄を、亀井は、彼の助手と思ったようだった。優しく富栄に声をかけた。

「お酒を飲んで、もうこれ以上飲むと道に寝てしまうという頂点になると、彼はいつもクシャミをするんですよ。風邪ではありませんよ。貴女、よくおぼえておきなさい」

温かい雰囲気。（亀井先生を）御送りする。

十二歳年上の亀井のおだやかさに好感をもった富栄だが、二人が玉川上水で情死した後、亀井は、富栄による太宰絞殺説を展開して注目をあつめる。亀井が自分たちを、殺人の加害者とみじめな被害者にすることを、生前の富栄と太宰は知るよしもなかった。

この夜、亀井を吉祥寺まで送っていくと、太宰と富栄は、春の闇に包まれた井の頭公園を通りぬけて、下連雀までそぞろ歩いた。

街灯もない暗い道だった。赤土の路を、五尺八寸の男がちびた下駄を鳴らしていき、ほっそりした若い姿があとに従う。

風のない夜だった。木立の新緑が柔らかにのびて、おぼろ月の光をあびている。花の咲く皐月《さつき》の夜気は、どことなく甘く香った。体をゆすって歩く男の影が、うしろにむき返った。大きな手が、富栄の腕をとらえた。

●昭和二十二年（一九四七）五月三日

先生は、ずるい
接吻はつよい花の香りのよう
唇は唇を求め
呼吸は呼吸を吸う
蜂は蜜を求めて花を射《さ》す
つよい抱擁のあとに残る、涙
女だけしか、知らない
おどろきと、歓びと
愛しさと、恥ずかしさ
先生はずるい
先生はずるい
　忘れられない五月三日

朝刊は、新憲法施行を大きく報じていた。気温八度の肌寒い雨の日、宮城前で記念式典がとりおこなわれ、ラジオは実況中継した。主権在民、象徴天皇、平和主義、そして法の下の平等。男と女、兄弟姉妹は、平等になった。

その午後、太宰は不機嫌だった。

家父長制の典型のような旧家で六男として育ち、芸者と同棲して生家より勘当された彼は、編集者たちの前で、鼻でせせら笑ってみせた。

「法の下の平等だと？　そりゃあ結構だ。だが憲法を変えて、津軽が変わるかね。長男と『オズカス』の六男は、しょせん、あつかいがちがうんだよ。長男と六男、先輩と後輩、文壇の権威と新参者、美男と醜男《ぶおとこ》、東京人と田舎者、人間というものは哀しいかな、せまい井戸の底でこづきあって権力闘争をする生きものだ。日本人は変わらないよ、こんな日本に一石を投じられるなら、死んでもかまわない」

太宰はひどく疲れていて、あとは口数が少なかった。なにかを思いつめているようだった。

バーを出た二人は、一本の傘のもと、肩をよせて歩いた。季節が冬にあともどりしたように凍てつく雨の夜、闇は濃かった。暗い地面に、電信柱の電球が、丸い光の輪をおとしているほかは、吸いこまれるような暗がりだった。

「仕事部屋によらないか」

「先生、酔っておいでてでしょう」

「酔っていたんじゃ、いやか」

富栄は首を横にふった。「それでもいい……、いきつくところまでいきたい」

どこかで聞いた言葉だと思いながら、そのときの太宰は思いだせなかった。

田辺肉店の奥にたつアパートの四畳半は冷えきっていた。闇に浮かびあがる白い肌に、待ちかねていたようにしがみついた。

富栄を抱いたあと、布団にくるまって言った。


「死ぬ気で！　死ぬ気で恋愛してみないか」

死をちらつかせて女をさらにひきよせるのは、若いころからのくせだった。はったりでも脅しでもない。死を覚悟した矜持が、本気の恋愛をしめす証だと彼は思いこんでいた。


「死ぬ気で、恋愛？　本当は、こうしているのもいけないの……」腕に抱かれながら、富栄がつぶやく。

「有るんだろう？　旦那さん、別れちまえよォ、君は、ぼくを好きだよ」

太宰はまだ、ぼくは君を好きだとは言っていない。だが夢心地の富栄は気づかなかった。

「うん、好き。でも、私が先生の奥さんの立場だったら、悩む。でももし、恋愛するなら、死ぬ気でしたい……」

「そうでしょう！」

「奥さんや、お子さんに対して、責任を持たなくては、いけませんわ」

「それは持つよ、大丈夫だよ。うちのなんか、とてもしっかりしているんだから」

「先生、ま、ゆ、つ、ば……」男の調子のいい嘘だと、富栄は用心した。

だが太宰はこうも言った。「うちの奥さん、こわいんだ。こわくてたまらないんだ」

やがて酔いも興奮もさめると、つい口をついて出た。

「困ったなあ……」静子の妊娠で悩んでいるのに、富栄とも、はじまってしまった。

「先生が好きで、苦しくて、泣いた夜もありました」

「涙は出ないけれど、泣いたよ。一生こうしていよう」

富栄が太宰の胸に頬をすりよせる。しばらくすると、「困ったなあ」と、彼はまた思わず正直なところを言ってしまう。

それにしても、これがいきついたところなのか……。

思い出した、その言葉は、かつて静子が手紙に書いてよこした。だがこれがいきついた終着点なのか。むしろここがはじまりではないのか。その先は、深い裂け目に足をふみいれて、ずり落ちていくのか。

冷静さをとりもどした男の胸は、たえず逡巡に揺れまどう。だが柔らかな肌には、抗しがたい。富栄は富栄で、歓びのうちにも、これで最後にしようと涙を浮かべている。


先生の腕に抱かれながら、心よ、先生の胸を貫けと射る——どうにもならないのに。いつまでもお幸せで、いつまでもお幸せでと。


太宰は妻子の眠る自宅へ帰っていった。その家で、この人は夫となり、父となる。先生と別れがたく、家の近くまで富栄はついていった。

太宰もまた、離れがたい気持ちは同じだった。

忘れられない——振り返って、もう一度とび込んできて下さった心。心……

ああ、人の子の父である人なのに、人の夫《つま》である人なのに。

●昭和二十二年（一九四七）五月四日

一夜が明けると、道義心の強い富栄は、自己嫌悪と後悔に苦しんだ。


先生の心なんか分からない。

分かるもんか！

馬鹿。分かるもんか！

頭が混沌《こんとん》としてしまって空廻りだ。

女。唯《ただ》それだけのもの。飽和状態の私。

どうしていいのか、拭《ぬぐ》いとりたい気もするし、ずるずると入りこんでしまいたい気もする。

おい、お前！　助けてくれ。酔えなくなったのはお前のせいだ。鼻もちならない！　ウンフフ、馬鹿々々、消えろ、消えてしまえ。やい、とみえ、起きろ、路傍の花など摘《つ》んでくれるな。いや、もういや。

まだ修一の戦死公報もとどかないのに、妻帯者と関係をもった罪悪感、そんな自分への叱責《しっせき》、さらには、不徳に自分を誘いこんだ太宰へのうらみがましさ、それでも消えない恋心……。

この先どうすればよいのか、富栄はわからなかった。別れることも、深みにはまることもこわい。夫と別れてよりずっと眠っていた歓びが、ひさしぶりに目覚めて、体の奥から女の自分を溶かしていることも切なく感じていた。

●昭和二十二年（一九四七）五月十四日

恋をする女の耳というものは――
千草にいる人！
眠れない
落ち着かない
声が聞こえる
歌がきこえる

――せつない日――

富栄の下宿むかいの小料理屋千草で、太宰は編集者たちとさわいでいる。恋しい人は目の前の千草にやってきて大声で語り、歌まで唄う。富栄は吐息ばかりついて、浮かれ声が消えるまで、そしてむかいが静まりかえっても、眠れなかった。

そのうち太宰は、執筆の疲れと連日の酒宴から、体調をくずして寝ついた。『斜陽』の執筆は、中盤から終わりにさしかかっていた。戦後の社会の変化についていけず、麻薬におぼれて自殺する直治の心情を書いては消し、また書いては、むせび泣いた。

十年ほど前、太宰は、東大に落第し、入社試験にも落ちたあと、盲腸炎の手術から鎮痛剤パビナールの中毒になった。隠れて一日に何本も注射をうち、薬を買うために借金漬けになり、利息がふくらんで首がまわらず、だまし討ちのように精神病院へつれていかれて、強制入院させられた。

忘れようとしていたあのころの自分の愚行と絶望をありありとよみがえらせて、直治に投影させていく執筆は、四十前になったからこそ、あらためて気がつく自分のいたらなさ、友人知人にかけた迷惑に、身の縮む思いだった。古傷の皮をひきはがし、わが身をさいなむ仕事になった。

頬がこけ、目はくぼみ、微熱がつづいた。しばらくなりをひそめていた肺結核がぶりかえしはじめていた。ついに自宅で寝こみ、太宰六月死亡説まで流れた。

富栄は、太宰に会えなくなった。恋慕はさらにつのり、容態を案じた。

五月十九日
愛して、しまいました。先生を愛してしまいました。
どうしたら、よろしいのでございましょうか。お逢いできない日は不幸せでございます。御病気でも、なんにもできない私は、悲しゅうございます。（略）
病と闘いながら、奥様の御看病をうけられながら、あなたは、ふと、私のことを思い浮かべて下さるときがあるでしょうか。今日でもう二日にもなります。
明日はお逢いできるのでしょうか。

一週間静養して、太宰は回復した。そして仕事部屋を変えた。

五月二十一日、上連雀八〇四、藤田利三郎宅にうつり、ふたたび『斜陽』の後半に呻吟《しんぎん》。その日、新しい部屋へ、富栄を呼んだ。

五月二十一日

お別れするときには、一度はあげる覚悟をしておりました。性的の問題というものは、慎みが必要だし、社会生活の全面と絡みあって、真面目に扱われてゆくのが本当だということを御承知のはずなのに。

至高無二の人から、女として最高の喜びを与えられた私は幸せです。Going my way（ゴーイング・マイ・ウェイ）行け、吾等《われら》が道、人生、成りゆきにまかせましょう。自然にまかせましょう。私はもう何時《いつ》お別れしても悔いない。しかし、できることならば、一生、御一緒に生きていきたいと希《ねが》わずにはいられない。

同日、太宰は京都の堤重久に、はがきを送っている。

［このごろ三鷹にキャバレー、映画館、マーケットなど出来、とてもハイカラで、にぎやかになり、私は仕事がすむと、酒と女で多忙の日々を送っています。］

真剣に悩む富栄とは異なり、浮かれた調子である。自分には妻以外の存在がいて、華やかになった三鷹で、夜な夜な女と会っていることを、弟子にむけて、自慢げに書き送っている。

太宰は、富栄の存在を隠さなかった。新潮社の野原一夫、野平健一、筑摩書房社主の古田晁《ふるたあきら》、石井立、八雲書房の亀島貞夫など、編集者にも、初対面の記者にも、隠しだてしなかった。それだけ男の心はかたむいていた。

富栄は、かつて結婚していたらしいが、人妻とは思えない、つんとした青い固さがある。とりすました細面にも、抜けるように白いきめ細かな肌にも、初々しい清潔ななまめかしさがある。そんな富栄が自分をいちずに見つめるまなざし、うやうやしく自分につきそう姿を、まわりの者たちに誇らしげに見せびらかし、小鼻をうごめかしたい。

太宰は、富栄を美人だと思っていた。

この年の暮れ、京都から上京してきた堤重久に、「東京の美人を見せてやる」と言って、富栄にひきあわせた挙げ句、女の好みのちがう堤が「どこに美人がいたのかわからなかった」と答えると、むくれている。

●昭和二十二年（一九四七）五月二十四日

太宰と富栄の愛欲が深まっていく三鷹へ、妊娠三か月の静子がやってきた。

「生まれてくる子どものことでご相談したいのです」あらかじめ手紙がとどいていた。

太宰は、三鷹駅南口からまっすぐいった川べり、橋のたもとにある若松屋という屋台のうなぎ屋へ、と返事を送った。

静子は、あくまでも謙虚だった。太宰の望むとおりにしよう、子どもに父と呼ばせるなと言われようと、遠くへいって隠れてくらせと命じられようと、従おう。

大雄山荘で身じたくをした静子は、腹部のふくらみが目だたない地味な和服に袖をとおした。三十歳の弟、通《とおる》も案じてついてきてくれた。

二月、太宰が五泊して二人きりですごしたころ、花ざかりだった下曾我の梅林は、今、しげった葉かげに、青い実が、日に日にふくらんでいた。

午後三時すぎ、静子は三鷹駅についた。

だがうなぎ屋に太宰はいなかった。店のイキな主人が心得た様子で、自転車にまたがり、仕事場へ呼びにいった。

太宰は、静子と通を見ると、合点《がてん》した顔つきになり、黙って頭をさげた。サージの上着に灰色のズボン、下駄ばきだった。

『斜陽』を連日、朝から書きつづけ、午後になると口もきけないほど草臥《くたび》れていた。

まずは気つけにビールを一本あけ、屋台ではなんだからと、マーケットの奥にある酒店兼小料理屋「すみれ」へ案内した。

　太宰は静子に体調を問うたが、その声はよそよそしかった。うちとけない気配に、静子も通も、出産の相談を切りだす機会をはかりかねていると、新潮社の野原一夫が顔をだした。

　野原は、となりにいる二人づれが、太宰の客とは気づかなかった。それほど作家は、静子に他人行儀だった。

　入社したばかりの青年編集者は、その場の重苦しさを意にも介さず、明るい表情で『斜陽』の進捗《しんちょく》をたずね、快活にしゃべった。他社の編集者も二人やってきて、一同は河岸《かし》を変えた。

　店をでるとき、太宰は和服の女に声をかけ、野原は、小さな丸い顔をした女性がつれだったことに驚いた。ましてやその和服の人が、自分が本を編集する『斜陽』の日記提供者とは夢にも思わなかった。

　太宰、静子と通、野原ほか、総勢六名は、千草へ流れた。

　千草は、入口に小さなたたきがあり、右手に座卓をおいた客座敷があった。静子はすみにすわり、うつむいている。太宰は気にもとめなかった。

　劇作家、放送作家の伊馬春部《いまはるべ》、俳優の巌金四郎《いわおきんしろう》もやってきて、うちあわせをはじめた。伊馬は太宰の古い友人であり、この年から放送されるラジオドラマ『向う三軒両隣り』で人気作家となる。その伊馬は、近々、太宰の戯曲『春の枯葉』を、NHKラジオで演出することになっていた。

気をつかう太宰は、二人の演劇人をもてなそうと、野原にたのんだ。

「奥名さんのところに、いいウィスキーがあるんだ。もらってきてくれないか」

道むかいの二階、富栄が下宿する六畳間へ、野原がむかった。

彼は、太宰と富栄の仲も知らない。

男女の機微にうとい二十四歳の編集者は、静子のいる酒席へ、いそいそとした富栄をつれてもどってきたのである。

バーボンをかかえた富栄がはいってきて、太宰はわずかに顔色を変えた。新旧の愛人が思いがけず鉢あわせして、内心では大いに狼狽していた。静子の妊娠も、富栄との関係も、今日は、まわりに気どられてはならぬ。まぶたがぴくついたが、平静をよそおった。

ウィスキーは、太宰の誕生日六月十九日にむけて、富栄が大事にとっておいたアメリカの高級酒だった。太宰に贈るために、進駐軍のダンスホール兼キャバレー「ニュー・キャッスル」にくる米兵やホステスから、美容代金がわりにうけとったバーボンである。占領下、日本人の口にはいらない貴重な美酒だった。

薫り高くうまい洋酒を男たちはありがたがって飲み、座は盛りあがった。その様子に富栄は満足して、浮かれた。

演劇人の伊馬と話すうち、共通の知人のいることもわかった。女優の加藤治子である。加藤は、富栄より三つ年下の赤坂生まれで、戦前、ＹＷＣＡの英語学校にともにかよった仲であり、顧客でもあった。

ますます座は活気づいた。みなにさっちゃんと呼ばれて、富栄は、上機嫌で座卓の皿をさげ、板場から料理をはこび、太宰にウィスキーの炭酸割りを作り、席をあたためる暇もなくはしゃいでたち働く。

思わず、太宰は目を伏せた。

静子がなにか勘づいて、おなかに先生の子どもがいます、とでも言って泣きだしたらどうなるだろう。女は妊娠するとやたら勘が鋭くなるのは、美知子で経験済みだった。五月の夜というのに、額にうっすら汗がにじんだ。

太宰は歌を唄った。低い、投げやりな声だった。

〽男純情の　愛の星の色
　冴えて夜空に　ただ一つ
　あふれる想い

春を呼んでは　夢見ては
うれしく　輝くよ
思いこんだら命がけ
男の心

「思いこんだら命がけ　男の心」という一節を声高くしてくりかえし、コップをあわせて乾杯する。日本を発つ前、日比谷公園で修一が唄ってくれた思い出の流行歌を、太宰が唄っている。不思議な偶然に、富栄はめまいがする心地だった。

太宰は飲めば飲むほど青くなり、やけくそで「思いこんだら命がけ」と声をはりあげる。静子は、目すらあわせてくれない太宰から離れて、堅苦しく座っている。

通は東京芝浦電気（現東芝）に勤めていた。どうも今夜は無理らしいと察して、静子に目くばせをして先に帰った。

この夜を、太宰は『斜陽』に潤色して書いた。

主人公のかず子が、恋心をよせる作家上原をたずねていくと、彼は酒盛りに馬鹿さわぎして、かず子を無視する。

「ギロチン、ギロチン、シュルシュルシュ、とあちこちから、その出鱈目《でたらめ》みたいな歌が起って、さかんにコップを打ち合せて乾杯をしている。そんなふざけ切ったリズムでもってはずみをつけて、無理にお酒を喉に流し込んでいる様子であった。」

富栄は、静子を『斜陽』の日記提供者だと知っていた。話し相手もなく、居心地悪そうにして箸《はし》もつけない静子を不憫《ふびん》に思い、うどんをとってやり、奥へうつって二人で食べた。

彼女たちは、ともに太宰と結ばれた女でありながら、夢にも知らず、むかいあわせになって出前を食べている。

太宰は、そんな初対面の二人のやりとりを懸念して、耳をそばだてていた。そして『斜陽』にかず子の心境を書いた。

「おうどんの湯気に顔をつっ込み、するするとおうどんを啜《すす》って、私は、いまこそ生きている事の侘びしさの、極限を味わっているような気がした。

ギロチン、ギロチン、シュルシュルシュ、ギロチン、ギロチン、シュルシュルシュ、と低く口ずさみながら、上原さんが私たちの部屋にはいって来て、私の傍にどかりとあぐらをかき、無言でおかみさんに大きい封筒を手渡した。」

飲み屋にわたした封筒には、一万円が入っていた。かず子は、それだけあれば、一年、楽に暮らせるのにと思う。

「ああ、何かこの人たちは、間違っている。しかし、この人たちも、私の恋の場合と同じ様に、こうでもしなければ、生きて行かれないのかも知れない。人はこの世に生れて来た以上は、どうしても生き切らなければいけないものならば、この人たちのこの生き切るための姿も、憎むべきではないかも知れぬ。生きている事。生きている事。ああ、それは、何というやりきれない息もたえだえの大事業であろうか。」

太宰は野原に耳打ちした。

「今日は帰らないで、しまいまでつきあってくれよ、たのむ」静子と二人きりになるのを避けたかった。

太宰の動揺も、静子の胸中も知らず、座卓にもどった富栄、若い野原だけが、愉快である。年の近い二人は『ヴィヨンの妻』を語らった。

「『ヴィヨンの妻』、あの奥さんは幸せだと思うわ、野原さん」

わからない。

「本当にそう思いますか？」若い編集者には、詩人の妻の自己犠牲と献身の喜びが
「幸せだと思うわ、本当よ！」

「そうかなあ、信じられないなあ」

「ああいう奥さんなら、詩人は幸せよ。なんていうのかしら、あの詩人は、身も心も包まれているの」

「そうなんですよ」太宰が若い二人に口をはさむ。「嬉しいね、幸せなんだね」

野原は、幸せなのは放埒《ほうらつ》詩人の妻だと解している。

だが富栄はわかっていた。それは自分への問いかけなのだ、「嬉しいね、君はぼくにつくして、幸せなんだね」と太宰は言っているのだ。

「当たり前のことよ、あの夫婦には、なにか、なつかしいもの、ノスタルジアがあるわ」富栄は野原にむきながら、その実、太宰へ答えている。

「あれをわかる人はいないんだよ」と太宰。

「あら、どこかには、きっといてよ。そう信じて生きなければ、あまりにも寂しいじゃありませんか」これもまた富栄から太宰への秘密の愛の告白であり、自分こそがヴィヨンの妻だと、自負しているのだった。

　と同時に、なにかわけありらしい様子で、太宰のもとにやってきた静子への強烈

な牽制《けんせい》だった。

伊馬と巌は帰り、富栄も上機嫌で下宿にもどった。太宰は自分をさっちゃんと呼んでくれた、斜陽の人には言葉もかけなかった。それが安堵であり、喜びであった。

あとには、太宰、静子、野原の三人が残った。太宰にとっては、これからが正念場だった。

三人は女流画家の桜井浜江《さくらいはまえ》宅のアトリエへあがりこみ、浜江もくわわって酒宴をつづけた。途中で眠り、目覚めては歌をがなり、食べ、それでも太宰は、静子にろくに口をきかなかった。窓の外は雨がふり、彼女は泣いていた。

それは太宰の非情さ、ずるさ、身勝手さであり、一方で富栄への誠意であり、さらには何事も深みにはまり、情に溺れやすいみずからへの戒めでもあった。

翌日、静子はひとり下曾我へ去った。

●昭和二十二年(一九四七)五月二十六日

富栄の幸福な日々はつづいた。

太宰の代理で、野原一夫と内幸町《うちさいわいちょう》のNHKへ行き、伊馬春部が演出するドラマ『春の枯葉』のリハーサルを見学した帰り、彼を、新橋の中華料理店に誘った。青年は不安になった。年上の奥名さんは、ぼくを誘惑しているのだろうか。あぶないと感じて断り、山手線にのった。富栄ははずむ口ぶりで話しかけてきた。野原は『回想　太宰治』（新潮社）に書いている。

［野原さんは、いつごろ先生とお知り合いになったんですの。あら、学生さんの頃。お古いんですのね。（略）その頃の先生はどうでした。昭和十六年というと、六年前ですわね。そうすると先生は三十二、三ですか。お若かったのね。いえ、先生はいまでもまだ、とてもお若いわ。理想と情熱を持ちつづけてらっしゃるからだと思うの。芸術家なのね。芸術家はとしをとらないのかもしれない。それに、とてもおやさしいわ。ひとの気持を読みとってくれて、デリカシイがあって。眼がとってもお綺麗。深くて、澄んでいて、素晴らしい方。

私は富栄さんの横顔を見た。頬がいくぶん紅潮し、眼鏡の奥の眼はきらきらかがやいていた。さすがにバカな私も、気がついた。射んとする将《しょう》は、私ではなかったのだ。」

太宰と富栄は関係を結んで一か月たち、たがいを夫、妻と呼ぶこともあった。

●昭和二十二年（一九四七）六月

太宰は、六月三日に脱稿した掌編「フォスフォレッセンス」に、富栄の夫修一をえがいた。

主人公は作家、すなわち太宰が投影されている。夢のなかで、ある女と親しく、彼女を妻と思っている。つまり富栄がイメージされている。

ところがある日、夢ではなく現実に、女の家へ編集者といったところ、不在であり、女中に居間へとおされる。実際に太宰は、富栄の留守中に下宿をおとずれることがあり、大家の野川が二階へあげていた。

小説では、主人公と編集者は、部屋に、若い男の写真が飾られているのを見つける。

作家はふと、かつて女が「墓場の無い人って、哀しいわね」と語ったことを思いだす。彼は写真の人物を、とっさに理解して、案内してくれた女中に問いかける。

「ご主人ですね？」

「ええ、まだ南方からお帰りになりませんの。もう七年、ご消息が無いんですって。」

そのひとに、そんなご主人があるとは、実は、私もそのときはじめて知ったのである。

「綺麗な花だなあ。」

と若い編集者はその写真の下の机に飾られてある一束の花を見て、そう言った。

「なんて花でしょう。」

と彼にたずねられて、私はすらすらと答えた。

「Phosphorescence」

「フォスフォレッセンス」とは、「燐光《りんこう》を発すること」という意味の英語である。そうした名前の花は実在しない。

夢と現実をえがいたこの小説の中盤で、フォスフォレッセンスという花を、太宰は、招魂祭、すなわち死者の霊をまつる儀式との関連を匂わせて書いている。

暗いところで青白い光をぼうとはなち、ほのかに光る魂の花……。富栄は、この作品において太宰の言わんとするところがわかっていた。

それはフィリピンの山野でひとだまとなり、ふわふわ飛ぶ哀しい燐光だった。南方の戦場で、捨ておかれて朽ち果てた日本兵の遺骨のリンが、夜、青白く燃えて鬼火になった……、多くの復員兵たちが語っていた。

妻子があり、静子という愛人もいる太宰が、さらに富栄を愛するとき、フィリピンで戦死した彼女の夫に、慰霊と鎮魂の儀式をするべきである。それが淡い蛍火のような短編にこめられた、富栄だけにわかるひそやかな趣旨だった。

太宰は富栄にのめりこんでいた。津軽疎開時代に知りあった弟子で、教員の小野《おの》才八郎《さいはちろう》が、五月末に上京してくると、玉川上水べりを歩いて千草へつれていった。

「ここは人喰い川と呼ばれているんだ。何人もの人が身を投げて、死体が浮かびあがってこない」同じことを、多くの編集者に語っていた。

千草につくと、表から「お嬢さん、いらっしゃい」と、太宰はむかいへ呼びかける。二階のカーテンが少しあけられた。

座敷に肴と酒がでたところ、富栄がやってきた。小野は、彼女を三十代と見て、「この人がお嬢さん?」といぶかしんだが、新しい弟子だろうと、ひとり合点して、弟子同士、親しみをおぼえて話をしていると、ぷいと太宰がたちあがり、窓をあけて放尿した。

富栄は流しへ飛んでいき、ぞうきんをもってきた。おかみは、とぼけた顔をしてつぶやいた。

「先生、妬《や》いたんですよ」


隠しだてしない二人の関係は、三鷹にひろまっていた。

六月三日、ミタカ美容院の店主、塚本サキは、不機嫌に口をまげて、店の富栄を見ていたが、夕方、表をしめると、奥の事務所へくるよう言った。

「太宰さんという作家とつきあっているんですってね」けわしい声だった。「奥さんと子どもがあるというじゃありませんか、困りますよ。晴弘先生からお嬢さんをお預かりしている私の責任はどうなるんです。晴弘先生は、口を酸っぱくして美容師の人格向上を教えられたというのに、娘が不埒《ふらち》な真似をして、親不孝ですこと。それにうちは女の客商売ですよ。二号さんの美容師なんて、不潔です。噂がたてば、商売にさわりがあります。しかもあなたは、ご主人の戦死公報もとどかないうちから、みっともない真似をして、恥ずかしい。そもそも小説家なんて、堅気《かたぎ》じゃありませんよ。夜な夜なとりまきをひきつれて飲んだくれている放蕩者《ほうとうもの》でしょ、あなたの人間が駄目になります」

塚本の忠告は、ごく常識的なものだった。塚本もまた未亡人であり、昭和十九年に夫を喪っていた。女手ひとつで子どもを育てながら、美容師として懸命に生きているだけに、敬愛する恩師の娘のふしだらが、なおさら腹立たしく、残念でならなかった。

だが恋にのぼせている富栄は、塚本を、文学を知らない無教養な経営者だと軽蔑した。そもそも富栄は、人に使われたことが一度もなかった。幼少期は校長の娘であり、のちには美容院経営者として一段上にいたつもりの富栄は、初めて雇い主をもち、叱責されて、逆恨みさえした。だが太宰には黙っていた。

ところが塚本は、八日市町の親もとへ手紙を送った。

娘さんに愛人がいると書けば、雇い主である塚本の立場がない。うまくぼかして、様子を見てやってほしいと書いた。

異変を察した母が、東海道線で上京してきた。

信子は、弟の嘉一郎がいて、なにかと心丈夫なふるさと滋賀県で、美容院をひらこうと考えていた。晴弘の洋裁学校も軌道にのっていた。だが夫を亡くした一人娘をいつも案じていた。

富栄が三鷹駅へむかえにいくと、六十代の母は白髪がふえ、長旅に疲れていたが、元気そうな娘を見たとたん、顔をほころばせた。

灰色の単衣紬《ひとえつむぎ》の着物の衿のうしろから、半分に切った白手ぬぐいをかけて、汽車のちりよけ汚れよけにしている。

富栄は母の荷物をもち、下宿へむかった。信子は、すらりとした娘の腕をとり、よりそって歩く。

そんな二人を、古本屋にいた太宰が見かけた。

あわてて店を出ると、富栄は、背の低い母の足どりにあわせて、ゆっくりすすんでいく。

母娘《ははこ》のうしろ姿を、彼は、なつかしく尊いものでも見るような目で送った。太宰は、生母タ子《たね》を五年前に亡くしている。彼はやがて涙ぐみ、きまじめな顔になった。

太宰が別れを切りだしたのは、信子が滋賀へ帰った直後、六月十七日だった。

富栄の仕事帰りを、一時間半、客のいない千草の二階でひたすら待った。

「別れよう」いきなりだった。

「なぜですか、私に気にいらないところでもありまして」富栄の顔が白くなった。

「そうじゃないよ。君のお母さんを見ちゃったんだもの。年寄りって、衿に白い布をつけてるよね、見ちゃったんだもの。ぼくが母を亡くしているからかもしれないけれど、お母さんからとってしまうんだもの、君を。かわいそうだよ」富栄の母の小さな背中が、忘れられなかった。

「年寄りは、結局は、物質的に豊かであれば安心なんですよ」恋にのぼせて親心をわからなくなった富栄が言った。「私に死に水をとってもらいたいだけなんです。だから、別れようだなんて、そんなつらいこと、言わないでください」目に涙をためている。

そこまで言われると、富栄に惚れている太宰も弱かった。

「ごめんね、別れるだなんて言って。ぼくも一緒にお母さんの死に水をとるよ。もう放さないよ、いい？」

涙もろい太宰も泣いた。

六月十九日、太宰は満三十八歳になった。残りの人生は一年……。翌年の誕生日に、遺体が玉川上水で発見される。

『斜陽』は最終章にさしかかり、体調はすぐれず、不眠がつづいた。

滅びゆく世界をえがく『斜陽』は、静子が身ごもってより、方針転換をせまられていた。彼女を冷たく追い返したわが身の不実と、傷ついた静子を気にかけてもいた。

未婚の母として生きていく静子と、生まれてくる赤ん坊のために、『斜陽』は、かたむく西日だけでなく、昇っていく太陽の輝きもえがかねばならぬ。作中のかず子は、作家上原の子どもを身ごもり、産む決意をする。

執筆に苦しむ太宰をそばで見守りながら、彼の苦悩が静子の妊娠に根ざしていることを、富栄はつゆほども知らない。

むしろ、ヒロインのかず子に共感をよせていた。

自分と同じように妻子ある作家を愛し、塚本サキが語るような世間の常識にとらわれずに、自分なりの幸福のかたちをさがして生きようとする女性が、ここにいる。励まされ、勇気づけられる思いだった。

太宰は『斜陽』の結末に、かず子の決意を書いた。

「私には、はじめからあなたの人格とか責任とかをあてにする気持はありませんでした。私のひとすじの恋の冒険の成就だけが問題でした。そうして、私のその思いが完成せられて、もういまでは私の胸のうちは、森の中の沼のように静かでございます。

私は、勝ったと思っています。

マリヤが、たとい夫の子でない子を生んでも、マリヤに輝く誇りがあったら、それは聖母子になるのでございます。（略）

あなたは、その後もやはり、ギロチンギロチンと言って、紳士やお嬢さんたちとお酒を飲んで、デカダン生活とやらをお続けになっていらっしゃるのでしょう。でも、私は、それをやめよ、とは申しませぬ。それもまた、あなたの最後の闘争の形式なのでしょうから。

お酒をやめて、ご病気をなおして、永生きをなさって立派なお仕事を、などそんな白々しいおざなりみたいなことは、もう私は言いたくないのでございます。（略）犠牲者。道徳の過渡期の犠牲者。あなたも、私も、きっとそれなのでございましょう。（略）

私はあなたを誇りにしていますし、また、生れる子供にも、あなたを誇りにさせようと思っています。

私生児と、その母。

けれども私たちは、古い道徳とどこまでも争い、太陽のように生きるつもりです。」

この結末は、静子と生まれてくる子どもへの祝福と、願いであり、また死を意識した父から子どもへの、別れの言葉だった。

●昭和二十二年（一九四七）七月

七月一日、『斜陽』の第一、二章が「新潮」七月号にのり、大反響を呼んだ。

だが太宰は、五月に寝ついてより、体の衰弱を自覚していた。といって肺病を治療する気もなかった。

「お願いです。病院にかかってください」富栄は、彼の手をとってたのんだ。

「いやだね。診てもらえば、絶対安静に決まっている。どうせ肺病は死ぬんだ。寝たきりになるくらいなら、たとえ命を縮めても、存分に書いて、好きなことをして死ぬよ」

死にむかって坂道をころがるように突きすすんでいく太宰につきそう決意を、富栄は固めた。

そのころ、熱海で美容院を開業する晴弘の知人から、富栄に美容師としてきてほしいと招きがあった。

富栄は、進駐軍関係の仕事とセクレタリーの仕事をもっているため、申し訳ないことですが、と断りの返信をした。

進駐軍の娯楽施設「ニュー・キャッスル」内美容室の主任として働き、太宰のほしがる貴重な洋酒と香りのいいアメリカ煙草を手にいれる。流行作家の秘書として郵便の返事を書き、原稿の下書きを整理し、参考資料を手にいれ、肩をもみ、足をもみ、湿布をはり、髪をすき、全神経をはりつめて、つかえた。

七月七日、七夕《たなばた》、都心へでかけた帰り、西日のさす三鷹駅におりたつと、「富栄ちゃん」と声がした。

ふりむくと、三井物産の飯田富美だった。半袖のグレーのスーツであらたまっている。

「奥名君の戦死公報がきてね、下宿にとどけようと思って。奥名君、残念だった、あたしは残念で、寂しくて」飯田は赤いふちのメガネの奥で、もう泣いている。駅前のそば屋にはいった。

「富栄ちゃん、再婚して幸せにおなり。奥名君も望んでるよ」

「いいんです、もう。東京から滋賀の八日市へ、それから鎌倉、三鷹と、毎年ひっこして、未亡人が流れ流れて、ここで最後にしたいんです。両親は、美容院と学校の再建を、私に期待してます。でも荷が重いんです。もういいんです」肺病の天才作家とつきあっている話はしなかった。

涙は見せずに別れた。ここで泣けば、修一を紹介してくれた飯田は、負担に思うだろう。富栄は我慢した。しかしすぐには帰りがたく、まだ蒸し暑い夕ぐれをふらふら歩いた。

道すがらの家の軒さきに、葉竹が飾られ、色紙の短冊がゆれていた。

七夕は、夫婦だった織姫と彦星が、天帝の機嫌をそこねたために、別れをよぎなくされ、年に一夜、天の川をこえて逢瀬をゆるされる。

その宵《よい》に、修一の戦死公報がとどいたことに、富栄は因縁と後ろめたさをおぼえた。

戦死公報とは、復員してきた兵士と上官の報告をもとに、政府が、兵隊の死亡を公的に認定して通知するもので、それをうけて遺族は初めて死亡届と葬儀をだすことができる。

その報せがくる前に、太宰と深い仲になった妻を、あの世の夫は許していないのだろう。

富栄はやましさに胸がうずいたが、身も心も太宰に惚れて、一日と会わずにはいられない自分を、もうどうすることもできなかった。

いつものうなぎ屋へよると、何も知らない太宰がおどけた。

「今日は温和《おとな》しいのね、サッちゃん、飲もうか」

太宰の顔を見るなり、はりつめていた気持ちがふっとゆるんで、富栄は泣いた。話を聞いて、ほろ酔いの太宰はにわかに素面になった。

「それはつらかったね」

富栄はハンカチを顔にあて、肩をふるわせる。夫をしのんで泣くのは申しわけなかったが、マニラの修一を案じ、大空襲の火の海を逃げまわった戦中が思い返され、涙がとまらなかった。

八日市にいたころ、フィリピンの戦友が、修一の戦死を知らせてくれた。それでも富栄は、わずかな望みを、胸の片すみに小さな卵を抱くようにあたためていた。混乱の戦場で死亡したとされる兵士がひょっこり帰ってきた、というニュースもあった。修一も、重傷をおったものの、捕虜となり生きのびているかもしれない……。はかない夢を捨てきれないでいた。だが国は、夫は死んだと正式に伝えてきたのだ。

「ぼくの前の妻も、戦時中に大陸で亡くなってね、三十三歳だった。離縁したあとだったが、一度は夫婦と思いさだめた人に死なれると、自分の過去の一部も死んでしまった気がした。サッちゃん、つらかったね」

太宰は肺浸潤で文士徴用をまぬがれた。井伏のように報道員として戦地におもむくことも、友の檀一雄のように応召して戦場へいくこともなかった。

自分の代わりに死んだ二百万人の兵隊の一人が修一であり、その遺族が富栄だと思うと、太宰の声もしめった。

そのわきを、白地に金魚や朝顔の浴衣をきた十代の少女らが、長いたもとをひらひらさせて歩いていく。富栄は、ほっそりした後ろ姿を目で追った。修一といたころは、酒も煙草ものまなかった。あんな娘時代にかえりたい。富栄はひとりで下宿にもどっていった。

後日、役場へ骨箱をうけとりにいった。布でつつんだ小さな白木の箱だった。なかには奥名修一と墨書きした紙きれと白い砂が入っていた。骨はおろか、軍服の切れはしも、写真も、手紙も、遺留品はなにもなかった。

昭和十九年十二月、羽田で見送った夫が、一握りの砂になって帰ってきた。富栄は、夫の骨箱を前において、両手をついた。

「お帰りなさいませ。南方での大変なおつとめ、お国のために、よくおつくしくださいました」畳に顔をつけて泣いた。その涙には、夫の帰りを待ち切れなかった生身の女の弱さを悲しむほろ苦さも、いりまじっていた。

第六章　恋の蛍

●昭和二十二年（一九四七）七月　富栄二十七歳、太宰三十八歳

二日後の七月九日だった。太宰が下宿にやってきて、自殺する意志を初めて告げた。

七夕の日、富栄は、屋台の酒につきあわず、ひとりで帰っていった。夫の死が確実となり、法的には独身にもどり、自由に再婚できる。十歳年下の富栄は自分から離れ、女の幸福という蜜をもとめて、蝶のように飛び去っていくだろう。修一の戦死公報を聞いてより、太宰の胸に不安がひろがっていた。

「ぼくは死ぬよ。やることに決めた」

女がらみで動揺すると、すぐに死ぬの生きるのと切りだす例の癖だった。

窓につるした風鈴が、夜風に澄んだ音を響かせた。

富栄は不意をつかれて、すぐには二の句がつげない。しばらく顔に沈痛の色を浮かべた。それからものうげなまなざしをむけた。


「惜しい、太宰さんを死なせるのは、勿体《もったい》ないわ」

「太宰さんは私のために死ぬんじゃないってこと、判りますわ」


彼はすぐに応えられなかった。図星だった。だから言い訳をした。

「今ぼくが生きているのはサッちゃんのためだよ。君がいなかったら、とっくに命を絶っているさ」

翌十日、太宰は、仕事部屋を千草の二階へ移した。富栄の下宿の正面である。昼も夜も働く富栄が部屋にいるのか、留守か、すぐにわかる。富栄をたずねてくる男でもいれば、それもわかるだろう。手のつけようのない独占欲にじっとしていられなかった。

富栄は言ってくれた。「私もご一緒します」

喜びが太宰の胸にひろがった。彼女はこうも言った。

「太宰さん以外、私の死ぬ本当の意味は判らないわ」

「愛している証拠だよ」

と、つねる。

「愛って、痛いものね」

うれしさに太宰はふざけて富栄をつねり、そして、にわかに死ぬ気をなくした。けれど小説の執筆という孤独な仕事に疲れ、未知の人々の来訪と世間づきあいのわずらわしさに嫌気がさして気が滅いり、厭世と無力感に沈みこむと、また死にたくなる。そのくりかえしだった。

芥川が死んでより、作家はみずから命を絶つものと思っていた。明治の川上眉山《びざん》は頸動脈を切り、三十九歳で自殺した、大正の有島武郎は、四十五歳で人妻と情死した。

太宰は昭和十一年、二十七歳のとき、最初の小説集『晩年』を、遺書のつもりでだした。だから『晩年』という書名にした。あのころは、深酒と玉の井通いの不摂生で肺病が進み、たっていられないほど弱っていた。本がでたら、自死するつもりだった。

『晩年』の巻頭作「葉」のはじまりにも書いた。

「死のうと思っていた。ことしの正月、よそから着物を一反もらった。お年玉としてである。着物の布地は麻であった。鼠《ねずみ》色のこまかい縞目《しまめ》が織こめられていた。これは夏に着る着物であろう。夏まで生きていようと思った。」

夏には死ぬつもりが、結婚して、三児の父となり、本も売れて、十年あまり生きながらえた。

富栄に自殺すると告げた昭和二十二年七月、太宰が書いた作品は、心中小説「おさん」（「改造」昭和二十二年十月号）である。

主人公は、三児をかかえる母。小説は、『斜陽』と同じように、女の独白体でつづられる。

冒頭は、夏のたそがれ。主人公の夫が、恋人のもとへむかうため、静かに玄関をでていく。富栄の下宿へいく太宰が投影されている。

「たましいの、抜けたひとのように、足音も無く玄関から出て行きます。私はお勝手で夕食の後仕末をしながら、すっとその気配を背中に感じ、お皿を取落とすほど淋しく、思わず溜息をついて、すこし伸びあがってお勝手の格子窓から外を見ますと、かぼちゃの蔓《つる》のうねりくねってからみついている生垣に沿った小路を夫が、洗いざらしの白浴衣に細い兵古帯《へこおび》をぐるぐる巻きにして、夏の夕闇に浮いてふわふわ、ほとんど幽霊のような、とてもこの世に生きているものではないような、情無《なさけな》い悲しいうしろ姿を見せて歩いていきます。」

死の気配がどことなく漂う男の後ろ姿である。

「女房ひとりは取り残され、いつまでも同じ場所で同じ姿でわびしい溜息ばかりついて」いるけれど、三人いる「子供のためにも、いまさら夫とわかれる事も」できない。

「二夜くらいつづけて外泊すると、さすがに夫も、一夜は自分のうちに」帰るものの、夫婦には気づまりな空気が流れている。

夫は、妻を安心させようと語る。

「「君は、本当にいい人なんだ。つまらない事を気にかけず、ちゃんとプライドを持って、落ちついていなさいよ。僕はいつでも、君の事ばかり思っているんだ。その点に就いては、君はどんなに自信を持っていても、持ちすぎるという事は無いんだ。」」

だが妻は沈黙のまま胸に思う。

［私の事をそれほど思って下さりながら、他のひとを抱きしめているあなたの姿が、私を地獄につき落としてしまうのです。（略）他のひとを愛しはじめると、妻の前で憂鬱な溜息などついて見せて、道徳の煩悶《はんもん》とかをはじめて（略）。ひとを愛するなら、妻を全く忘れて、あっさり無心に愛してやって下さい。］

夫は諏訪湖へいき、二十八歳の恋人と心中。妻に手紙がとどく。

［自分がこの女の人と死ぬのは、恋のためではない。自分は、ジャーナリストである。ジャーナリストは、人に革命やら破壊やらをそそのかして置きながら、いつも自分はするりとそこから逃げて汗などを拭いている。実に奇怪な生き物である。現代の悪魔である。自分はその自己嫌悪に堪えかねて、みずから、革命家の十字架にのぼる決心をしたのである。］

小説は次の一文で終わる。

［……三人の子供を連れて、夫の死骸を引取りに諏訪へ行く汽車の中で、悲しみとか怒りとかいう思いよりも、呆れかえった馬鹿々々しさに身悶えしました。］

家庭ある男が、愛人と心中する本作のタイトル「おさん」は、近松門左衛門《ちかまつもんざえもん》の浄瑠璃《じょうるり》『心中天の網島《しんじゅうてんのあみじま》』（一七二〇年初演）にえがかれる、紙屋治兵衛《じへえ》の妻「おさん」にちなんでいる。

大坂天満《おおさかてんま》の紙屋治兵衛は、貞淑な妻おさんがありながら、曾根崎《そねざき》の遊女小春を愛し、二人の女の板ばさみとなって、小春と心中する。

『心中天の網島』の治兵衛と小春の情死が、太宰の短編「おさん」では、元ジャーナリストと二十八歳の愛人との心中に、暗に重ねあわされている。

つまりこの小説で、太宰治は、数え年二十八の富栄との心中を予告したのである。

近松は『心中天の網島』『曾根崎心中』などを書き、そこに竹本義太夫が節をつけて、三味線の伴奏とともに語る義太夫節を完成させた。太宰はその義太夫節を、十代から愛吟していた。

弘前の高校時代に元芸者の師匠について習い、東京に出てからも、十八番《おはこ》をうなっていた。

この世の義理としがらみのために結ばれない男と女が、死の契《ちぎ》りによってあの世で愛を成就させる美学は、十代より太宰の精神にすりこまれ、情感に訴えるものだった。田部あつみ、小山初代、富栄と、三度も心中をこころみた彼の胸の底には、義太夫節が哀切に響いていていた。

太宰は、家庭をかえりみない夫をもつ妻の虚しさも、「おさん」にえがいた。

今夜、夫は帰るのか、帰らないのか、ゆき先さえ知れない亭主を待って夜がふけていく妻のやるせなさ、乳飲み子をすえに三人の子どもを育てる母の疲れ。

それはすなわち、美知子の悲嘆である。こうした心中小説の掲載誌がいきなりとどいて読まされる美知子の暗鬱もわかっている。それでも太宰は、富栄と切れる決心がつかない。

彼には、富栄が必要だった。

育児で手がはなせない美知子にかわって、多忙な太宰のこまごまとした実務をこなす秘書にふさわしいのが富栄だった。一緒に死んでくれる相手も、三児を育てている美知子ではない。みずから望んで妊婦になった静子でもない。自分を崇敬してくれ言うなりになる富栄しかいない。一人で死ぬ度胸は、太宰にはなかった。

だが、富栄の若い命を惜しむ良心の呵責もある。

七月十四日

君を死なせないように、(一緒に)死のうとするときに、小麦粉でも飲ませようかと考えたりしたんだけど。

睡眠薬カルモチンをのませ、十七歳で死なせてしまった田部あつみへの懺悔《ざんげ》が、今も彼を苦しめていた。

君が先に死ぬと言ったね？　残された僕というものを考えたら、ひどいんだ。ひどいよ。先になんぞ死んだら、死骸を蹴飛ばすね、僕は。――ね、一緒に死のう。こんなにも信じているのに。

どちらが先に死ぬのでもない、一緒にこの世を去ろう、富栄にせまった。富栄は考えた。二人で死のうという誘いを断ったら、太宰は見捨てられたと感じて、自分から離れていくだろう。妻ではなく、この私が、死の旅路をともにする女として選ばれた、それだけ私は愛されている。

撰《えら》ばれてあることの
恍惚と不安と
二つわれにあり

『晩年』の冒頭作に題辞としておさめられた一節である。この三行が、水中花がひらくように富栄の胸に咲いた。この恍惚と不安こそ、太宰に愛され、撰ばれた証なのだと、あざやかに理解した。

この夜、富栄は両親にあてて、初めての遺書を書いた。

親より先に死ぬということは、親不孝だとは知っています。でも、男の人の中で、もうこれ以上の人がいないという人に出逢ってしまったんですもの。(略)太宰さんが生きている間は私も生きます。でもあの人は死ぬんですもの。(略)私も父母の老後を思うと、切のうございます。(略)長い間、ほんとうに、ほんとうに、御心配ばかりおかけしました。子縁の少ない父母様が可哀想でなりません。

お父さん、赦《ゆる》してね。とみえの生き方はこれ以外にはなかったのです。お父さんも、太宰さんが息子であったなら、好きで好きでたまらなくなるようなお方です。

老後を蔭ながら見守らせて下さいませ。

私の好きなのは人間津島修治です。

富栄はもう死をおそれなかった。あの世には、なつかしい人たちがいた。夫だった修一、若くして逝《い》った年一兄ちゃんと輝三男兄ちゃん、実子のように可愛がってくれたおまさ……。

下宿の六畳間で、土手にさくナデシコをさした窓辺の小机にむかい、ひとり正座して遺書をしたためていると、死の国へ去った愛しい人々の面影が浮かんでは消えた。

その夏、死の誓いをした太宰と富栄は、異常な昂揚につつまれていた。

心底わかりあっている男女は自分たちだけである。われらはあの世へいってこそ、真実に結ばれる夫婦《めおと》である。二人だけの滅びの美に酔っていた。

吉祥寺で食事をして井の頭公園をぬけ、三鷹へもどる夜だった。よりそい歩きながら、太宰は、近松の浄瑠璃『曾根崎心中』を低く吟じた。

「此《こ》の世のなごり　夜《よ》もなごり　死《しに》に行く身を　たとうれば　無常の原《あだしがはら》の　道の霜

一足ずつに　消えて行く　夢の夢こそ　あわれなれ……。

我とそなたは　女夫《めおと》星　必ず添うと　すがり寄り　二人が中に　降る涙　川の水《み》

嵩《かさ》も　まさるべし」

富栄は、愛する男から甘美な言いまわしで死へと誘《いざな》われ、息づまる思いで陶酔している。

公園がつきたところで、北から流れてくる玉川上水につきあたった。夜気に水の匂いがする。夜の川は黒々と輝き、流れる水音は高かった。

下流へ目をやると、暗いしげみでは、流れにそって、ぼんやり黄色い光がともり、闇のなかを飛びかっていた。

「蛍が、あんなにたくさん」

「あのあたりは、江戸時代にこの上水が造られてから、蛍の名所だったらしい。いってみよう」

木陰の暗がりに、淡い光がふいと灯り、またふいと消え、ゆっくり明滅しながら飛びまわる。夢まぼろしのようだった。二人はその乱舞のなかを歩いた。

「オスとメスが恋をしてるんだよ。鳴く蟬より、鳴かぬ蛍が身を焦がし、といってね」

富栄は今、自分の燃えるような恋心も、この体からぬけだして、ぼうと光りながら夜を飛んでいるのだと思う。ほのかな光の軌跡は、さながら闇に恋の和歌をつづっていくように見えた。音もなく飛ぶ蛍の美しさに心うばわれて口もきけないまま、富栄は太宰の手をにぎりしめ、岸にたたずんでいた。

「蛍は、短い命でね、二週間くらいだ。ほとんど飲まず食わずで、恋をして、死んでいくらしい」

「死んでもいいから、恋しい人といつも一緒にいたいんだわ」

頰骨の高い太宰の横顔を見あげながら、この人となら死ぬのはこわくないと、また思いをあらたにする。よりそう女のいじらしさに、太宰は、夏服の富栄に長い腕をまわして抱きよせ、口づけをした。

この夜の情景を、富栄はいつまでもおぼえていた。そして六畳間でひとり夢想した。

二匹の蛍が、夏の青い闇をふわりと飛んでいく。つかれたら草の裏にやすみ、甘い夜露をなめ、また小さな羽をひろげてならんで飛びたつ。赤い尻を黄色くともしながら、恋を燃やして、やがて力つきて、水に落ちる。けれどまだ最後の光をはなちながら、黒い川を流れていく。遠ざかる光は見えなくなって、小さな屍《しかばね》となって消えていく。

このころの富栄の日記からは、一緒に死のうと誓っては二人で泣き、死の誘惑の甘さと恐怖をわかちあってまた泣き、死を語らって切ない恋情をかきたてていた様子がうかがえる。太宰と夫婦として生きられないなら、夫婦としてともに死ぬことが愛の成就だと、彼女は思いつめていた。

ぼくと死んでほしいと、抱きしめられて言われた富栄の側は、少なくともそうだった。

夏の間、彼女は少しずつもちものを整理し、不要な手紙を焼き捨て、着物や衣服を洗い、身ぎれいにして死にそなえた。

一方の太宰には執筆があり、自宅には妻と三人の子どもがいる。秋に生まれてくる静子の赤ん坊への気がかりもある。恋にひたってばかりもいられなかった。


七月三十日、井伏鱒二が、広島の疎開先からもどってきた。美知子との結婚に際して、家庭を守ると誓いをたてて、やっと仲人役をつとめてくれた井伏が、近くの荻窪へ帰ってくる。いずれ富栄との関係も知れるだろう。

太宰は、『井伏鱒二全集』の刊行を、古くからの知りあいで筑摩書房を創業した古田晁にもちかけた。全集の刊行は、収入面から考えて、井伏にとっては、予想外のありがたい申しでであり、企画である。

一回めのうちあわせは、あえて富栄の下宿に、井伏を招いておこなった。

恋人の師匠を歓待しようと、富栄は部屋にまな板をおいて野菜を切り、共同台所で心づくしの手料理をこしらえた。闇で仕入れた高価なビールもふんだんに用意して、井伏と古田を遅くまでもてなした。そのころビールは大瓶一本百円、そば一杯二十円の時代である。

二人の死後、井伏は、自分をもてなしてくれたこの日の富栄の印象を、「所帯くずしの女と見た。」と書いた（『定本太宰治全集』九、月報、昭和三十七年）。

富栄は、好きこのんで所帯をくずしたのではなく、夫の戦死でやむなく家庭を失った。そのいきさつを情死後の新聞報道で知っていながら、「所帯くずしの女」と書くあたりに、井伏にかぎらず、世間が死後の富栄にむけた侮蔑と冷淡な視線がうかがえる。

ましてや井伏は、太宰と美知子の媒酌人である。女房気どりで太宰にまめまめしくつかえる女が腹立たしく、いけ好かなかったのだろう。

昼はミタカ美容院で、夜は給金のいい進駐軍で働き、マーケットの酒店で手伝いもした上に、生活を切りつめてきた富栄には、十数万円の貯金があった。ちなみに当時、国家公務員の初任給は二千三百円である。

銀座の美容院と学校再建のための資金だったが、太宰と死ぬことを決意してからは、身を粉にして働いた蓄えを、太宰と編集者たちの飲食接待に惜しげもなく使い、一年足らずでなくなった。

酒販売が規制されていた昭和二十二年、闇の日本酒は、一升五百五十円した。

カストリ焼酎を好まない太宰のために、人々がイモやフスマを食べていた食糧難のころ、富栄は、高価な清酒、蟹、牡蠣、鯛といった彼の好物を買いもとめて、太宰に貢いだ。

●昭和二十二年（一九四七）八月

　昼間の暑さを、すでにはらんでいる夏の朝日をあびながら、富栄は、下宿の中庭で井戸端にしゃがみ、たらいに太宰の寝巻きを洗っていた。

　あの人が、やるよ、と言えば、それで終わり、これが最後の夏になる。

　朝露をのせて咲く青い朝顔も、透きとおった羽をふるわせて飛んでいくアカトンボも、見おさめだった。このほおずきの茶碗も使うことはあるまい。富栄は、かすかな悲しみとともに、これで楽になれるのだと安らいだ心地にも満たされていた。

　地獄は、あの世にはない。この世にあるのだ。

　流行作家の愛人……。記者たちが富栄のいないところで酒の肴にして嗤《わら》い、あてこすっているのはわかっていた。太宰の原稿をもらうために、彼らは、そばにいる富栄にもとりいって、表面的にはいい顔をしてみせる。だが陰では、戦争未亡人が空閨の飢えをみたすために、男前の人気作家にしがみついて離れない、有名人好き、不道徳な女、と侮蔑していることを察していた。察していながら、彼らの前では気づかないふりをして、鈍感にふるまうのだった。

八月二十七日、ふたたび太宰は体調を悪化させて寝こみ、九月十二日まで自宅で静養した。

しばらく太宰と会えなくなった富栄のもとに、飯田富美から封書がとどいた。八月二十六日付の三井物産「社報」だった。

訃報

○奥名修一（マニラ支店勤務）昭和二十年一月十七日比島ルソン島バギオ南方ニテ戦死セラレタリ

御遺族住所　東京都北多摩郡三鷹町下連雀二一二　野川殿宅

妻　奥名富栄殿

この号の訃報欄にのっている戦死者十三人のうち、五名が、修一と同じマニラ支店員だった。

フィリピンに到着した修一を、飛行場に出迎えてくれた支店長代理兼庶務課課長の篠田は、昭和二十年七月二十四日にルソン島バギオ南方で戦病死。砂糖課課長の小木は、昭和二十年六月十四日、ルソン島カワワラン河キャンガンにて戦病死。

二人の妻は、名古屋と世田谷に遺され、未亡人となった。マニラ支店員六十八人の大半が、フィリピンで死んだ。全員の遺骨が、祖国へ帰らなかった。

マニラ支店長だった三田は、内地へ帰ると、ルソン島をともに敗走して亡くなった社員の遺族をたずね、生きてつれて帰ることができなかった部下の供養をした。

敗戦後の飯田は、徴兵、徴用された全世界の支店員の生死情報、遺族との連絡、復員者の消息確認に忙殺されていた。さらにこの夏、三井物産はＧＨＱによる財閥解体で、二百社余に分割され、組織は激変のさなかにあったが、飯田は、婿を世話した富栄をいつも気にかけていた。

「富栄ちゃん、気を落とさずに。いい人を見つけて幸せになって下さい」一筆書きが同封されていた。

飯田の心づかいをありがたく思いながら、死の決意は変わらなかった。

社報を受けとった八月二十九日、ふたたび父母にあてて遺書をしたためた。


私ばかりしあわせな死に方をしてすみません。奥名とすこし長い生活ができて、愛情でもふえてきましたらこんな結果ともならずにすんだかもわかりません。山崎の姓に返ってから死にたいと願っていましたが……、骨は本当は太宰さんのお隣りにでも入れて頂ければ本望なのですけれど、それは余りにも虫のよい願いだと知っております。太宰さんと初めてお目もじしたとき他に二、三人のお友達と御一緒でいらっしゃいましたが、お話を伺っておりますときに私の心にピンピン触れるものがありました。奥名以上の愛情を感じてしまいました。御家庭を持っていらっしゃるお方で私も考えましたけれど、女として生き女として死にとうございます。あの世へ行ったら太宰さんの御両親様にも御あいさつしてきっと信じて頂くつもりです。愛して愛して治さんを幸せにしてみせます。

せめてもう一、二年生きていようと思ったのですが、妻は夫と共にどこ迄《まで》も歩みとうございますもの。ただ御両親のお悲しみと今後が気掛かりです。

翌年六月十三日の夜、富栄はこれを文机に置いて、太宰と部屋をでていき、入水する。正式な遺書となった。

●昭和二十二年（一九四七）九月二十日　宇都宮

太宰が肺結核の進行で寝こんでいた九月、富栄は、修一の葬儀を準備していた。

遺骨はもどらなかったが、せめて修一を、その父母と同じお墓に葬り、お経を唱えてあげたい。

「墓場の無い人って、哀しいわね」……、太宰の掌編「フォスフォレッセンス」の台詞は、富栄の思いであった。

日どりは、九月二十日、土曜日午後、奥名家の菩提寺である宇都宮の妙正寺と決まった。

ところが、九月十四日夜、「キャスリーン台風」が、関東地方を襲った。

大雨は十五日までふりつづき、利根川の水位が堤防をこえて二か所で決壊。荒川も堤防が決壊して、東京都東部と埼玉県の広範な地域が水没。死者行方不明者千五百二十九人、家屋全壊五千三百一戸。都内でも、葛飾区と江戸川区の八万五千戸が浸水という大きな被害をだし、東京都建設局は、都内の水がひくのに二十六日間かかると発表した。

東京から宇都宮へむかう鉄道は、線路の敷石が流されて不通となり、復旧の見こみは当分なかった。

停電してロウソクをともした薄暗い三鷹の下宿で、この天災も、修一の怒りの激しさであり、涙の嵐かもしれないと、富栄は後ろ暗く感じていた。あの人はきっと、私に生きていてほしいのだろう。死後の国で、修一さんになんとおわびをすればよいのだろう。

法要の日になっても、東北本線は復旧しなかった。幼子《おさなご》のいる修一の姉ツヤ夫婦は、やむなく宇都宮ゆきを断念した。しかし富栄は夜明けとともに三鷹をでて、始発にのった。

「これが妻として、最後のおつとめですから」

その言葉の本当の意味を、まだ誰も理解していなかった。

宇都宮へは、修一の妹、梢《こずえ》が同行した。きょうだい十一人のうち、ただ一人存命の彼女に話をきいた。

「修一は、優しい兄でした。うちはきょうだいが多かったし、母も亡くなってますから、私が小学生のころ、三井物産にいた兄がひきとって東京によびよせてくれたんです。きょうだいはみな上の学校へいかしてやらなくちゃだめだって、いつも父に言ってたもんです。私が女学校をでられたのは兄のおかげです。給料から学費をだしてくれてね。まじめで、心根のあったかい、思いやりのある兄さんでした」

梢は、戦中は栃木県小山《おやま》で助教員をつとめ、戦後は都内の百貨店につとめていた。富栄は、梢の百貨店によく顔をみせにきたという。

法要の当日、遺された妻富栄と、兄に育ててもらった妹梢が、始発の汽車にのりこんだ。

東京から宇都宮までは、ふだんなら三時間ほどである。しかし途中の埼玉県東部が水没しているため、大きく西へ迂回《うかい》するルートをとった。

まず大宮へでて、そこから高崎線で北西の埼玉県熊谷《くまがや》へ、私鉄をのりついで栃木市へ、両毛線で栃木県の小山《おやま》へむかって東北本線にもどり、宇都宮には、十時間がかりで着いた。

残暑が厳しかった。

苔でうっすら緑色がかった奥名家の墓のうしろにイチョウの大木があり、濃い影をおとしている。住職の読経につづいて、富栄は、骨箱の白い砂と、ずっとお守りにしていた修一の髪を、墓へおさめた。せめて遺髪だけでも、ふるさとの土に、亡き父母のそばに、眠らせたかった。

墓石には、「陸軍上等兵　修一　三十歳」ときざまれた。白い菊花をそなえ、墓前にひざまずいて祈り、おわびと別れを告げた。短かった結婚が本当に終わったのだと感じていた。

法要の後日、富栄の下宿へ泊まりにいった梢は、タンスの上に、修一の位牌と線香があるのに目をとめ、じんとこみあげるものをおぼえたことを記憶している。

「富栄さんは、優しい、品のいい人でした。兄と富栄さんの結婚式の日、私は、姉のツヤの出産前で宇都宮にいて、でられなかったもんだから、あとで本郷のお宅へ遊びにいったんです。富栄さん、忙しいだろうに、ブラウスを縫ってくれたんですよ。おうちですか、外国の家具がありましたね。うちは宇都宮商業前の奥名文房具店といって、地元じゃ、ちょっとは知られた店でしたけど、うちにはもったいないような立派なご家庭のいいお嫁さんでした」

八十歳になった梢は、二十代で逝った姉の死を、今も惜しんでいた。

「兄が生きて帰ってれば、富栄さんは、死なずにすんだと思います。あの戦争さえなければ……」梢は言葉をとぎらせた。

●昭和二十二年（一九四七）九月二十四日　熱海

納骨式からもどった富栄は、満二十八歳の誕生日、太宰に誘われて、熱海へ一泊旅行にでかけた。もとは美術商の小野英一が、伊馬春部と太宰をまねいたものである。

太宰は、日にちは九月二十四日がよい、と、あらかじめ伊馬に手紙を送っていた。理由として、前日の二十三日は当時の旗日「秋季皇霊祭」で列車がこむからと書いているが、恋人の誕生日に、熱海の旅を贈りたかったのだろう。

二十四日は、汗ばむ陽気となった。太宰は紺の単衣に、夏袴の礼装だった。富栄は手縫いした淡いクリーム色の木綿のスカート、共布の七分袖のブラウスで、西洋の花嫁のようだった。だが、両手に太宰の荷物をさげていた。

正午すぎ、待ちあわせの東京駅ホームに伊馬があらわれ、太宰に、若い女の同伴者がいるのを見て、驚きと詮索《せんさく》のいりまじった表情をうかべた。

太宰は、友にむかい、正々堂々と言った。

「看護婦だよ、篤志《とくし》看護婦だ」好奇の目から、富栄を守りたかった。


泊まったのは、熱海港を見晴らす坂の上の小さな宿「松乃寮」だった。そばの川から湯けむりのただよう玄関前に、赤萩がゆれている。

夕闇が深まり、鈴虫が今を命のさかりと鳴いている。湯あがりのさくら色の耳をして、浴衣のえりもとをきつくあわせた富栄が、愛らしかった。

ここは野川家の下宿でも、千草の二階でもない。入江をのぞむ二人きりの部屋に、布団をならべた。月がのぼり、海は銀色に光った。

修一とのわずかな生活ではわからなかった歓びの果てを、生まれて初めて恋した男にあたえられ、富栄はわななき、恍惚とまどろんだ。太宰の愛する女は自分だけと信じきっていた。

下曾我の静子は、妊娠七か月をむかえていた。

●昭和二十二年（一九四七）十一月十五日　三鷹

玉川上水の桜並木が紅く色づいてきた土曜の昼さがり、富栄の下宿に男がたずねてきた。

「ごめんください、太宰先生はおられますか」階下から声がする。富栄がおりていくと、どことなく見おぼえのある背広の若い男が、玄関のたたきにたっていた。

「太田通と申します。静子の弟です。姉が無事出産しましたので、その件で参りました」

富栄は今ひとつ用件がつかめないまま、ひとまず二階へあげた。

原稿を書いていた太宰の前で、通は正座した。

「先生、おひさしぶりでございます。十一月十二日、姉は下曾我で女の子を出産しました。母子ともに健康です。太宰先生にも、姉にも似て、丈夫な可愛い子どもです。本日は、女の子に名前をつけていただきたく存じます」

お茶をいれようと、火鉢の鉄瓶から湯ざましについでいた富栄の顔がこわばった。『斜陽』の日記を借りた静子が、子どもを産んだ、父親は……。

体の力がぬけて、富栄は熱湯を畳にこぼし、しぶきが指にかかった。あっと小さく声をあげた富栄を、太宰は落ちつかない様子で見やった。

そこへ、新潮社出版部の野原がやってきた。『斜陽』の連載は終わり、翌月発行される単行本を編集していた。

「太田静子さんに女の子が生まれたんだ」太宰が言った。

そのころには野原も事情を知っていた。富栄と太宰の仲も勘づいている。野原は、富栄の表情に隠しきれない動揺を見てとって、「おめでとうございます」と言いかけた言葉をのみこんだ。

富栄は上の空でお茶をいれながら、しきりに頭のなかで計算をしている。うどん屋で富栄が初めて太宰に会ったのは、三月二十七日。静子が子どもを産んだのは十一月十二日、その間は七か月半……。

ということは、初めて太宰を知った日、静子はすでに身ごもっていた。太宰は、正妻のほかに静子という愛人がいながら、さらに自分と関係をもった。しかも今日の今日まで、あれほど愛を語り、心中を誓いながら、隠していたのだ。

思いかえせば、五月二十四日の夜、千草で静子に会い、うどんの出前をとって食べた。あの晩、太宰は静子を無視して、自分だけに話しかけた。そんな太宰のふるまいに得意になっていたが、静子と太宰は、深い仲だったからこそ人目をはばかって、たがいに他人行儀にふるまったのだ。太宰が愛する女は自分だけと思いこんでいた信頼がいっぺんにくずれ、富栄はうちのめされた。

太宰は紙に書いて見せた。

「ぼくの本名の修治の治《じ》、これは、はる、とも読みますね。治子はどうでしょう」

通が「ほう」と息をもらした。

野原は「太宰治の治《はる》でもありますね、いい名前です」と言う。

「サッちゃん、どうだろう」あえて富栄にも意見をもとめた。富栄はひきつる顔を隠すように目を伏せ、小さくうなずいた。

内心は不賛成だった。美知子ともうけた三人の子どもたちの名前は、太宰の本名にも、筆名にもちなんでいない。それなのに愛人が産んだ子どもに、太宰治と津島修治の「治」をあたえるのはなぜか……。だが、静子の弟の前で、問いただすことはできなかった。

太宰はゆっくり墨をすり、和紙に筆でのびやかに書いた。

証
　太田治子
この子は　私の　可愛い子で
父をいつでも誇って
すこやかに育つことを念じている
　昭和二十二年十一月十二日
　　　　　　　　　　　太宰治

富栄は目のふちに涙を浮かべていた。

いろいろのことがありました。
泣きました。顔がはれるくらい
泣きました。わびしすぎました。
「サッちゃん、ツラかったかい」
いいえ、そんなお言葉どころではありませんでした。もう、死のうかと思いました。
苦しくッて、悲しくッて、五体の一つ、一つが、何処《どこ》か、遠くの方へ抜きとられていくみたいでした。ほんとうは、ほんとうは泣くまい、泣くまいと頑張っていたのです。涙を出さないようにと、机の上を拭《ふ》いてみたり、立ってみたり、縫物を広げてみたり（略）

「どうして話してくださらなかったんです」その夜、従順な富栄が初めて眉をつりあげた。

「どうしてって言われてもねぇ」

自分の口から言えるはずがないじゃないか、とは言えなかった。言葉をにごしていると、富栄はすすり泣いた。

下宿に響く声を気にして、太宰はなだめにかかった。

「あの子はね、斜陽の子ではあっても、津島修治の子ではないんだよ。愛のない人の子なんです」ご機嫌とりのために不実なことを言った。「名前なんて、形式じゃないか。お前には、まだ修の字が残っているじゃないか。泣くなよ。ぼくは、修治さんじゃなくて、子どものころから修ッちゃと呼ばれてきたんだよ。修子、修一郎、修介、ああ、修介なんて、悪くない名前だ」

富栄はっと泣きやんだ。死んだ夫は修一、初めて愛した人は修治である。

「じゃあ、私にも子どもを産ませてください。男の子を産んで、修の字をつけます」

かえって墓穴をほってうろたえた太宰は、口説き文句をならべた。

「君に逢ったのが遅かったんだよ。もう少し早く君に逢っていたら、伊豆（静子のいる大雄山荘）へなんか行かなくてもよかったんだ。君が遅いんだよ。君がもっと早くきてさえいれば、ぼくだって苦しまなくてすんだのに」いつのまにか富栄が悪いことになっている。

「すみません、泣いたりして」

「嬉しいよ。そんなにぼくを思ってくれて。ぼくたちはいい恋人になろうね。ね、可愛がるから。死ぬときは、いっしょ。君だけをつれていくよ」甘ったるい言葉に、富栄もしずまった。

「ぼくの子どもを産んでもらいたいなあ」この場をおさめるためには、嘘も方便だ。

富栄はやっと納得した。傷ついたのはたしかだった。だが、赤ん坊を産むのだと思えば、健康な女の胸は、はれるようだった。きっと修治さんの子どもを産もう。

この日を境に、富栄は変わった。太宰の家庭をこわすつもりは毛頭なく、妻には遠慮していた富栄が、静子には競争心を燃やした。

「斜陽の人に会うのはいやです。もし会ったら、私、死にます」

「会わないよ、誓う、ゲンマン」

四十男が、小指をからめて指切りをする羽目になる。

「一生会わないよ」

嘘を言わせる女はきらいだ。男を追いつめないでほしい。さもないと……。


以後、太宰が静子におくる手紙と電報は、富栄が代筆することになった。静子からとどく郵便も、富栄が番号をふって管理する。

さらに富栄は、ミタカ美容院と進駐軍をやめた。多忙をきわめる太宰の補佐役、喀血する彼の看護に専念するためだったが、自分のいない間に、太宰が静子と子どもに会うのを警戒していた。

十一月十七日
私の大好きな、
よわい、やさしい、さびしい神様。
女の中にある生命を、わたしに教えて下さったのは、あなたです。（略）
あなたのように名前が出なくてもいいのです。
あなたのみこころのような、何か美しいものを、み姿のかげに残しておくことが出来れば……。

翌日から三日つづけて太宰は喀血した。妻と三人の子ども、富栄、静子と子ども。自分のまいた種とはいえ、前途を思えば暗澹《あんたん》として、背負いきれないと思った。

十一月二十一日

「入院するようになったら来てね」

「こちらからお願いします」

「頼みますよ。そして、二人でベッドの上で死のう」

あつみが死んだのは睡眠薬だった。こわがりの太宰は、手首を切る、腹を切るの血みどろは論外である。睡眠薬が確実だ。つぎは百錠のんで、酒ものんで、横たわろう。

そのころ、土家由岐雄とツヤは、富栄に、山崎姓へもどってはどうかともちかけた。法要もすんだ今、富栄の若い身の上を思ってのことだった。奥名家に遠慮することなく再婚してほしいと、修一の姉ツヤは望んでいた。

富栄は承知した。若い身空のためではなかった。心中のあと、奥名の家名を汚《けが》さないためだった。

十一月二十五日、本郷の区役所へ手つづきにいった。治子のことで富栄を泣かせた太宰も、罪ほろぼしに役場へついていった。そのあたりがこの男の優しさであり、甘さであり、弱さである。

それから八雲書房へいき、古くからの愛読者でもある編集者の亀島貞夫と、『太宰治全集』のうちあわせをした。

つづいて新潮社で「新潮」編集長の斉藤十一と野平健一に会い、『斜陽』と『晩年』の検印紙二万枚をわたした。富栄が夜なべ仕事で押したものだった。

八日市町の父母には、復籍の手紙を送り、そこに太宰との交際を書いた。それまでにしたためた二通の遺書は投函せず、引きだしにあったが、これは郵送した。

お父さま、お母さま、御元気でいらっしゃいますか。（略）

暖かいうちに、一度近江に行きたいと思いながら、その日に追われて御無沙汰いたしておりました。奥名の籍ももとに戻って、いま、手続きをいたしております。（略）昔の話になりますけど、（昭和十九年）十二月九日にお式をあげて二十一日までの奥名富栄さん。それから今日までの四年の間に、本郷での罹災——田舎落ち——鎌倉——三鷹町——と随分わたしも転々といたしました。それでも、奥名家山崎家へも、ことの外《ほか》のご迷惑をかけないで、どうやら生きてまいりました。

葬儀もすっかり終え、お部屋に落ちついて昔をふりかえってみますと、感慨深いものがございます。（略）

少し長くなりますけど、どうか終わりまで判読下さいますよう、お願いします。（略）

お父さまが御上京のときには、いつも笑いながらお話しましたでしょう。おつきあいいただいている先生のこと。わたし、そのお方を敬愛しております。大変御苦労なさって、生きていらした方なので、人の苦しみや、悲しみや、また、よろこびなどにも、慈しみ深いおこころをお持ちになってあらゆる周囲の方々から敬愛されていられるのです。

（略）（先生が）お友達とお話ししていらっしゃるいろいろの事柄を、おそばで伺っておりますうちに、世の中にこんな美しいお心のお方が生きていらっしゃったということがうれしく、御一緒になれないお方でもいい、せめて、こうして時折りのお招きに、おそばに坐って、可愛がっていただければと、わたし

は思うようになりました。（略）

先生のお名前は、津島修治様と仰言って、ペンネームを太宰治様と仰言います。

津島様のお父様は御他界遊ばされていられますが、御名前を源右衛門様といわれ、貴族院議員をなさっていられました。お兄様は、現在青森県知事をなさっていらっしゃいます。（略）

どうぞ、わたしからこの宝をとってしまおうとなさらないで下さいませ。津島様は明晰な頭脳と、豊かな御人格で、日本作家陣の最高の地位を保っておられ、文壇をリードされていらっしゃる御立派なお方で、御性格からは、侘《わび》しさと、優しさの印象がわたしには強く感じられるのですけれど、お友達の言葉を借りますと、

『とても貴族的で、明朗で、天才的なお方』なのです。（略）

わたしも年があければ三十ですし、罹災して、あちこち世の中の苦労も身につけ、もう一通りの女の眼や、成人生活も持ったつもりでおりますし、そうしたものを通して、御つきあいいただいているつもりでございます。

わたしは女史といわれるお方のように、世の中に名前が出なくてもいいのです。

芸術の生命をわたしに教えて下さったお方に愛されて、そのお方の持っている美しいもののような何かを残して死にたいのです。（略）

わたし達は、お互いの家庭に傷をつけないように、責任のある態度で生活していきたいと心懸けております。

わたしたちがこうなったことは、津島様が悪い男の方でも、また、わたしが悪い女のひとになったからでもありません。（略）

こういうお便りを差し上げたからと言って、わたしのお父さまを慕う心も、お母さまを思う心にも、少しの変化もございません。

わたしが悪い女のひとになったのなら、こうした苦しい手紙を書かないで、さっさと歩いて行ったことでしょう。

わたしは人の温かい心にふれていとうございます。（略）

富栄のこうした願いごとをお読みになることは、お父さま、お母さまにとって、とてもお辛いこととよく承知いたしております。

こうした私の心の飛躍は、あまり突飛すぎて、受け入れてはいただけないのでございましょうか。若しお許しいただければ、ほんとうにわたしは幸せなのです。

わたしは津島様の愛人として慎み深く立派に成長していきとうございます。お父様の御返事が、わたしを惨めにさせないようにと祈っております。

十一月二十日

富栄拝

お父さま
お母さま

太宰との関係が誠実なものであると、彼女は言葉をつくして強調している。富栄が太宰を愛し、敬う気持ちは嘘ではない。

だが、多くを隠している。彼女もそのころには勘づいていたアルコール依存症ともいえる太宰の連日多量の飲酒癖、自殺心中癖、鬱病気質を書いてはいない。愛人に子どもがいることも伏せている。ましてや心中の約束など、おくびにもださない。富栄にとっては、父が承諾することは無理にしろ、せめて黙認してほしかった。

手紙を読んで、信子は泣いた。晴弘はまずあきれ、次に顔を赤くして怒った。なにを寝ぼけたことを書いているのだ、馬鹿なことを考えている娘の横っ面をぴしゃりとひっぱたいて、目をさましてやらねばならぬ。

一人娘が、妻子持ちの妾《めかけ》として生きていくことなど、認められるわけがない。美容師は立派な人格者でなければならぬ、と指導してきた晴弘だけに、娘に裏切られた思いだった。すぐに別れて、八日市へ帰ってこい。

そもそも相手の男こそ、いい年をして、二十代の娘が戦争未亡人なのをいいことに、言いよって愛人にした挙げ句、この父親が学校の後継者と見こんで指導してきた美容の腕を捨てさせるとは、なにごとか。富栄は、手練手管の小説家にだまされているのだ。

東京の文壇を遠く離れた滋賀にいて、作家の名前など知らない七十近い老父にとって、太宰は、可愛い娘に色目をつかう中年男にすぎなかった。

「女史といわれるお方のように、世の中に名前が出なくてもいいのです。」

戦前に「アメリカ帰りの美容師」として丸ビルに美容院を開いていた山野千枝子、国産の電気パーマネント機を開発した山野愛子らが、戦後、美容家の「女史」として復活し、雑誌やラジオで華々しく活躍していた。

富栄には、彼女らに決してひけをとらない技術を教えたはずだ。親の気も知らないで馬鹿なことを。歯がゆさに父はいきりたち、叱りつける手紙を書いた。

だが、富栄をつれもどすために上京することはなかった。修一と結婚してすぐに離れ、未亡人になり、寂しい思いをこらえてきた娘が、初めて好きになった男が太宰なのだろう。むざむざひき離すのも可哀想だった。また娘が泣いてしょげかえるのかと思うだけで、父は不憫《ふびん》だった。まさか死ぬ約束をしているとは、知らなかった。時がたてば、のぼせている娘も冷静になるだろう、父は娘を信じていた。まずは痛烈な返事を送った。

手厳しい文面をうけとって、娘はさらに冷静さを失った。

父から返事が来た。

修治様
　私が狂気したら殺して下さい。
　薬は、青いトランクの中にあります。
十一月三十日　富栄

その「薬」は、太宰が常用していた何種類もの睡眠薬なのか、別の薬品なのか。
当時の富栄について、下宿の大家だった野川アヤノの娘に話を聞いた。
富栄より五歳年下で、そのころは二十代前半である。
彼女は、富栄の六畳間とふすまをへだてたとなりの八畳間に、母の野川アヤノとくらしていた。本人の希望でAさんとする。

富栄のことは入居時より「山崎さん」と呼び、「奥名さん」と声をかけたことはなかったこと、Aさんは戦前に三鷹で結婚、ミタカ美容院の塚本サキが文金高島田と衣裳のしたくをしてくれたこと、それから満州へわたったが、敗戦直前に夫がソ連兵によってシベリアへ連行されて死に、未亡人になったこと、同じ戦争未亡人の富栄と夫の話をしたこと、ときどき滋賀から富栄の両親がみえて、礼儀正しい親御さんだったこと、晴弘は教育者らしい昔気質の毅然とした紳士であり、母の信子はお土産に手作りの愛らしいもの、たとえば着物のたちぎれを縫った下駄の鼻緒や丸ぐけの帯締めをくれる気づかいの人だったこと。

太宰の短編「眉山」（昭和二十三年「新潮」三月号）に、ろくに小説を読んだこともないのに作家と文学について知ったかぶりをする飲み屋の女中が、ダダダッと階段をかけおりて、トイレの戸をピシャッと閉めて用をたす描写があり、この女中のモデルは富栄である、彼女がトイレに行くと「ガラガラッ、ピシャッ」だったと書かれた本が何冊かあるけれど、便所の戸はどれもドア式ですよ、ガラガラだなんて……と説明した。

Aさんは、この家に生まれ育っている。一階と二階の見とり図も書いてくれた。

二階は、南北に走る通りに面して二間あり、南側にAさんたち野川家、北側に富栄、裏の四畳半には男性が間借りしていた。

一階は、表に葬儀屋とパン屋、奥はパン屋の黒柳夫婦が子どもとくらしていた。

四世帯八人が共同生活をする木造の家で、昔の人は大きな音などたてなかったこと、一年半にわたり同じ屋根の下に住んだAさんは、富栄が荒々しいふるまいをした記憶がないこと、それどころか、すぐとなりに寝起きしていたのに、富栄は気を使っていたのか、話し声や物音も聞こえなかったと言った。

記憶にあるのは、太宰の本の検印を、富栄が夜も寝ずに押すポンポンという小さな音が、ある晩、遅くまでしていたこと、また別の日は、太宰が喀血していたのか、男性が苦しげに喉からなにかを絞りだすようにあえぐ声を聞いたくらいで、ふだんはいたって静かだったこと。さらに、青酸カリを見せられた思いでを語った。

ある日、富栄に呼ばれて部屋にはいり、下のパン屋の黒柳夫人と話していると、富栄はつとたちあがって押入れのふすまをあけた。

「私、こういうものをもっているの」押入れ上段にたたんだ布団のすき間に手をいれて、赤い包みをとりだした。

「青酸カリよ」

病院でだされる、ごく普通の薬の紙包みだった。正方形の小さな紙を、対角線で半分に折って三角形にして、両方からさらに折り畳んだ形である。ただし包み紙は白ではなく、劇薬だと一目でわかるようにか、濃い赤だった。

　まがまがしく赤い紙につつまれた薬が、猛毒の青酸カリと言われて、Aさんが困惑していると、富栄はおだやかに言った。

「私、あんまり長く生きたくないの」

「なに言ってるのよ」若いAさんは返答に窮して笑ってみせたが、富栄は笑わなかった。

　青酸カリは、正式にはシアン化カリウムといい、白く見える無色の粉末である。水にとかしても、溶液は無色透明だ。

　保管には注意が必要で、空気中では、湿気と二酸化炭素によって分解されるため、ガラス瓶などに密封しなければ、品質をたもつことができない。

　富栄はそれを知らなかったのか、通気性のある紙につつんだまま、しかも、湿気がことのほか多い押入れの布団に隠していた。

　戦争末期、米軍が上陸した沖縄などでは、自決用に青酸カリが配布されたこともあった。またメッキ加工、冶金《やきん》などにも使われ、当時は、販売所持の規制が、ゆるやかだった。

　いずれにしろ、Aさんは、富栄が青酸カリをもっていたのを目撃した唯一の人物である。ただし、赤い紙包みの中身が、本当に青酸カリだったのか、それは不明である。

一方の太宰は、新潮社の野原と野平に、富栄が青酸カリをもっているらしいから探してほしいと、冗談めかして話していた。

「静子に会いにいくなら、薬をのんで死ぬと言うんだ。せまい部屋なのに見つからなくてね、おまえたち、探してくれないか」

だが、太宰も二人の編集者も、薬の現物を見たことはなかった。

重要な点は、富栄は自決用に薬を所持していると、Aさんにも太宰にも語っていた点だ。

にもかかわらず、編集者たちからさまざまな書き手を経るうちに、太宰を殺すためにもっていた薬へと変わり、心中後、富栄による太宰絞殺説のほかに、毒殺説もまことしやかに語られるようになる。

心中の片方が毒薬をもっているなどと語ると、まわりは、合意ではなく無理心中だと推測し、尾ひれがついて富栄は殺害者だと疑われる……。

人気作家とスキャンダラスな情死をした女が誹謗される死後を想像できなかった富栄は、哀しいほど幼く、世間知らずだった。

●昭和二十二年（一九四七）十二月五日

十二月、太宰はぱたりとこなくなった。富栄には理由がわからない。

女ひとりというものは、侘びしいものだなあ。

お目にかからない日がつづくと、もう駄目になってしまいそう。

太宰のために仕事もやめ、親とも仲たがいしている女が、火鉢ひとつきりの寒い六畳間にぽつねんといる。そんな侘びしい午後は、太宰の小説を読んで、孤独をまぎらわした。

けれど読み手ひとりひとりにむかって語りかけるような、独特の文章を読んでいると、耳もとにあの人の声も息づかいもよみがえり、煙草で黄色くなった指先、男の乾いた唇の冷たさ、あたたかな胸の肌からたちのぼる匂いまで思い返される。

気がつくと、外は暗くなっていた。凍える夕闇にまぎれて、太宰の家へむかった。

どうにもいたたまれなくなってきて
真暗な夜路を歩いてゆく
なにか、面影のような
そんなものにでもふれれば、と
お玄関の前にじーっとしてみている
ほの暗いランプが、二つ
灯っている灯は、いらっしゃるしるし
ささやき、もしも?
いや、いや、やはりちがう
奥様と、お客様のおはなしだった
ご免なさい、おくさま

美知子と来客の声を聞いて、われにかえり、思いつめている自分に気づいた。太宰が恋しくてどうしようもない心をもてあましながら、師走の冷たい赤土を歩いた。帰ると、ほどなく、筑摩書房主の古田がたずねてきた。古田はいかつい大男だが、戦後、粗悪な出版物が相次ぐなか、後世に残る文学書を世にださねばならぬという決意と信念をもった出版人であり、そこに人一倍優しい気持ちが同居していた。

「富栄さん、安心なさい。太宰はしばらく休んでいます」肉厚の手をさしだした。「ほら、手紙をことづかってますよ」

富栄の顔が、花の咲くように赤らみ、ほころぶのを見て、古田は人のよさそうな声で笑った。

「ぼくはこんなに太宰を想っているのに、太宰はぼくを想ってくれない。でも富栄さんのことは、忘れずに想っていますよ。あの男をよろしくお願いします」身の丈六尺《しゃく》の大男が頭をさげて、すぐに帰った。

古田は、富栄を好奇や詮索の目では見なかった。それは富栄への信頼というよりも、太宰のたぐいまれな才能と個性に惚れこんだ編集者の愛からだった。古田は、太宰が、愛人というよりも母や姉のように富栄をもとめ必要としていること、この女のつきそいと看護によってはじめて太宰は心身の平安をえて、執筆にうちこめることを理解していた。

富栄は胸の鼓動をおぼえながら、走り書きの手紙をひらいた。読んで、指がふるえた。

アヤマッタ

クスリヲ
ノンデ
マル三日
仮死デシタ。
シッパイ。
字がマダカケヌ。
手がイウコトヲ
キカヌノデス。
モウ十日
マッテクレ。
ガマン

手紙を、日記帳にはった。

十二月七日
ジャールをスプーン二杯弱で起こった悲喜劇のひとこま。
あれと、あれと、混合して飲めばゆける。

睡眠薬ジャール（ジアール）は量をあやまると、心臓と呼吸が止まる、この薬ともう一つの薬をあわせれば、苦しまずにいける……。そのころ太宰は不眠症から、ジアールのほかにも、アダリン、ブロバリンといった催眠剤に依存していた。

愛するあの人をひとりきりで逝かせるわけにはいかない。なにをのむか、富栄は考えていた。

「妻や子供と別れて、君と一緒になってみても、周囲からの攻撃は、君を一層苦しい立場にするだろうしなあ」

「いいえ、そんなこと、私にはできません。奥様に申し訳ありません。私はこのままの形式でいいのです。本当に、あなたの仰言るように、十年前にお逢いしとうございました。」

約十年前の昭和十三年、太宰は美知子と見合いをして、婚約していた。

十二月十五日、『斜陽』が、新潮社から刊行。初版一万部、再版五千部、三版五千部、四版一万部と版をかさね、戦後初のベストセラーとなった。

白い装丁に仕あがった本をあらためて読んでみると、富栄は、自分の日記と同じ文章を少なくとも四か所見つけた。静子だけでなく自分の日記も使われたことに、ひそやかな満足をおぼえた。

没落していく滅びの哀れは、富栄こそ身にしみていた。家も学校も銀座の店も焼けて貧しくなり、夫は死に、父は公職追放で社会的名声も失った。かたむいていく落日を見るたびに、おちぶれた者の悲愁に、吐息をついた。

その冬は、母が上京してきた。未亡人の娘の幸せを願う母は、富栄の顔色を読みながら、おだやかにすすむべき道を説いた。

「富栄は腕がいいんだから、仕事を辞めるなんてもったいない。そのうち制度が変わって、美容業についていない者は資格がなくなるんだよ。塚本さんのお店にもどりなさい。太宰先生とは別れなさい。奥様に失礼ですよ。先生のことで塚本さんにも心配をかけて、お父さんがどれほど不面目な思いをしていることか。お母さんも恥ずかしいですよ。すべてはおまえの幸せを思ってこそ言うのです」母は泣いていた。

娘は聞く耳をもたなかった。

母と娘、
父と娘、
娘と父母、
愛、
馬の耳に念仏、
私の倖せが、あなたがたの思っているようなことなら
血の出るような恋なんか。
太く、短く、真直ぐに生きたい

信子は、いつものように、大家の野川アヤノに挨拶をした。

「つねづねお世話になっております」深々と頭をさげる。「こちらに作家の先生もお見えになって、ご迷惑をおかけして」

「富栄さん、よくお世話なすってます。先だっても、太宰さんが喀血されて、のどをつまらせて苦しんでおいででした。ふすまごしに聞いている私たちも息がつまるようなご様子で。そのうち富栄さんが廊下へでてったもんだから、私もでてみたんです。ぎょっとしましたよ。富栄さんの口のまわり、血で真っ赤。のどにつまった血痰を、口をあてて吸いだしたんでしょうね。お嬢さんの看病には頭がさがります

けど、うちは山崎さんのほかにも、部屋を貸してましてね、お子さんのいるご夫婦もおられますから、肺病もちの方がそうそうこられたんじゃねぇ」

信子はがく然とした。娘は、結核もおそれずに口移しで血を吸いだした……。これは好きだの惚れたのという程度ではない。本気でいれこんでいる。ある境界をこえたむこうへ、親の手のとどかないところへいってしまっている。不穏な予感が、母の胸に暗くきざしたが、どうしようもなかった。

八日市町に帰ると、晴弘が待ちうけていた。

「あの子がそこまで思っているなら、認めてやりましょうよ、もう仕方がありませんよ」

父は赦さなかった。

親が言ってもきかないならと、名古屋にいる武士に手紙を書かせた。

富栄の一徹な気性を知っている年かさの兄は、自分の幸せだけを求めるような真似は好ましくないと諭してきた。

後日、富栄は返信を送った。

わたしは、どうしても現在の境遇を変えるつもりはありません。「なまじの心では親兄弟を泣かせることは出来ない」ということだけは決心しております。

母は去り、兄にも心配をかけ、年の暮れ、富栄は一人になった。

十二月三十日

女が一人で生きてゆかねばならぬということは、その生活様式の如何《いかん》にかかわらず、決して普通の意味で幸福といわれるべきものではない。物質的に恵まれ、はた眼には幸福であるようにみえても、その幸福は世間一般に言われるものとは異なった性質であり、ことにその本人自身の内面に立ち入ってみたならば、凡《およ》そ満ち足りた豊かな状態からは遠く、寒峻《かんしゅん》なものがあるだろう。

社会は、この最も弱いものを同情するよりは、しばしば一種の白眼を以ってみる。（略）

ただなんとなくさげすんでみるだけである。

女一人は、孤独な生活者は、愛の対象を手ぢかには持たぬ。（略）しかし孤独なものは愛し得ないか。いや孤独なものこそ最も強く深く愛し得るだろう。

（略）

「女一人」は女一人であることをいとおしみ、愛さねばならぬ。

年の瀬にあたり、太宰は妻子のいる家へもどっている。富栄はひとりきりの大晦日をすごした。

いっぽうの太宰は、京都の弟子、堤重久に葉書を書いていた。

「実はね、いろいろ、あぶねえんだよ。いちど逢いたいと思っている。いろいろと人の悪口も言いたい。安心してそれを言える相手は、誰も無いんだよ。みんな、イヤシクていけねえ。乞食みたいな表情をしている。無理をしても出て来なさい。お前の夢を見た夜もある。」

太宰は、『太宰治全集』の編纂にも追われていた。

全集には、金木の生家と亡き両親の写真を掲載することにした。一般に、生家や親の写真は、没後に編まれる全集にのせるのが筋とされていた。死を意識した体裁だった。

『斜陽』は売れている。さらに全集がでれば、死後も、妻子をやしなえるだろう。

●昭和二十三年（一九四八）一月一日

太宰の最後の正月は、残酷な新年会からはじまった。

彼は、井伏宅でひらかれる毎年恒例の新年会にでかけた。東大仏文時代からの旧知である詩人、評論家の山岸外史、そして亀井勝一郎も一緒だった。

太宰が酔って、となりの座敷で横になっていると、ふと嘲笑の声に目ざめた。

「本が売れて、太宰はイイ気になっているが、しょせんはピエロなんだ」一人が言って、どっと笑いがあがった。

「斜陽族だなんて言葉もはやって、本人は時代を体現しているつもりらしいがな」

酔っただみ声が、ふすまごしに聞こえる。

太宰の悪口でひとしきり座が盛りあがった。止める者も、彼の肩をもつ仲間も、いなかった。

三十代の太宰に生前の全集発行が決まって、ねたみ、やっかみをいだく者は少なくなかった。

太宰は帰り、美知子の前で泣いた。そして激しく喀血した。口いっぱいに血の生ぐささと鉄さびのような苦さがひろがり、陰惨なみじめさに、また泣いた。

短編『美男子と煙草』の冒頭に、文壇の先輩との対立を書いた。

「私は、独りで、きょうまでたたかって来たつもりですが、何だかどうにも負けそうで、心細くてたまらなくなりました。けれども、まさか、いままで軽蔑しつづけて来た者たちに、どうか仲間にいれて下さい、私が悪うございました、と今さら頼む事も出来ません。私は、やっぱり独りで、下等な酒など飲みながら、私のたたかいを、たたかい続けるよりほか無いんです。

私のたたかい。それは一言で言えば、古いものとのたたかいでした。（略）見えすいたお体裁に対するたたかいです。（略）

古い者は、意地が悪い。（略）ただもう、命が惜しくて、金が惜しくて、そうして、出世して妻子をよろこばせたくて、そのために徒党を組んで、やたらと仲間ぼめして、所謂《いわゆる》一致団結して孤影の者をいじめます。

私は負けそうになりました。」

太宰が帰宅して泣いた自宅は、障子とふすまを何年もはりかえないまま破れていた。堅実な主婦だった美知子は、このころ家事への意欲を失っていた。

太宰に葉書で呼びだされて上京した堤重久は、妻子もちの数え年三十歳になっていた。京都からでてきて再会した師はあごがとがり、顔が黒ずんでいた。美知子もやせて、髪がみだれている。

戦後、ひさしぶりに三鷹の家を訪れた様子を、『太宰治との七年間』に書いた。

「部屋を見回すと、障子の桟《さん》がへし折れている。紙が破れている。襖《ふすま》は赤く焼けて、染みで大きく穢《よご》れている上に、無惨な感じでめくれあがっている。少し大袈裟な言い方をすれば、辺幅《へんぷく》を飾らずを通り越して、狐狸《こり》の住処《すみか》のように荒れているのだった。人一倍働き者で、清潔好きの奥さまとしては、以前にはなかったことである。太宰文学の、旭日昇天《きょくじつ》の名声に対して、この荒れ方はどうしたことであろう。私は、そうした荒廃のなかに、理由も分からずに、なにか異様なものを感じたのであった。」

大正六年生まれの堤は物故している。そこでその当時、留守番をたのまれて三鷹の家をあずかった野平健一の妻房子に話をきいた。すると畳は汚れて膝をつくこともはばかられ、洗濯ものはしわものばさずに竿にかかり、部屋にはたたんだ着物がそのままおかれ、家中に荒れた感じをうけたと、同じ印象を語った。外泊がつづき、家庭をかえりみない夫への怒りと嫌気から、美智子は家政に投げやりになっていたのかもしれなかった。

そんな荒廃の家から逃げるように、太宰は富栄の下宿に泊まりつづけた。破れた肌着、すそがほつれた着物は、富栄がつくろい、黄ばんだ下着もよく洗った。そんなことをすれば美知子が不審に思うのはわかっていたが、新聞雑誌の記者が連日たずねてくる流行作家を、みすぼらしい姿で人前にはだせなかった。

酒をつつしむようくりかえしたのんでも、来客があると、表にくりだしてウィスキーやジンをあけてしまう。富栄は消化のよい食事をこしらえ、疲労回復のビタミン液を注射したが、太宰は肺結核による衰弱、原稿書きと接待の疲れから、もう起きられなくなり、富栄の下宿に寝ついた。

一月十三日

御病気のほうも、思わしくなくて、今日も、やっぱり床に、つかれたまま、お食事もわずかばかりで、ほんとうに心配です。

馬鈴薯のポタージュ、パン、それに、喜んでいただけたのは果物のぢゃぼん（ざぼん）でした。

「良くあったね。とてもうれしかったよ」

「お好きだって言っていらしたでしょう。丁度あったので、買って参りましたわ」

お目ざめになってから一つ皮をむいて召し上がる。

「餅がくいてえなあ」

「買ってまいりましょう」

「あるかね」

「ええ、ありますわ」

太宰の食欲が嬉しく、富栄はすぐにマーケットへさがしにいった。

お餅も三切れほど、お海苔を巻いて召し上がる。

ご不浄に降りていらっしして、階段を上がっておかえりになるだけでも、ひどい呼吸。

結核の進行で、呼吸困難がおきていた。

「胸が、ひどく痛みますか」

黙って合点されてから
「サッちゃん、もう、駄目だよ、もう、見切りをつけたよ」

「家へ帰ったら、もう逢えないような気がするんだ」

「ぢゃぼん、もう一つ買って来た？」

「ええ」

「むいてくれ」

「はい」

「新聞」

「はい」

黙ってむきながら、泣けてきて、泣けてきて、ただ黙って泣く。（略）

「サッちゃん、い（死）くよ」

「お願い、つれていって！」

合点されて、

「一緒にい（死）ってくれる？」

「ええ、お願いです。私、独りを残さないで、つれて死《い》って下さい」

「いろいろ、世話になったねえ」

「ううん、私こそ……」そんなこと、「そんなこと仰言らないで下さい。私の方こそどんなに御迷惑おかけしたか……」

「体さえ丈夫であったらなあ、なんでもないんだのに。サッちゃん、ご免よ」

「いいえ、初めから、死ぬ気で恋をしたんですもの（略）」

「君は、惜しいよ。僕には、君を死なすなんて惜しいよ」

「いいえ、あなたこそ、私にはもったいないおひとです。すみません。御免なさい。御一緒につれていって下さいね」

「一緒に死んでくれる！」

「ありがとう。とみえ、随分苦労をかけたね。あの世というものを、僕は信じないけれど、若《も》しあったら、君をもっと大切にするよ。何処へでも連れて歩くよ。可哀想だなあ」

「ううん、可哀想だなんて、あなたこそ。あなたのようないいひとなんて、もういないのに。い（死）く日をきめて下さい。用意しておきます」

「誰かに手紙をもたせてよこすよ。部屋をきれいにしてね」

うなずいて、二人で嗚咽《おえつ》してしまう。

私と一緒なら、お酒も、煙草もやめて、もっと、もっといいものを書くんだがなあ、と仰言った修治さん。

誰も僕達がこれほど好き合っているなんて、知らねえだろうなあ、と仰言った修治さん。

十年前に逢いたかったなあ、と仰言った修治さん。

先輩の方がみえても、別れるのは、やだよ、と仰言ってくださった修治さん。

「短かったけど、楽しかったねえ」

「わたしは、あなたと御一緒に生きて、そして死にたかったのです。わたし、幸せです」

肺病の太宰が富栄の下宿で寝ついてより半月後、野川は、下宿人一同の希望として、富栄に言いわたした。

太宰が血を吐いたちり紙はゴミためにいれず、裏庭で焼却すること。ご不浄は二つあるうち片方を山崎用と決め、ほかは使用しないこと。洗たくはもちろん、食器洗いも台所ではなく、外の井戸にておこなうこと。太宰の結核菌がひろがることをおそれての依頼だった。

「はいはい、すみません」富栄は憮然として応じた。もちろん太宰には黙っていた。

野川家の共同トイレは、一階の玄関脇に二つあった。そのひとつに「山崎用」と紙がはられた。

●昭和二十三年（一九四八）二月

太宰のもとに税務署から所得税十一万七千円余の通知書が届いた。ベストセラーがでた前年の収入を、二十一万円と見なしての所得税だった。おととしの青森税務署では、年収五千円となっている。収入は四十倍にふえたと査定されていた。

支払期限は、一か月もない二月二十五日。収入の大半を自由に飲み食いして使ってきた太宰には、支払い能力がなかった。また美知子の前で泣いた。

しかし富栄には、税金をはらえないあせりを一言も告げなかった。恋人に見栄をはっていたのか、それとも生活の実務は津島家の問題であり、家庭外の愛人には無関係だと見なしていたのか。

昭和二十二年十二月には、富栄は、太宰のために貯金を使い果たし、生活費は、太宰から秘書手当としてうけとっていた。

太宰は、印税振込先の安田銀行三鷹支店へ足をはこび、残高をたしかめた。やはり無理だった。税務署へは、支払い延期をもとめる一文を書き、美知子が提出した。

第七章　『人間失格』

●昭和二十三年（一九四八）二月

「その日」は、いつくるのか、宙ぶらりんのまま月日は流れていく。そう遠くないうちに、あの人につきそって死ぬと心を決めながら、三鷹へきてから二度めの秋はすぎ、冬も終わろうとしていた。

午後の日だまりに早春のきざしをおぼえながら、富栄は三鷹を東西に流れる品川用水にそって郵便局へむかい、「太宰代理」として、養育費を一万円、静子にあてて電報為替でおくった。

下曾我では、太宰がおとずれた一年前と同じように、ゆるやかな丘陵をおおう梅林が白い花々にかすみ、空気は甘く香っていた。

うけとった静子は、太宰の好意を感じて目頭があつくなる。上京したいと電報をうった。

下宿にて返信文をうけとった富栄は、まず自分が眉をそびやかして読み、それから太宰に見せた。彼はなにも言わない。どうするつもりだろう。よけいに富栄はいらいらする。

女の子は三か月になり、表情がゆたかになったころだろう。静子は、愛くるしい治子を見せにくるのだ。太宰はわが子を抱いて、よしよしとあやし、伊豆の母子に思いをうつすだろう。

富栄はおそれたが、日記では嫉妬心をおさえ、つとめて平明な気持ちで書いた。

「みこころのままになさしめたまえ」

ところが、美知子の妹の愛子が、病気で危篤となった。甲府疎開のおり、太宰一家がひとかたならぬ世話になった妹である。看病とつきそいにいく妻にかわって、太宰が、子どものいる家を守らねばならない。面会どころではなくなった。

そのむねを、ふたたび「太宰代理」が電報で知らせて、赤ん坊と父親の初対面は中止。富栄は、気がかりな懸案事項を、ひとまず先送りすることができた。

いっぽう、急に中止の電報をうけとった静子は、不安になった。「太宰代理」とは、だれなのか。妻ならぬ女の気配を感じながら、その人物が、太宰との面会をはばんでいるのか、と遠くからじれったかった。

「新潮」の編集者野平健一が、オーバーコートの衿を粋にたてて、富栄の下宿へあがってきた。

三月号から、太宰は、随筆の連載「如是我聞」をはじめる。野平は、口述筆記をするのである。

野平は、ほっそりした二十代だった。京都大学をでた秀才で、芥川龍之介にも似た理知的な顔だちだが、にっこりすると、笑顔は少年のように初々しい。

「新潮社の野原と野平は、毛なみのいい二匹の子犬みたいだ」年恰好のよく似た二人を、太宰はかわいがっていた。

徹夜の口述筆記にかかる前に、太宰は、富栄がいれた緑茶をすすり、腕ぐみして、しばらく考えている。それから、原稿用紙を広げてペンをかまえている野平にむかって、ゆっくり、よどみなく語りかけた。

第一回の冒頭にのった。

［この十年間、腹が立っても、抑えに抑えていたことを、これから毎月、この雑誌に（略）書いて行かなければならぬ、そのような、自分の意志によらぬ「時期」がいよいよ来たようなので（略）、自分の抗議を書いてみるつもりなのである。］

近づいた死期をさとって、どうせ死ぬならと、すて身の抗議をする覚悟だった。「如是我聞」の内容は、自作を批判した人物にたいする、粗野で乱暴な反論である。昭和十年の芥川賞騒動の際、川端康成にかみついたように、ふたたび、先輩作家にたいする礼儀知らずでむこう見ずな反逆心がわきあがっていた。

太宰は近しい人物には、愚痴をこぼしていた。暮れに京都の堤重久が上京してきたおりにも語った。

「亀井とは、今では会っても、あいさつもしない。あいつとは終わりだ。井伏さんはひどいよ、美知子は愛想がないから別れろというんだ」井伏宅の新年会で嗤いものにされた怒りを、まだひきずっていた。

連載の初回では、老大家たちが信奉する「神」とは、家庭の安楽にすぎない、として切り捨てた。

同じころに書いた短編「家庭の幸福」では、［家庭の幸福は諸悪の本《もと》］、短編「桜桃」のはじまりには、［子供より親が大事、と思いたい］という一文をおいた。

もっとも、太宰は子煩悩であり、わが子はかわいい。

だが、虚勢をはる必要があった。

新年会にあつまった同業者の間で、噂がひろまっていた。

『斜陽』のヒロインのかず子、あれはモデルがいて、太宰の新しい愛人らしい」

「新しい愛人は別にいるんだ。ほら、そばにいる地味な看護婦だ」

「おさかんだねぇ」

「かず子のモデルは、子どもを産んだらしいよ」

「へぇ、あの肺病やみの体で、やるねぇ」

口々に言って、下卑た笑い声があがる……。そんな被害妄想がうかぶたびに、太宰は、頭をかかえて首をふった。

愛人が二人もいることが知れわたっている作家が、今さら「家庭の幸福」を大まじめで説くのは笑止千万。それこそ、太宰の憎む偽善である。

彼は、家のそとに、芸術の宮殿を築こうとした。

家庭か、芸術か。どの小説家も、かならず一度は、二者択一をせまられる。平凡な家庭の日常にも、人知れず悲喜こもごもはあり、そこに小説の沃野をもとめて豊かに耕す書き手がいる。市井の庶民の情感をしみじみとえがくのは、まさに井伏であり、中期の太宰である。

しかし戦後の太宰は、ありふれた家庭を捨てた破滅的な生きかたに創作の泉をもとめ、その主題にひきずられるように、実人生も壊れていった。

税金の支払い延期の交渉をはじめ、育児も、煩雑な家の用事も妻におしつけ、家庭は芸術の犠牲になった。

連載第二回は、中野好夫などの欧米文学者を俎《まないた》にあげ、無知な語学教師だとおとしめた。

第三回、第四回では、志賀直哉が、太宰の『斜陽』「犯人」を座談会でけなした言葉に腹をたて、「小説の神様」と呼ばれる大家の代表作をやり玉にあげた。

「「小僧の神様」という短篇があるようだが、その貧しき者への残酷さに自身気がついているだろうかどうか。ひとにものを食わせるというのは、電車でひとに席を譲る以上に、苦痛なものである。何が神様だ。」と書いて、まずしい小僧に鮨をおごってやって、あとで寂しい気持ちにしずんでいる主人公は、弱者にたいして驕《きょう》慢《まん》であるとした。

戦時中の志賀の短文まで、ひっぱりだした。

［あの「シンガポール陥落」の筆者が、（略）自分が今日まで軍国主義にもならず、節操を保ち得たのは、ひとえに、恩師内村鑑三の教訓によるなどと言っているようで（略）、話半分としても、そのおっちょこちょいは笑うに堪える。］

「シンガポール陥落」とは、真珠湾攻撃の二日後、山下奉文大将ひきいる日本軍がシンガポールのイギリス艦隊を撃沈させた大勝利をうけて志賀が書いた短文で、NHKラジオで放送された。

［日本軍が精神的に、又技術的に嶄然《ざんぜん》優れている］［若い人々に希望の生まれた事も実に喜ばしい］などといった文章は見られるが、沈着な志賀らしく、いさみ足でも好戦的でもない。しかも戦中は筆を折っていた志賀が、唯一書いた文章である。ところが太宰はその例外的な短文をもちだして、得意になってあげ足をとった。志賀は、前年の昭和二十二年、反戦平和と表現の自由をもとめる日本ペンクラブ戦後初の会長についていた。

もちろん太宰も、シンガポール陥落には、少なからず昂揚した。だが戦後になって、自分は軍国主義ではなかったと、みずからをいつわり、他者をあざむくことはなかったという自負心があった。

富栄は、連載第一回から、太宰が、野平にむかって語る言葉をそばで聞き、ゲラ刷りも雑誌も目を通していた。この随筆は、とうてい文学ではない。太宰のたぐいまれな才能を、こんな雑文で浪費させてはならない。そうでなくとも、世の良識派から、不道徳な無頼派と思われているふしがあるのに、太宰の人望は、ますますさがるだろう。文壇中から敬遠され、敵をふやし、味方を失うだろう。

第二回の口述筆記のために、また野平がやってきた。太宰は胸が痛むと、横になっている。富栄は縫いものをしながら、若い編集者に言いわたした。

「先生がかわいそうだと思ったら、あきらめなさいよ、死んでしまうわよ。書きたくないものを、無理に書かせては、だめよ」

野平のやせた頬が怒りにぴくぴくしたが、我慢した。富栄に言いかえすと、あとがこわい。先生に会わせてもらえなくなる。

太宰には、書く意志はあった。つらそうに畳に手をついて起きあがり、猫なで声で富栄に買いものをたのんだ。

富栄はつんと頭をそらし、買い物かごをさげて階段をおりていった。邪魔者を追いだして、二人で口述筆記をはじめるのはわかっていた。よけいな口だしだということも、十分にわきまえていた。だが、世間から太宰を守るためには、野平に憎まれようが、うとまれようが、ひとこと言わずにはいられなかった。

●昭和二十三年（一九四八）三月　熱海

三月七日、太宰と富栄、長逗留の荷物をのせたタクシーが、熱海駅のすぐ背後からせりあがるけわしい斜面をのぼり、ヘアピンカーブをうねうね曲がっていく。うしろから、古田らを乗せた二台めも、同じカーブをまわってついてきた。

車窓に眺望がひらけると、曇った空のしたに、早春の海が銀灰色に光って見えてきた。

うっすら霧のかかる山の斜面に、瀟洒な洋館がたっている。起雲閣別館である。政治家の桜井兵五郎が温泉旅館起雲閣の別館として開業したものである。

熱海は、半年前の九月、太宰と初めて一泊旅行をした甘やかな思い出の土地である。これからひと月、二人きりで旅館ぐらしをするのだ。富栄は、あまりに幸福だった。

だが、わが身の闇をあえて照らしだし、みずからの弱さをナイフでえぐりだすような小説執筆のつきそいは、富栄の神経をもすりへらす仕事となった。

太宰は、長らく構想をあたためていた『人間失格』にとりかかった。

『人間失格』は、筑摩書房の思想文芸誌「展望」に連載したのち、刊行されることが決まっていた。

社主の古田晁は、カンヅメの宿として、熱海銀座をはなれた山の一軒宿をとった。『斜陽』でベストセラー作家としての地位を築いた太宰は、さらなる傑作を書いて、その評価を不動のものとしなければならない。

それまでも太宰は、筑摩書房に、「千代女」『冬の花火』『ヴィヨンの妻』を書いていたが、それらをはるかに凌駕《りょうが》する圧倒的な小説を、古田はもとめていた。

そのためには、朝から晩まで、だれにも邪魔されずに小説に没頭できる環境を用意してやらねばならぬ。

三鷹では、仕事をたのみにくる記者や編集者、愛読者の応接にあわただしく、腰をおちつけて書けない。古田は考えぬいて、宿をえらんだ。

この山の上なら、三味線に芸者の繁華街は遠い。遊びまわることはあるまい。几帳面な富栄が、秘書としてすすみぐあいを見守り、甘えん坊で寂しがりやの男の身のまわりの世話も、健康管理もしてくれる。富栄の宿泊費も、必要な経費だった。

筑摩書房は二人分の宿代をもち、さらに太宰の酒代にも糸目をつけなかった。

翌日、古田が山をおりると、さっそく太宰はとりかかった。暖炉のある洋間と和室だった。斜面を見おろす東南の窓から、朝日がさしている。書きもの机に、太宰は、筑摩書房の二百字づめ原稿用紙、愛用の漢和中辞書、ペン、黒いインクつぼ、硯箱《すずりばこ》をおいた。

となりの和室に富栄はひかえて編みものをしている。本や雑誌を読めば、ページをめくる音がして、作家の気がちる。編みものなら音はしない。黒の中細糸で太宰のチョッキを編んでいた。

ペンが紙のうえを走るかすかな音がきこえてきた。原稿用紙を一枚、また一枚とはがす音もする。宿は深閑として、めずらしい鳥のさえずりだけが谷間に響いている。

太宰が声をかけるまで、富栄は息さえつめていた。

「おい、サッちゃん」

すぐにたちあがり、灰皿をとりかえ、お茶をいれ、リンゴをむく。

太宰の役にたっている喜びが、富栄のなかに静かに満ちていた。

古田が熱海を選んだ理由はもうひとつあった。治子との面会である。静子と赤ん坊が三鷹に姿をあらわせば、どうしても業界人の目につく。下曾我に近い熱海へ呼びだして話しあうほうがよい。苦労人の古田は、太宰のために、そう忠言した。

ある午後、煙草の煙をくゆらしながら、太宰はなにげなく口にした。

「せっかくだから、太田さんにきてもらって、これからの話をしようと思うんだ」

もっともですと、富栄は同意した。だがうなずいた瞬間、背筋がすうと寒くなり、小きざみにふるえだした。頭ではわかっても、体は正直だった。

太宰は煙草をおいた。仕事の面では、太宰の言うなりになる富栄が、静子についてはそうならないことを、一瞬、忘れていた。

「ごめん、やっぱり、いやだったんだね」

「いいえ、すみません。お子さんですもの、お会いになって当然です」富栄は、声までふるえている。

「わかった、よすよ」

「会ってさしあげてください」

「いや、今度にするよ」

たがいにゆずりあい、遠慮しあい、らちがあかない。

結局、静子は呼ばなかった。富栄のためだけではない。熱海へ転地しても、胸の奥は痛み、咳がつづいている。病状を思えば、これが最後の長編になるとわかっていた。

その大事なカンヅメ先で二人の女が顔をあわせて、騒動になれば、仕事は台なしだ。よけいな神経をつかうのは避けるべきだと判断した。

ふたたび朝から日没まで執筆がつづいた。富栄は、ふえていく草稿を場面ごとにわけ、ページ順にならべて、千枚通しで穴をあけ、こよりでとじる。書きかけの原稿を読みながら、『人間失格』は、太宰が骨身をけずって書いていく作品だと理解して、さらに心をひきしめた。

小説の主体は、男の手記であり、［恥の多い生涯を送って来ました。］と始まる。議員の父のもと、東北に生まれた男は、はた目にはめぐまれた境遇に育ったものの、人間のいとなみの本質も、幸福の意味も、実感できず、他人への恐怖から、人前で道化を演じて、その場をとりつくろい、さらに自分を見失っていく。

画家をこころざして東京の学校にすすむと、田舎出を恥じて都会におびえ、遊び人の画学生堀木から教えられた酒と煙草、淫売と質屋、日陰者の左翼思想者とのつきあいによって、初めてさまざまの恐怖を忘れることを知る。

だが生活者としての能力がない男のくらしは乱れ、質屋にかよい、さらに酒と女郎に溺れ、自暴自棄のどん底で知りあったカフェの女と鎌倉の海に入水。男だけが生きのこる。

父の家に出いりしていた書画骨董商のヒラメがひきとり、彼にたち直りを説くものの、実はヒラメは、男の実家から送られる金銭をあてにしていた。

世間の醜さに傷ついた男は、幼い娘のいる女性編集者シヅ子の男めかけとなるが、自堕落な自分が、母子のささやかな幸福を台なしにするとさとって身をひき、自分を好いてくれる煙草屋の娘ヨシ子と同棲。漫画家として細々と生計をたてながら、はじめて平穏な生活の喜びを知る。

だが、無垢で人をうたがうことを知らないヨシ子がほかの男と情を通じる。人間不信の苦しみを忘れるため、彼は睡眠薬と酒にたより、健康を害して血を吐く。さらに麻薬注射の中毒となり、堀木とヒラメ、ヨシ子に病院につれていかれると、鉄格子の脳病院だった。

三か月後、東北の兄が、男をつれて故郷へ帰り、廃人同様の生活を送る……。

「もはや、自分は、完全に、人間で無くなりました。」

エピソードの断片は太宰の経験と似通っているが、小説家は虚構をはりめぐらせ、より露悪的で、より未熟な愚者へと、作りかえている。

だが、その文章の行間からは、太宰が若い日の愚かしさを悔やみ、とりかえしのつかないあやまちに身もだえしてうめく声が聞こえるようで、富栄はおそろしいほどだった。

凡人ならば、人前で道化を演じることも、愛想笑いも、大人の処世術だと割り切っている。

それを修治さんは、そんな訳知り顔などかなぐり捨てて、本当の人間は、いつまでたっても子どものころと同じ傷つきやすくて、もろい内面を隠しているのだと、世間慣れした大人の仮面をはぎとってみせる。

人はだれしも弱い。ずるくて、未成熟である。自分のだめさ加減をみとめたがらない作家による作品群の多いなかで、この小説は、自分の弱さと愚行に悩む人々のすくいの書物となるだろう。

ここにえがかれるどうしようもない男の破滅が、逆に、いま破滅への崖っぷちを泣きながらさまよう人を地獄からすくいあげるだろう。富栄はこの小説をだれよりも先に読める息づまるような幸運に胸のふくれる思いをしながら、これが彼の代表作となることを確信した。太宰が風呂にはいっている間、原稿をこよりでとじながら、ひとり嬉しさに泣いた。

だが太宰は神経質になり、気がたっていた。

「女中に志《こころざし》をわたしたとき、あの口のきき方はなんだい」

「ここで色気はいらない」

かと思えば、原稿がうまくすすまない苛立ちから逃避するように、昼間から富栄を抱きよせる。小説のつづきを考えながら上の空で、柔らかな白いひざをわる。しかもことがすむと、そそくさとまた机にもどる。

「書き損じの原稿用紙は、別にわけておいてくれ。なんど言えばわかるんだ」

ささいなことで腹をたてる。声をあげると胸が苦しいのか、前かがみになって咳きこむ。

「いたりませんで、すみません。気をつけます」富栄はあやまり、背中をさすった。

三月十二日
恋をしている時は楽しくて
愛している時は、苦しい
情熱だけでは、ほんとうの恋愛には遠い、理性が加わらねば……。

私は、ほんとうの恋愛をしたことがあるだろうか、富栄は自問した。まごころから異性を愛したことがあるだろうか。

修一にはつくした。だがそれは妻の務めとしての愛だった。

真実に異性を愛すること、それも不治の病をかかえ、近づいてくる死期を意識した小説家を愛するとき、なにをすべきか……。その答えを考えながら、富栄は、母のように、妹のように、恋人のように、姉のように、『人間失格』を書きつづける太宰につかえた。

古田はひんぱんに東京から電話をかけ、太宰をはげまし、富栄の労をねぎらった。

太宰の体調はよくなかった。頭が鈍く痛むと言えば、頭をもむ。体がだるいとこぼせば、布団に寝かせて、肩をたたき、腰をさすり、足をマッサージする。胸が痛いと言えば、浴衣をひらいてあばらの上から湿布を貼ってやる。

思うようにならない体の衰弱、長い小説を書くときの出口の見えないつらさに、太宰は憔悴していった。

霧におおわれる山の宿は、世界中から隔絶された雲の海にうかぶ孤島のようでもあり、なおさら執筆の苦しみからのがれられない。それをわかっているからこそ、富栄は口ごたえもせず、理不尽なことを言われようと、傑作の完成のためにこらえ、彼を気づかった。

三月十三日
雨、昨夜、修治さんは一睡もされない。不眠症のおそろしさ、可哀想。眺望は、霧に覆われているので、この山荘は一層高く見える。

三月十七日
もろもろの過去が浮かび上がってきて、修治さんに迫る。それがみな現実につながっていて、しかもなお生きているのだから、やりきれない、たまらない気持ち。

三月二十七日
私達夫婦が、はじめてお逢いした
その一周年記念の日。

その日、太宰が座布団を枕にして午睡をするときも、富栄はそばにいた。夢見るような目をして、寝息をたてている恋人を見つめる。

美しい人、修治さん。しわのきざまれた額、太い眉、黒くてこわいまつげ、右目の下の泣きぼくろ、頰にあるほくろ、まばらにのびたひげ、なにもかも私のもの、なにもかも愛しい……。

三月二十八日
上天気、海が和《な》いでいて心地よい。
人間失格、第二の手記まで脱稿。よい作品です。

途中でいちど三鷹にもどったほかは、三週間、熱海の宿にこもり、「はじめに」「第一の手記」「第二の手記」の百五十枚を書きあげた。

三鷹では、玉川上水の堤に、黄緑の芽吹きがやわらかにのびはじめていた。

帰京すると、ふたたび編集者の訪問があいついだ。富栄の部屋で、つづきを六十枚書くものの、来客に落ちつかない。

古田はまたカンヅメ先をさがした。熱海では、宿泊費はともかく、太宰の酒代が高くついて、「展望」から支払う小説原稿料の三倍にも達していた。筑摩の経理部は、どうにかならないものかと古田に訴える。

滞在先は、大宮に手配した。

信州東筑摩郡出身の古田は、戦時中より妻子をふるさとに疎開させて、本人は、埼玉県大宮の宇治病院に寄寓していた。妻の姉の嫁ぎ先である。

大宮駅の近くの天ぷらや「天清」にかようううち、主人の小野沢清澄が同郷と知って親しくなり、その人がらを見こんだ古田は、彼の自宅に、太宰と富栄を託したのである。

駅からいくぶんはなれた静かな住宅地の民家、その八畳と三畳を借りた。

「太宰に、栄養のあるものを食べさせてやってください、お手間をおかけします」

古田は太い声でたのんだ。

小野沢は、魚好きの太宰のために、遠い築地まで一日おきに仕入れにでかけ、刺身、天ぷら、煮魚、焼き魚と工夫してくれる。

小野沢家に同居していた姪の藤縄信子も、感じがよかった。太宰と富栄を色メガネで見ることなく、作家とその助手という役割をあたたかく理解して、銭湯への道順から買いもののさきまで、日常のこまごまを親身に面倒をみてくれた。

五月九日

四月二十九日、古田さんと、神田駅で待合わせて、ここ大宮市の一隅に修治さんと生活する。人間失格の第三の手記を執筆なさるためのカンヅメ。（略）お食事もここの御主人が大変心をこめておつくり下さるので、いつも美味しく頂き、お蔭で太宰さんもめっきり太って来られた。御自分でもそれが嬉しくて、やすみながら両腕を交互につくづく眺められている御様子は、側《そば》でみていてもほほえましい位。うれしくて涙が出るほどです。どんなに丈夫になり度《た》く思っていられることでしょうか。編集者の訪問責めに逢わないことだけでも気持がゆっくりして、いいことなのね。

夕方、原稿書きにつかれると、宇治病院へいき、看護婦にビタミン注射をうってもらう。帰りに、大宮という地名のもととなった氷川神社へむかい、長い影がのびる杉並木の参道を二人でそぞろ歩くこともあった。

二週間滞在した五月なかば、「第三の手記」の大半を書いて帰京。

だが三鷹へもどった早々、さわぎがあった。

五月十六日

二時頃おいでになる。どうもお玄関の戸の開けようが平常のように思われなかったと思ったら昨夕帰りに御一緒のところを奥様に見つかってしまったとか、びっくりしてしまう。

「あれ誰？」

「………」

「女のひとと歩いてたでしょう？　あなた方は気がつかなかったようですけど……」

ああ、神様！

「ブロバリンを二十錠のんでも睡《ねむ》られないんだ。どきっとして、歩かないよって言っちゃったんだよ。その時、死んじゃおうかと思ったね。二人とも近眼だしねえ」

と仰言る。（略）

「夕べ、気まずくてね、今朝もいけねえんだ」

今日は、もう、じっとして落着いてなどいられない。

富栄は、美知子の顔を知らなかった。おまけに太宰も富栄も近視である。すれちがっても気づかなかった。

メガネは美貌をそこなう。太宰は自分も愛用のメガネをはずし、富栄にもかけさせなかった。富栄は、太宰の美意識にかないたいと、原稿の整理も、針仕事も、見づらい目をこらし、手もとに顔をちかづけてこなしていた。

美知子にしてみれば、夫の肌着やきもののほころびをつくろうのはこの人だったのか……と疑問がとけ、と同時に、腹だたしさもこみあげたにちがいない。

だが賢い妻は、それ以上、しつこく問いたださなかった。美知子もまた、夫が、その女と死ぬ約束をしているとは夢にも知らなかった。

第八章 『グッド・バイ』

●昭和二十三年（一九四八）五月　富栄二十八歳、太宰三十八歳

『人間失格』を脱稿すると、五月十四日、休むひまもなく朝日新聞の連載小説『グッド・バイ』を書きはじめた。

朝日では、昭和二十二年、戦後初の新聞小説として、石坂洋次郎の『青い山脈』を大好評のうちに掲載していた。

太宰が没落貴族の『斜陽』を書いていたころ、石坂は、戦後の明るく健康的な男女の青春群像をえがいていた。石坂は弘前生まれで、太宰と同じ津軽人だった。

連載のあとをうけもつ太宰は、当然、『青い山脈』の人気と明るさを意識した。その結果、ユーモア小説『グッド・バイ』となった。

主人公の田島周二(津島修治のもじり)は、表むきは雑誌の編集長だが、闇商売で派手に儲けていた。そろそろ田舎から妻子をよびよせようと思うが、愛人が十人もいる。

そこで、だれもがふりむくほど美しいキヌ子をつれて愛人のもとを順々にたずね、別れをもちかけようと考える。ところが絶世の美女キヌ子は、実は、がらっぱちなかつぎ屋稼業で、怪力、大食い、強欲、鴉声《からすごえ》で、田島はいいようにふりまわされる……。

こうした冒頭が書きあがり、読んだ富栄は大笑いした。

原稿は、毎週土曜日、担当の末常卓郎《すえつねたくろう》とさし絵の吉岡堅二《よしおかけんじ》が、三鷹にうけとりにくることになった。

「激励してもらうと、元気がでますよ」太宰は自殺を考えているとは微塵も感じさせないほがらかな笑みで言った。

うちあわせの間、果物やつまみがなくなると、富栄は買いものかごをさげてでていき、あっという間にもどってくる。新聞小説は大勢の人の目にふれる。太宰治の名をさらに日本中にひろめたいと、富栄は心をつくして末常と吉岡をもてなした。

甲斐甲斐しい富栄を、だが太宰は、冷静な目で観察していた。

五月二十二日

「僕ね、こないだ千草で酔って、女将にそう言っちゃったんだよ、ごめんね」

「なにを？」

「ごめんね、あのね、苦しいんだよ……。恋している女があるんだ」

富栄は耳をうたがった。

「三年くらい前から、ファン・レターをもらっていたんだが、また手紙がきて、結婚してほしい、五月三十日にお会いしたいというんだよ。それで千草の女将に相談したのさ。女将は、『山崎さんがすぐ前にいるから、具合が悪いけど、裏からでいりしてもらえば、一度くらいなら大丈夫でしょう』って。もしかしたら泊まるかも知れないぜ」

富栄は口を半びらきにしたまま、眉をさげて黙って涙を流している。その表情を記憶するように注視して、太宰は残酷に言った。

「二十六歳で、女子大卒のお嬢さんだ。美人で、すらりとして、おとなしくて、申し分のないひとだよ、阿佐ヶ谷に住んでいるのさ。僕には女があって、僕と一緒に死にたいと言っている、と話しても、問題にしねえんだよ。逆に、美容師ですって？　と、よく知っているんだ、おまえのことを。僕はどうしてこう女に好かれるのかなあ！　ちょうどいいらしいんだね、僕は。あまり固くもないし、場もちは上手だし——。貴男は、小説にいつも御自分のことをまずい顔の男だってお書きになるけど、ずるい——なんて言うんだよ」

——随分な人です……。

〝死ぬ気で僕と恋愛してみないか。責任をもつから〟と言われて、親も兄弟も棄てて、世間も狭く歩いている私。（略）

離れますものか、私にもプライドがあります。

五月雨が、今日もかなしく、寂しく降っています。

この直後、太宰は『グッド・バイ』のつづきを書いた。

主人公の田島周二は、いよいよキヌ子をつれて縁切りにでかける。最初に別れを切りだす愛人は、青木という名の、三十前後の戦争未亡人の美容師だった。

田島とキヌ子は美容院へでかけていった。

「『きょうは女房を連れて来ました。疎開先から、こんど呼び寄せたのです。』
それだけで十分。青木さんも、目もと涼しく、肌が白くやわらかで、愚かしいところの無いかなりの美人ではあったが、キヌ子と並べると、まるで銀の靴と兵隊靴くらいの差があるように思われた。
二人の美人は、無言で挨拶を交した。青木さんは、既に卑屈な泣きべそみたいな顔になっている。もはや、勝敗は明らかであった。（略）
キヌ子は鏡に向って腰をおろす。
青木さんは、キヌ子に白い肩掛けを当て、キヌ子の髪をときはじめ、その眼には、涙が、いまにもあふれ出るほど一ぱい。（略）
セットの終ったころ、田島は、そっとまた美容室にはいって来て、一すんくらいの厚さの紙幣のたばを、美容師の白い上衣のポケットに滑りこませ、ほとんど祈るような気持で、
「グッド・バイ。」
とささやき、その声が自分でも意外に思ったくらい、いたわるような、あやまるような、優しい、哀調に似たものを帯びていた。（略）
ああ、別離は、くるしい。（略）
青木という女は、他人の悪口など決して言わなかった。お金もほしがらなかった

し、よく洗濯もしてくれた。」

富栄は興ざめし、ますます気がふさいだ。

阿佐ヶ谷の若い美人は本当にいるのか、太宰の作り話なのか、わからない。千草のおかみは心あたりはないという。

だが、小説の田島周二がまっさきに手を切る女は、戦争未亡人の美容師である。その境遇も、外見の描写も、お金をほしがらずよく洗濯をするつくしかたも、富栄そのものだった。太宰は自分と別れたがっているのか。疑念と若い美人への嫉妬が富栄を苦しめた。

五月二十五日

昨日のおひるから、一物も咽喉《のど》に通らない。お食事がちっとも欲しくなくなった。

何をするのも、いやになり、泪がいつもこみ上げてきそう。

五月二十六日

こうした事を書き認めてみているのも、結局はあなたに愛されているのです

よということを一層たしかめ、深め、刻みこみたい、悲しい、さびしい心から
なのです。せずにはいられない心からなのです。

間の悪いときに、静子から体調をくずしたと手紙があり、「太宰代理」として、
また一万円送金した。
静子は太宰の娘を産み、お手伝いと三人で大雄山荘にくらしている。それにひき
かえ富栄は、美容院をやめ、蓄えは太宰の飲食に使い果たし、ほしいものも我慢し
てつかえている。それなのに彼は、戦争未亡人の美容師と別れる小説を書いた。
大金をいつまで静子に送りつづければいいのか。ねたみがましい気持ちもわきあ
がった。

伊豆の方御病気
一万円電ガワ（電報為替）にて送る
子供もだんだん大きくなるのに……
ゆきづまったら死ね！
ああ、どうして人は、みな一人々々悲しいものを背負って生まれてきたので
しょう。

桜桃、びわ、出盛る。（略）

「古田が言ったよ、伊豆へ時たま行ってやれって――」（略）

堤に腰をおろしてお話する。水の流れと人の身は……。

「やるよやるよ、もう二度も喀血したが、死にゃしない」

玉川上水の土手にすわって二人で流れを見おろした。川は夕日の赤光のかがやきをあびているが、底知れぬ水はにごって流れていた。

いつまでも流れつづける水を見ながら、太宰は死ぬと語る。うすれゆく光のなかで、晩春のもの憂さが富栄をつつんだ。

太宰の虚言と意地悪にふりまわされた五月は終わり、最後の六月となった。

●**昭和二十三年（一九四八）六月**

六月一日、「展望」六月号に『人間失格』の「はしがき」「第一の手記」が掲載され、人気小説家の最新作として評判をよんだ。

「新潮」六月号には「如是我聞」第三回がのり、感情的な志賀批判に波紋がひろがった。

六月二日、国税局の係員が、千草にまでやってきた。太宰が所得税の減額、支払いの延期をもとめたことをうけて、高額所得者の仕事場の「実情」を見にきたのだった。

だが座敷には、蔵書もなく、座卓があるきりである。荒れたままの自宅といい、わびしい仕事部屋といい、高額の経費がかかるとは思えない。太宰には不利だった。

六月四日、「如是我聞」第四回の口述筆記で、野平と徹夜をした。太宰の言葉が原稿になった。

「四十歳の作家が、誇張でなしに、血を吐きながらでも、本流の小説を書こうと努め、その努力が却《かえ》ってみなに嫌われ、三人の虚弱の幼児をかかえ、夫婦は心から笑い合ったことがなく、障子の骨も、襖のシンも、破れ果てている五十円の貸家に住み、戦災を二度も受けたおかげで、もともといい着物も着たい男が、短か過ぎるズボンに下駄ばきの姿で、子供の世話で一杯の女房の代りに、おかずの買物に出るのである。そうして、この志賀直哉などに抗議したおかげで、自分のこれまで附き合っていた先輩友人たちと、全部気まずくなっているのである。」

さびしく響く太宰の声を聞きながら、富栄も六畳間のすみに正座して徹夜につきあっている。先生が孤立しても、私だけは最後までお慕いつづけると胸につぶやき、桜桃を洗って皿にもる。

この徹夜により、太宰はひどく衰弱して、翌日は起きられなかった。

なにも知らない編集者たちが仕事をたのみにやってくる。富栄の布団で寝ついて咳きこんでいる顔色の悪い太宰を、せめて今日は休ませてやりたかった。

玄関から声がきこえた。

「太宰先生は、こちらですか」

富栄があえて仏頂面をして階段をおりていくと、見たことのない男がたっている。

「あのう、先生にお目にかかりたいのですが」作り笑いをする。

「今日は休んでおられます」

「そこをなんとか、お願いします。対談企画のお話をさせていただきたいと……」

「おひきとりください」富栄はつっけんどんにかえした。

おいていった名刺を手に二階へあがると、また下から声がする。

無愛想に玄関へおりると、前にも雑文をたのみにきた編集者だった。戦後になって、雨後の筍のように小さな出版社が乱立して、太宰には注文が殺到していた。

「ああ、あなたね、先生は雑文はお書きになりません」

だが男も仕事である。簡単にはひきさがらない。

押し問答のすえ、おまえはなにさまのつもりかと言われ、ついに富栄は激しくかえした。

「だめと言ったら、だめだ。帰れ、今すぐ帰れ！」地団駄さえふんだ。

男は怒りに顔を赤くして、戸を荒くしめ、表から怒鳴った。

「山崎富栄のバカ野郎！」

追い返された男は、むかいの千草で飲んでくだをまき、とりついでもらえない悔しさに、帰りぎわにも酔いどれた声をはりあげた。

「山崎の大バカ野郎、いい加減にしろ！」

富栄のこしらえたおかゆに卵をおとして食べていた太宰が、にやにやする。

「サッちゃん、ありがとう、ぼくのために」

その言葉だけが富栄の喜びだった。太宰をひとり占めしたいがために、富栄が軟禁しているという噂もたっていた。だが富栄はかまわなかった。全世界を敵にまわしても、太宰に安息のひとときを与え、彼を守りたかった。

「如是我聞」第四回は「売り言葉に買い言葉、いくらでも書くつもり。」としめくくった。つづきの下書きには、恩知らずにも、あれだけ世話になった井伏鱒二への批判をメモしていた。

だが太宰の心は、急速に死へとかきたてられ、十三日を「その日」と決めた。イエスが、すべての人間の罪を一身にせおって十字架刑に処された日である。連載『グッド・バイ』も、十三回まで書いた。

とても払えない高額の税金、治る見こみのない末期の肺病、文壇での四面楚歌、愛人と子ども、なにもかも自業自得で、もうお手あげだった。

六月十一日、富栄は、千草のおかみに借りた紺地に縞の単衣をきて、中央線で御茶ノ水へでた。

梅雨の晴れ間をうつして青い鏡のように光る神田川をながめながら、お茶の水橋をゆっくりわたり、順天堂病院への坂道をのぼると、自宅のあった本郷一丁目が近づいてくる。

空襲で焼けおちた木造校舎のあとには、新しい家々がたっていた。戦中に供出した三階だての鉄筋校舎は、政府からまた人手にわたり、病院になっていた。

昭和二年の秋、この玄関前にたって、落成の日に記念写真を撮った。この学舎で、父から結髪と洋裁の教えをうけた、八歳から二十一歳までの娘時代をすごした。ここで育ち、ここで学び、ここで未来を夢見た。おまさ、年一兄ちゃんもいた。あのころがいちばん幸せだった。富栄は、鉄筋校舎をいつまでも見あげていた。

六月十二日の土曜日、朝日新聞の末常は、所用で三鷹へ行けなかった。それが生涯の痛恨事となる。あらかじめ連載十回分のゲラ刷りを郵便でおくり、十四日にとりにうかがいますと知らせた。

十二日、太宰はひとりで大宮へでかけた。古田に会うつもりだった。土曜の午後なら、寄寓先の宇治病院にいるだろう。

ところが古田は、信州塩尻にでかけていた。太宰の静養の準備をしていたのである。熱海と大宮のカンヅメから帰ってきた太宰は、目方がふえ、血色もよくなった。あの男には転地療養が必要だ。このまま三鷹にいると、とりかえしのつかないことになる。

健康面だけではなかった。太宰の精神のあやうさを、古田は見ぬいていた。

飲み屋の太宰は饒舌、サービス精神旺盛で、未知の読者にも、はたで見ていても気疲れするほどにぎやかに応接して、おごり、浮かれ、深酒をする。だが楽しいはずの表情に、破れかぶれな痛々しさを見て、三つ年上の古田は心を痛めていた。戦前の太宰が、頽廃的なくらしからたち直った天下茶屋へ、この夏、もう一度いかせよう。師の井伏とともに一か月ほど山にくらし、酒をつつしみ、養生して、少しずつ小説を書く。そうした平穏な生活をとりもどさなければ、あの男は死んでしまう。

古田は、しぶる井伏を説きふせて天下茶屋ゆきをとりつけ、ふるさと塩尻へ米の調達にでかけた。なにしろ食糧難である。米持参でなければ泊まれない。信州の馬肉、野菜も仕入れていた。

そうとは知らない太宰は、二時間かけていった宇治病院で、古田の不在を知った。病院長の娘で、古田の姪にあたる節子が応対した。

「信州へいっております。あしたの十三日にはもどると思いますが」

「古田さんに、くれぐれもよろしく」

太宰はお茶ものまずに帰っていった。白いワイシャツにグレーのズボン、下駄ばきだった。

『人間失格』の執筆中に滞在した小野沢家にもたちより、清澄にあいさつをした。それから三鷹にもどり、富栄の下宿へ帰った。

六月十三日となった。この日は朝から曇って、蒸し暑かった。

富栄は、大家の野川アヤノにたのんだ。

「小石川関口の永泉寺に、こちらをおとどけください。実家の菩提寺です。私は用があってうかがえません。お世話になります」

アヤノは代理で寺へまいり、漆ぬりの重箱と手紙を住職の安田にわたした。書面には、これまでのお礼と、これからもお世話になりますと、ていねいな筆づかいで書かれていた。

こうしてアヤノは外出、その娘たちも勤めにでて、となりの八畳間は留守になった。そのすきに富栄は窓をあけて部屋を片づけた。固くしぼったぞうきんで、文机、戸棚、畳をふき清める。

ガラス製のそろいの小皿四枚を、階下の黒柳夫人に、よろしかったらお使いくださいと、さしだした。

竹の行李《こうり》に、祭壇もしつらえた。

遺影として、振袖をきてメガネをかけた富栄の見合い写真と、バー「ルパン」で粋なポーズをとる太宰の写真を額にいれてならべた。水をいれた茶碗をふたつおき、ひとつには玉川上水の土手でつんだ白いナデシコの花をさした。

ゆうべから泊まっている太宰は黙ったまま、机にむかい遺書をしたためている。新潮社、八雲書房、筑摩書房、そして美知子にあてて筆を走らせた。

美知子あてには、まず下書きをした。

（略）永居するだけ皆をくるしめ
こちらもくるしく
かんにんして被下度《くだされたく》
子供は凡人にても
お叱りなさるまじく
筑摩、新潮、八雲、
以上三社にウナ電（至急電報のこと）

それから清書をした。

津島美知様

（略）
子供は皆、あまり
出来ないようで
すけど 陽気に
育ててやって下さい
たのみます
ずいぶん御世話に
なりました、小説
を書くのがいやに
なったから死ぬの
です
みんな いやしい
欲張りばかり
井伏さんは
悪人です

津島修治

美知様
　お前を
　　誰よりも
　　　愛していま
　　　　した

子どものための蟹のおもちゃもそえて、机においた。妻への申し訳なさも罪の意識もあった。頽廃の日々から自分をたちなおらせ、三人の子どもを産み育ててくれた美知子へのありがたさと愛慕が今さらのようにわきあがった。
放送作家の伊馬春部にあてて、伊藤左千夫の和歌を色紙にしたためた。

　池水は濁りににごり
　藤波の影もうつらず
　雨ふりしきる

左千夫が、雨の亀戸《かめいど》天神を詠んだ歌だった。天神には、浮世絵にもえがかれた朱塗りの太鼓橋と広い池があり、春、その岸の藤棚からたれさがる薄紫の花が水面にうつり、いっそう美しい。だが、水の輪が池にいくつもひろがる雨の日には、水も濁り、花もうつらない。太宰は、暗澹としてなにも見えない胸中とさきゆきを、この謎めいた歌にかさねた。

もう一枚の色紙には、筆で絵をかいた。

『グッド・バイ』のさし絵画家吉岡堅二の手になる美しいスミレのわきに、薄墨で、ひとつは大きく、ひとつは小さく、二つの影をつけた。人魂《ひとだま》とも、ゼンマイとも、首をうなだれた寂しい人影ともとれる不気味な図を、太宰はえがいた。

富栄は、『斜陽』のために、太宰が静子から借りた日記四冊をたばね、「伊豆のおかたにお返しください」と書いた紙をのせた。

さまざまな人から借りた本、わたす原稿も、それぞれ荷物用の細い麻ひもでくくり、札をつけ、あて名を書いた。

千草のおかみからは、縞の着物を借りていた。おとつい本郷へでかけたときに袖をとおした夏衣である。角をそろえてたたみ、そのうえに、鶴巻夫妻にあてた連名の遺書をおいた。

「永いあいだ、いろいろと身近く親切にして下さいました。忘れません。おやじにも世話になった。おまえたち夫婦は、商売をはなれて僕たちにつくして下さった。お金のことは石井に

太宰治」

「泣いたり笑ったり、みんな御存知のこと、末までおふたりとも御身大切に、あとのこと御ねがいいたします。誰もおねがい申し上げるかたがございません。あちらこちらから、いろいろなおひとが、みえると思いますが、いつものように　おとりなし下さいまし。

このあいだ、拝借しました着物、まだ水洗いもしてございませんの。おゆるし下さいまし、着物と共にありますお薬りは、胸の病いによいもので、石井さんから太宰さんがお求めになりましたもの、御使用下さいませ。田舎から父母が上京いたしましたら、どうぞ、よろしくおはなし下さいませ。勝手な願いごと、おゆるし下さいませ。

昭和二十三年六月十三日

富栄」

追伸に、電報でしらせる相手先をならべた。
「父」として滋賀県の山崎晴弘、「姉」として鎌倉の山崎つた、「友達」として女性二人の名前と住所をしるした。それから最後の日記を書いた。

六月十三日
遺書をお書きになり、
御一緒につれていっていただく
みなさん
さようなら
父上様
母上様
御苦労ばかりおかけしました
ごめんなさい
お体御大切に、仲睦まじくおすごし下さいまし
あとのこと、おねがいいたします
前の千草さんと、野川さんにはいろいろお世話ねがいました
御相談下さいまし

静かに、小さく、とむらって下さい
奥様すみません
修治さんは肺結核で左の胸に二度目の水が溜り、このごろでは痛い痛いと仰言るの、もうだめなのです。

みんなしていじめ殺すのです。

いつも泣いていました。

豊島先生を一番尊敬して愛しておられました。

野平さん、石井さん、亀島さん、太宰さんのおうちのこと見てあげて下さい。

園子ちゃんごめんなさいね。

父上様
前の角の洋裁やに、黒不二絹一反がいっています。まだなにも手付かずになっていると思いますから返品してください。

川向こうのマーケット（すみれ）酒店に、去年の八月の月給（未）が三千円位あります。貰って下さい。

洗面器のこと、駅前の「丸み」に依頼してありますから訪ねてください。

兄さん

すみません
あと、おねがいします
すみません

前年の八月二十九日に遺書として書いたまま投函しなかった手紙も、封筒にいれた。

鏡台の前にすわり、髪をといた。父からゆずりうけたハサミで、ひとふさ髪を切り、封筒におさめた。父の娘が生きた証に、この黒髪をのこしたかった。

したくはすべて終わった。富栄は太宰の好きな鯛をもとめてご飯を炊き、夕食をこしらえた。千草へよってウィスキーを五勺ほどたのみ、下宿で二人きりで食べた。

「最後の晩餐だね」太宰が小さく笑った。

片づけると、もうすることはなかった。夜がふけるのを待った。

富栄は太宰のそばにより、首に腕をまわして抱きつき、胸に顔をよせた。やせ細った男の胸から、鼓動が耳につたわってくる。富栄は目をつむり、太宰の心臓が命のときをきざむ音に目をとじて聞きいった。男のぬくもりが富栄をつつんだ。

今度は太宰が身を低くして、富栄のやわらかな乳房に耳をあてる。

「サッちゃんの心臓、元気いっぱいだねぇ」

おかしそうに言ってから、口をつぐみ、長いまつげを伏せた。

富栄は、横たわる太宰を、胸と膝に抱いていた。息絶えたわが子イエスを胸にかかえて、沈黙のうちに嘆き悲しむ聖母マリアの心地がした。

けれどこのさきはもう嘆きも荒波もないのだ。水のなかへゆっくり、深く、落ちていき、光のささない暗い水底に、枯れ木のように横たわる。生きる苦しみもこの世のわずらわしさも消え去り、冷たくおだやかな眠りだけが待っている。二人で無の底へしずんで流れていく。おやすみ、さようなら、もうなにもいらない……。

遺影の線香に火をともし、両手をあわせた。夜の町の人声もとだえて、静寂が慕わしく二人を呼んでいた。

アヤノたちを起こさないよう足音をしのばせて階段をおり、しずかに玄関のひき戸をあけ、湿った梅雨の闇へでていった。千草にむけて会釈をして、手をつないで北へ路地を歩く。

太宰は白いワイシャツ、グレーのズボンに下駄。富栄は黒いブラウスに黒の半ズボン、黒塗りの下駄だった。下駄の音だけが、からころと涼しく鳴った。

すぐに玉川上水へ出た。低くかかる梅雨の雲が暗夜をさらに暗くしていた。上水は黒く濡れ、もりあがるようにして流れている。流れる水にそって下流へたどっていった。

この世のなごり、夜もなごり、思いこんだら命がけ……。きれぎれに太宰は口ずさむ。富栄も小さく声をあわせた。

川岸に、淡い光がほのかに見えた。草葉の小さな蛍だった。男と女はたちどまり、額をよせてみつめあった。うなずきあい、桜の木のかげにしゃがんだ。

第九章　スキャンダル

●昭和二十三年（一九四八）六月

六月十四日、野川アヤノはお昼近くなっても富栄がおりてこないのを不審に思い、下の台所から声をかけた。そういえば今朝から物音ひとつしない。階段をあがり、ふすまごしに、山崎さんと呼ぶ。返事はない。

細くふすまをあけて顔をのぞかせると、線香の匂いがした。それはめずらしくなかった。しばしば富栄は、夫の遺影に線香をたてていた。

だがその日はちがった。富栄と太宰の写真のもとで線香が白い灰になっている。部屋にはいると、室内は片づけられ、文机に遺書があった。

アヤノは階段の壁に手をついてやっとおりると、むかいの千草のおかみをつれてひきかえした。パン屋の黒柳夫人も血相をかえてあがり、三人は机にならぶ封筒を途方にくれて見おろした。言いしれない不吉な予感が重苦しくとりまいて、三人はおびえた目をかわした。

そこへ朝日の末常と吉岡が、連載の原稿をとりにきた。机には、郵送した十回分のゲラ刷りに手をいれたもの、第十一回から第十三回までの『グッド・バイ』がそろえてあった。

末常は、美知子あての遺書、セルの着物を仕立て直した太宰の洋服をかかえて、自宅へ走った。警察に捜索願がだされ、また太宰の遺書にしたがい、版元三社に電報がうたれた。

千草の主人鶴巻幸之助も帰ってきて、滋賀の晴弘、鎌倉のつたへ、あわてて打電した。

十四日夜、晴弘は、滋賀県八日市町の洋装店で電報をうけとった。

富栄が遺書をのこして太宰治と家出したとある。一瞬、書かれていることの意味がわからなかった。ぼう然として、信子にわたす。

妻もまた、夢でも見ているような顔でつぶやいた。

「あの子、死んだんやありませんやろか、あの先生と……」本郷から滋賀へ帰って三年たち、信子は、ふるさとの関西弁にもどっていた。

晴弘は、目の焦点があわないまま、妻を見かえした。

「太宰治《じ》が、とうとう、太宰治《じ》が」うわごとのように口に泡をため、「ああっ」と頭をかかえる。

夫の興奮におびえた信子は、となりの思い出食堂へ走った。

「えらいこっちゃ」調理場で焼きそばを作っていた嘉一郎が飛んできた。「お兄さん、落ちつかなあきまへんで。なにもまだ、死んだと決まったわけやない。今晩の夜行、もう間にあわんやろから、明日の朝一番で、上京しなはれ。あとのことは、まかしときや。はよ、準備を、はよ」

荷造りをはじめるものの、始終、手がふるえている。名古屋の武士、東京の士家由岐雄にも電報をうち、富栄の下宿へむかうようたのんだ。

晴弘も信子も、外が白むまで一睡もできなかった。遺書をおいていなくなった娘は、いまどこにいるのか、なにをしているのか、下宿はどうなっているのか。

その夜、うなぎの若松屋の小川隆司は、夜通し、三鷹界隈を自転車でかけずりまわり、新潮社の野平健一と林聖子、画家の桜井浜江に知らせた。

野平はすぐひらめいた。

「玉川上水は人喰い川といってね、はいったら最後、死体は絶対にあがらないんだ」何度も語った太宰の声がサイレンのように鋭くよみがえった。

翌十五日、第一報が朝日新聞だけにのった。「太宰氏失踪か」という見出しの小さな記事である。

空梅雨で十日間ほど雨はなかったが、この朝からふりだしていた。傘をさした野平と林聖子は、玉川上水ぞいをさがすうち、奇妙な痕跡を見つけた。土手のクマザサがなぎたおされ、草がちぎれ、土がむきだしになっている。ここから人がずり落ちたのではないか。

そばには小バサミ、水のはいった茶色のビールの小ビン、小さな青いガラスビン、ガラスの小皿を見つけた。

青いビンは千草のおかみによると、太宰がウィスキーを小分けしてもち歩くのに使っていた。小皿は、富栄がウィスキーを出すときにピーナッツをそえたものだった。

同日の午後、下流の久我山門の鉄さくに、下駄がひっかかっているのがみつかった。鶴巻夫妻によって、太宰と富栄のものと確認され、玉川上水に投身したことが、ほぼ確実となった。

鎌倉の山崎つたは、十四日の夜、鶴巻から電報をうけとった。だが小学生の子ども二人をのこして、片親の母は、夜おそく家をあけられない。

まんじりともせずむかえた十五日朝、山崎家側ではいちばんに下宿にかけつけ、富栄がのこした、花柄のノートにつづった全六冊の日記帳、父母あての遺書、遺髪を、風呂敷につつんで保管。

そこへ東京の土家、名古屋から武士がかけつけた。五十代と四十代の世間を知った二人の男たちが、警察、編集者との応対をはじめた。

八日市の晴弘は、十五日、近江鉄道で米原《まいばら》へでて、東海道線急行で上京。同日夕刻に三鷹の下宿に到着。遠来の父を、大家の野川アヤノと、輝三男の嫁つたがむかえた。

ちょうど富栄の下駄が上水でみつかったところで、父は娘の入水を知った。なにかの間違いであってほしいと願っていた父はうちのめされ、言葉を失った。遺留品から、ウィスキーと睡眠薬をのんで入水したらしいと聞かされた。

編集者と太宰の知人があつまる千草へ顔をだすと、予想をはるかにこえる冷ややかな視線にさらされた。

「山崎の父でございます。おさわがせをして申し訳ございません」土間で頭をさげると、いまいましげな声が、座敷から頭上にふりかかった。

「困ったことをしてくれましたよ」

「娘さんには、うんざりだ」

黙っている者も、晴弘を無遠慮に睨《ね》めつける。親の顔が見たかった、とでも言いたげな視線が、一睡もしていない老身につきささった。

「娘は、太宰さんが死んだら、あとを追うというようなことを申しておりましたが、こんなことに……。奥さんにすまない気持ちでいっぱいでございます。馬鹿なやつです、お許しください」

また頭をさげるが、だれも答えなかった。千草の主人とおかみだけが、晴弘をいたわった。

晴弘はすぐさま玉川上水へむかい、川面に目をこらしながら岸にそって下流へたどり、鉄さくが流れにかけられている久我山門まで、四キロ、歩きつづけた。

朝からの雨で水かさをました川は白濁して、なにも見えなかった。渦をまく深く冷たい流れのどこに、娘は沈んでいるのだろう。歩くうちに涙で目がかすんだ。

夜になると、懐中電灯で川を照らし、武士、土家とともに、水に浮くどんな小さな草きれ、わら一本にも目をこらし、富栄、富栄、お父ちゃんがきたぞ、と呼びかけながら、娘をさがした。

下曾我の太田静子は、十五日午後、山崎富栄という見知らぬ女性から封書をうけとった。筆跡は、これまで「太宰代理」としてとどいた手紙と同じだった。

「前略　わたし、太田様と修治さんのこと、ずいぶんお尽し致しました。太宰さんは、お弱いかたなので、貴女やわたしや、その他の人達にまで、おつくし出来ないのです。わたしは太宰さんが好きなので、ご一緒に死にます。太田様のことは、太宰さんも、お書きになりましたけど、あとのことは、お友達のかたが、下曾我へおいでになることと存じます。

六月十三日　　山崎富栄

太田静子様」

新聞で太宰失踪を読んでいた静子は、二人の死を確信した。

生後七か月となり、頬のあたりが太宰に似てきた治子を抱きしめながら、窓のそとに丸く実った青梅を、濡れた目で、やるかたなく見やった。

翌十六日、朝日、読売、毎日が大きく情死を報じた。記事は服毒自殺をほのめかしていて、晴弘はおどろいた。

朝日は、見出しに「太宰氏情死／玉川上水に投身、相手は戦争未亡人／〃書けなくなった〃と遺書」とかかげ、本文には、遺留品として「小さいハサミ、青酸カリが入っていたらしい小ビンと水を入れていたらしい大ビンのほか、薬をとかすに用いたらしい小ザラ」とした。

読売は、見出しに「太宰治氏情死行／愛人と玉川上水へ投身か」「二人の下駄漂着、心中四回目の太宰氏・戦争未亡人の山崎さん」、遺留品として「小皿一枚、ビールビン、毒物を入れたと思われる薬ビン、化粧袋、ハサミなど」と書いた。

この記事により、「都民の口に入る水に、毒薬をのんで飛びこむとは、なにごとだ」と非難がまきおこり、水道局が水質検査をする事態となった。

毒物は検出されなかった。おりからの雨で上水の水量はましていて、予測されたことだった。

また遺体発見後は、検視医が服毒の徴候はないと記者に語り、新聞も書いた。では、青酸カリという話は、どこからでてきたのだろうか。

情死の三か月前、新潮社をやめて角川書店へうつっていた野原一夫は、三鷹で遺留品のビンを見たときの感想を、『回想　太宰治』に書いた。

「「薬を飲んだな。」

と私は呻《うめ》いた。

「青酸加里だ。」」


野原は、太宰から聞かされていた。

「富栄は青酸カリをもってるって言うんだ、静子に会えば薬をのみますと言うんだ」

「新潮」の野平健一も『矢来町半世紀』に書いている。

「投身現場と推定された土堤の上に、遺留品として最初に発見されたのは、この青酸カリの入っていたと思われる空瓶だったのである。私はこの瓶が草ムラの中にあるのを最初に見た一人だった（略）」

野原は不帰の人である。そこで野平に会った。

質問は、土手の空瓶を見ただけで、なぜ青酸カリだとわかったのか、という点である。

青酸カリは、水にとかしても無色である。空瓶を見ただけでは、中身が睡眠薬をのんだ水か、あるいは雨水か、区別がつかないのではないだろうか。

野平は間髪をいれずに答えた。

「あれは早とちりでした。太宰さんから、富栄が青酸カリをもっていると言われたことが念頭にあって、とっさにそう思ったんです。でも、冷静になって考えれば、根拠はありません」

言葉を濁すことなく、即答、明言した。その態度には、「週刊新潮」を創刊した編集者として、間違いは間違いとして潔くみとめるジャーナリストの矜持があった。その誠実さは、死して何十年たとうとも変わらぬ太宰への敬愛の証のようでもあった。

だが青酸カリ説は、別の書き手らの憶測によって、富栄による殺害説へ発展し、山崎家を苦しめていく。


三鷹についた晴弘は、親の責任として、美知子のもとへわびにでかけた。だが表へあらわれた男の門前ばらいにあい、玄関先で一礼して帰るよりなかった。

津島家では、捜索の人夫を三日間、やとうことになった。山崎家は、遺体が見つかるまで人夫をだし、全費用を支払うと申しいれた。

蓑笠《みのかさ》にゴム長の人夫六人が、いかだにのり、また両岸からも、長い青竹をさして川底をさらっていく。

晴弘は、車と運転手もやとい、武士、土家の三人でのりこみ、雨のふる玉川上水ぞいをゆきつもどりつしながら、土手に待機していた。美知子の姿はなかった。

堤には、井伏鱒二、亀井勝一郎、豊島與志雄《よしお》も、こうもり傘をさしてたたずんでいた。

雨ふりの一日がむなしくくれていくと、父は、富栄がかよった銭湯で、雨にひえた体をあたため、下宿の六畳間に泊まり、娘の布団に横たわった。捜索の疲れに、武士はすぐに寝息をたてている。

だが父は、瞼があわなかった。屋根におちる雨音をききながら、眠れぬままに暗い天井の木目を見あげていると、美容院とお茶の水美容学校の再建のために、朝から深夜まで身を粉にして働きつづけた娘のつらさ、寂しさが、今さらのように晴弘の胸につたわってきた。

娘に、多くを期待しすぎたのだろうか……。二十代の富栄には背負いきれない重荷を、当然のように負わせてしまった間違いが、この結末だろうか。悔恨が、老父の胸に波のようにくりかえしおしよせた。

父はおきあがり、スタンドをつけ、富栄の小さな本箱に手をのばした。最新のコールドパーマの教本のほかに、晴弘が書いた古い教科書『詳解婦人結髪術』もあった。黄ばんだどのページにも鉛筆で書きこみがあり、父の教えを自分の言葉でおぼえようと勉強したあとがあった。読んでいるうちに、目隠しの結髪、左手だけの髪結いに顔を赤くしてとりくんだ娘の姿が思い返された。

ノート六冊につづった日記も読んだ。

太宰と出会った昨年の三月二十七日、「何か、私の一番弱いところ、真綿でそっと包んででもおいたものを、鋭利なナイフで切り開かれたような気持ちがして涙ぐんでしまった。」と書いている。その一番弱いところとは、なんだったのか。それを守ってやることも、わかってやることもできなかった。

太宰との交際を許してほしいと晴弘に送った手紙の下書きも、娘は美しいペンの筆跡でのこしていた。富栄は、父のあたたかい返事と理解を待ちこがれ、もとめていただろうに、頭ごなしに叱りつけ、容赦なく拒絶してしまった。あるいはあのとき、無理矢理、八日市につれて帰ればよかったのか。

あの子が太宰に一身をささげて愛したのは、夫を亡くした胸の空洞をうめるためだったのだろう。そう思えば、修一との結婚まで悔やまれた。

なにも修一が悪いのではない。だが、あんなにあせって縁組みさせなくともよかった。結婚して一年もたたないうちに戦争は終わり、外地から若い男たちが帰ってきた。そこまで待てば未亡人にならなかったものを……。だが、あの時点では、長びく戦争がいつ終わるのか、見当もつかなかった。娘が婚期をのがしてはならないと案じた親心だった。あれが最善の策だった。

父の後悔はいつも堂々めぐりで、気がつくと夏の青い夜明けをむかえていた。


新聞は連日、遺体捜索を報じた。ベストセラー『斜陽』の流行作家と戦争未亡人の心中という、戦後の日本を象徴する、ある種の社会性と、センセーショナルな情痴性の両面から、記事は書かれた。

富栄が愛人であるがゆえに太宰を独占したがっていたこと、富栄による殺害を暗示させる文章もあった。

晴弘、武士、土家の三人が、下宿にあつまった。

「このままでは、富栄が、太宰さんを殺したと誤解されてしまう。お父さん、日記をどこかにのせてもらうべきです」武士が提案した。

「太宰さんは、奥さん、仕事先、千草にあてて、遺書を五通ものこしている。それなのに、どうして富栄が殺したことになるんだ」父は反対する。

「世間というものは、こうした事件になると、頭に血がのぼって、そろって冷静さを失うんです」武士が言う。

「日記を公表すれば、太宰さんが死にたいと言い、一年前から一緒に死のうと富栄を誘っていた事実をわかってもらえます」土家も口をそえた。

「人の道にはずれて、不始末をしでかした娘の日記を、人さまにお見せするのは、恥の上ぬりだ」晴弘は納得しない。「そもそも富栄が青酸カリをのませるだなんて、あの優しい子が、そんなことをするはずがないじゃないか。太宰さんが喀血を喉につまらせたとき、富栄は、結核患者の口に自分の口をあてて、血を吸いだして助けてやったそうだ。そんな富栄が、毒薬をのませるなんて、太宰さんが苦しむようなことをするわけがない」

「だから人さまは、そんな富栄を知らないんですよ」武士が言った。

「あの子が生きていたら、恋愛の日記なぞ表沙汰にされて、恥ずかしがるだろう」

娘は山の温泉にでも隠れているかもしれない。遺体はまだ見つかっていないのだ。晴弘は、心のどこかで娘の生存を信じたがっていた。

　議論をかさねたすえ、富栄への誤解をとくために、やむをえず日記をマスコミにたくすことになった。『グッド・バイ』の担当者にして、朝日新聞学芸部部長でもあった末常卓郎である。

　日記は、大スクープとして、「週刊朝日」七月四日号の全ページをついやして、一挙掲載されることになった。

入稿ずみの記事は、すべてさしかえられ、大急ぎで活字がくまれ、印刷所の輪転機が、夜を日についでまわった。売り切れが予測された。紙配給は割当て制だったが、編集部では強気の増刷を決めていた。

雨のふりつづいた六月十七日も、一転して晴れた十八日も、二人は見つからなかった。津島家は捜索を打ち切り、山崎家の雇った人夫だけがのこった。

父は、久我山門の橋にたち、激しいしぶきをあげて流れる濁った水を見つめていた。ここは川のなかに、鉄さくがかかっている。なにかが流れてくれば、ひっかかるはずだった。

大きな傘をさし、疲れた顔で玉川上水の流れを見おろす父の姿を、ニュースフィルムの映写機が撮影していた。それは全国の映画館で上映された。

「毎日新聞」昭和二十三年六月二十日付

太宰氏の死体発見
富栄さんと抱合って
玉川上水に投身した太宰治こと北多摩郡三鷹町下連雀一一三、本名津島修治氏

(四〇)と愛人山崎富栄さん(三〇)の死体は、消息を絶ってから六日目の十九日午前六時五十分、投身現場から約千メートル下流で発見された。

同日三鷹町牟礼地内明星学園前、玉川上水新橋を通りかかった同字二〇〇二、建設院出張所監督大貫森一氏(三五)が、橋の下流十メートルのクイに二つの死体が折重って引っかかっているのを発見、万助橋交番に届出。早速太宰氏が仕事場にしていた千草の主人鶴巻幸之助氏や友人がかけつけ、同七時半ごろ死体を川ふちに引揚げた。二人の死体はかねて用意していたらしい周防《すおう》色の細ヒモでわきの下あたりを硬く結んで、太宰氏は富栄さんのわきの下に手を通してしっかり抱きしめ、富栄さんは同氏の首を両腕でかい抱《いだ》いていた。

太宰氏はネズミ色ズボンに白ワイシャツを着ていたが、ワイシャツは死体があちこち引っかかる間にズタズタに破れ、身体もいたるところに傷を受け、富栄さんは黒のブラウスを着ていたが、こちらもところどころ引裂かれていた。

現場には美知子夫人の姿は見えず、富栄さんの老父晴弘氏(七〇)が高ゲタをはいてズボンのすそをまくりあげ、雨の中にぼう然と立ちつくし合掌していた。「見つかってあきらめがつきました」とただ一言、永いため息をつきながら目をしばたいていた。

死体は同九時半、引揚げられたが、故人の意に反して引離され、検視の後、別々の家族に引とられた。

昨夜友人らで通夜

太宰氏の通夜は井伏鱒二、豊島與志雄、亀井勝一郎、山岸外史氏等十余名が集って十九日夜九時から自宅で行われた。葬儀は二十一日午後一時から行う。

玄関洗う夫人

夫を迎える愛情

一方、下連雀の太宰氏宅は忘れられたように静かだった。生垣のある細い路地を入って長屋の一番奥の家には降りしぶく雨にぬれた竹の緑が鮮かで『太宰治』の表札も見分け難い程だ。硝子戸の下方が破れて桟ばかりになって中がまる見えの玄関を開けると、夫人美知子さんがただ一人、疲れ切ったほおにかかる乱れ髪をかき上げながら雨しずくのぽとぽと落ちる三尺程のたたきをどろまみれの裸足で洗い流していた。かわり果てた夫治氏の遺骨を迎える妻の最後の愛情か……。

遺体発見の報せに、晴弘と武士は下宿から走った。大学で山岳部にいた武士は、堤の桜の幹と自分の腰をロープでしばりつけ、それを力綱にして、土手の斜面から流れの速い水辺へおり、人夫を指揮して、抱きあっている恋人たちをひきあげた。溺死体はふくれあがっていた。

津島家へは、千草のおかみが、ずぶぬれになって走り、報せた。

美知子は、とり乱すこともなく静かに言った。

「ご苦労さまでした。太宰の遺体は、骨にするまで、家へあげないでください」

「冷たい奥さんですな」あとで、陰口を言うものもいた。

「奥さんの身になれば、当然だ」晴弘はかばった。「よその女と水につかっていたご遺体を家にあげるなんぞ、たまらないお気持ちだろう。母親として、お子さんにも配慮されたんだよ」

やがて新潮社の野平健一、筑摩書房の石井立、八雲書房の亀島貞夫も、土手にやってきた。

二人を結ぶひもが切られ、抱きあう腕をほどき、別々に寝かされてムシロがかけられた。やがて出版社が手配した霊柩車がきて、太宰の亡骸はおさめられ運ばれていった。編集者たちも去った。

富栄の遺体が土手にのこされ、冷たい雨にうたれていた。父はレインコートをぬいでムシロの上からかけてやり、自分が濡れるのもかまわず傘をさしかけた。

「親心だねぇ、娘にカッパをかけて、傘までさして、どうせもとから濡れているのに」見物人の一人が、なかばあざけるように、なかば哀れむように言った。

ふえていく観衆の物見高い視線をあびながら、晴弘はその前にたちはだかって娘の亡骸を人目から守った。泥に汚れたムシロから、ロウソクのように白くなり、傷ついた素足がのぞいていた。

この子が生まれたあの喜びの日、おまさが目くばせして手招きしてくれたあの日、だれがこんなみじめな朝を予想しただろうか。


富栄の棺もとどいて、正午すぎ、検視のために千草へはこばれ、土間におかれた。

検視とは、溺死体もふくめた変死体が発見されたとき、犯罪性がないかどうか確認するために、監察医が外表から遺体を調べることである。刑事訴訟法で定められている手続きであり、不審な点があれば、犯罪性を立証するため解剖がおこなわれる。

東京では、昭和二十二年から、監察医制度が導入されていた。

戦前は、変死体に充分な検視をせず、犯罪性がうやむやにされる事例もあった(官憲による虐殺もおこなわれていた)。

そこで戦後は、GHQが、死者の人権を守り、公平性、客観性をたもつために、警察ではなく、外部の第三者機関である東京大学、または慶應義塾大学の法医学専門医による検視をもとめたものである。

太宰と富栄の検視は、慶應大学法医学教室の西山博士、警察医の松崎正己、三鷹署の阿部捜査課長があたった。さらに、井伏鱒二、亀井勝一郎、豊島與志雄、山岸外史、弘前出身の作家今官一らも立会人として、座敷から見守った。

土間の電球は明るい百ワットに変えられた。まず富栄、つぎに太宰の遺体を医師があらため、懐中電灯で瞳孔や口内もしらべた。毒物を飲んだ形跡はなく、水死と判断された。犯罪性はみとめられず、そのため解剖はされなかった。

火葬場について話しあわれた。

「二人は一緒に逝ったんだから、同じ火葬場で骨にしてやりましょう」東大仏文の先輩で、作家、翻訳家の豊島與志雄が言った。

豊島は、すでに刊行がはじまっていた『太宰治全集』の解説者である。太宰と富栄は、彼の家を三度おとずれ、そのうち二度は泊まっていた。太宰に誠心誠意つくす富栄、まんざらでもなさそうな、おもはゆげな微笑でこたえる生前の太宰を見ていた豊島の願いだった。

当然ながら、津島家が反対した。

太宰は杉並の堀ノ内へ、富栄は三鷹から北西にある田無《たなし》の火葬場へ別れた。

田無につくと、荼毘《だび》にふす前に、晴弘は、娘の黒髪にからまった水藻、枯れ草をとりのぞいてやった。美容師だった娘を、もつれた髪で送りだすのはしのびなかった。髪をクシでといてやると、挙式の朝、文金高島田を結った豊かな髪がやせて、きしんでいた。戦後、娘はひとりで苦労してきたのだろう。無惨な姿だったが、血肉をわけたわが子である。顔をふいてやり、開いた口をととのえてやった。

娘の胸のうえに、太宰の写真をおいた。右手につげのクシを、左手には富栄が鉛筆で書きこみをした父の教科書をもたせて、棺をとじた。

焼窯の鉄扉が閉じられ、すべてが炎につつまれていった。

三歳で死んだ歌子、十九歳の年一、二十七歳の輝三男につづいて、晴弘はふたたびわが子の若い骨をひろった。

六月二十日付の「読売新聞」は報じた。

「物見高い近所の人々のヒソヒソ話はみな、『富栄さんが太宰氏をひっぱって死んだ』といい、富栄さんの死体には一種の白い眼が注がれていたが、その七十歳の父は、死体が見つかってホッとしたものか、面に微笑さえ浮かべ『安心しました。親の気持としては合同葬をとも思い、また豊島さんからも合同葬という話もありましたが、私はたとえ娘の願いではあっても、葬式も墓も別々にすることが残った夫人へのおわびになると思います』と淋しく語った。なお検視した西山監察医の話では伝えられたように二人は入水前に服毒はしていなかったという。」

太宰は灰になってから家に帰った。六月二十一日、告別式が自宅でおこなわれ、三百人が参列した。葬儀委員長は豊島、副委員長は井伏がつとめた。

自宅前にテントばりの受付がおかれた。弔問客は出版業界、放送映画業界のほかに、学生らしい読者の姿も多かった。晴弘もでかけていった。

「非常識なおねがいと承知しております。けれど、娘の髪のひとすじ、写真の一枚で結構です。どうか太宰さんのわきに埋めてやってください。このとおりでございます」晴弘は地べたにひざをつき、受付をする編集者らしい男の足もとに両手をついた。「この父は、どんなに悪く言われてもかまいません。娘のために、どうか、あの子の遺書に……」あとは言葉にならなかった。

「あの父親は、娘の日記を、五万円で新聞社に売ったらしい。とんでもない親だ」晴弘の苦渋の決断を知らない人々が、呆れ声でささやきあった。

「お父さん、帰りましょう」見かねた武士が、この一週間で頬骨がとびでるほどやせた父をおこし、肩を抱きかかえて歩かせた。

葬儀では、新潮社、八雲書房、筑摩書房の代表として、最後の長編『人間失格』を書かせた古田晁が弔辞を読んだ。声はまったく聞こえなかった。美知子が案じて首をのばすと、古田は泣いて唇がふるえ、用意した原稿をささやきのように読む息がもれるばかりだった。肉の厚い頬を、涙がつたっていた。

　気骨の出版人の書いた弔辞は、生まれ故郷塩尻の生家にひらかれた古田晁記念館が所蔵している。原稿用紙に万年筆で書いたものである。

「弔辞
太宰さん。

すべては返らぬこととなりました。

あなたがいなくなられたことは、日本文学にとって、かけがえのない損失であり、万人に御作品を紹介する労をとらせて頂いた私共《わたしども》としても、又なく寂しいことですが、自ら選ばれた御最後故《ごさいごゆえ》、何も申し上げません。

人間の真実を求める者のみが負う孤独と苦しみは、遂《つい》にあなたの御命を絶ちましたが、人生に対するあなたの誠実と至純《しじゅん》は、必ず人人の一つの指標となると思います。

あなたの文学の真価を更《さら》に世に問い、後の世に残すために、私共は涙をはらって、自らの仕事を進めるのみです。
大へん永い間御世話になりました。ありがとう御座いました。
御冥福を祈ります。
昭和二十三年六月二十一日
新潮社
八雲書房
筑摩書房
代表　古田晁」

センセーショナルな最期をとげた死者の尊厳をまもる文面に、作家太宰治へのつきぬ哀惜と古田の人間性がにじみでている。

墓をどうするのか、葬儀委員長の豊島が言った。

「太宰と富栄さんは、想いあって死んだんです。相思相愛の死者といえば、比翼塚《ひよくづか》ですよ。白居易《はくきょい》が『長恨歌《ちょうごんか》』に、『天に在《あ》っては、願わくは、比翼の鳥とならん』と、うたったではありませんか。比翼の鳥、連理の枝ですよ。二人のために、比翼塚をたててやりましょうよ」

「美容師風情を、太宰先生と一緒に弔《とむら》うなんて」鋭いささやき声があがった。

常識人の井伏が、豊島の感傷的な提案をおだやかにたしなめ、豊島は折れたが、それでも言った。

「富栄さんは立派な女でした。太宰君が一人で死ぬるのでなく、富栄さんがつきそってくれてよかった、私はそう思っています」

遺骨は、ひと月たった七月十八日、日曜日、三鷹の禅林寺におさめられた。ちなみに現在、太宰の墓のむかいには、偶然にも、富栄に太宰と別れるように説得したミタカ美容院の塚本サキが眠っている。

塚本家の墓所のとなりは、森鷗外の墓である。鷗外は、美知子と同じ島根県石見《いわみ》地方の生まれである。鷗外を崇敬していた太宰は、小説「花吹雪」に書いていた。

「そのすぐ近くの禅林寺に行ってみる。この寺の裏には、森鷗外の墓がある。（略）ここの墓地は清潔で、鷗外の文章の片影がある。私の汚い骨も、こんな小綺麗な墓地の片隅に埋められたら、死後の救いがあるかも知れない」

この記述から、禅林寺に埋葬された。

六月二十三日、晴弘は、骨になった娘を抱いて、武士とともに東海道線をくだり、信子の待つ八日市町へもどった。

店の土間に、中学生の女の子が、顔をくしゃくしゃにしてたっていた。

「なんで富栄おねえちゃんが、死ななあかんのん」

三年前、空襲警報の夏の夜、「みなさん、お手洗いはこちらです」とはきはき号令をかけた富栄を知ってより、「東京のおねえちゃん」と呼んで慕《した》い、学校の帰りに店をのぞいては富栄に抱きついていた少女だった。

葬儀は、富栄が疎開中にくらした御代参街道の店でとりおこなわれた。近隣にくらす信子の親戚、商店街の人々があつまった。東京から週刊誌の記者、関西の新聞記者もきて、無遠慮にフラッシュをたいて写真を撮っている。

晴弘はまた針のむしろを覚悟して、身の縮む思いで、ひたすら頭をさげていた。

だが地元の八日市町はちがった。

「富栄さんも、親不孝なことしはりましたなぁ」

ひとりが言うと、堰《せき》を切ったように反論があいついだ。

「なにゆうてますの、富栄さんは、被害者ですやろ」

「そやそや、相手はんは、なんべんも自殺やら心中やらしてはって、前にも若い女給さんが死なはったって、新聞にでてましたで」

「かわいそうになぁ、富栄さん、道づれにされたんどすなぁ。相手のセンセは、結核もちで、もう先がないゆうて、悲観しはったんやろなぁ」

「戦争未亡人で、道づれに丁度よろしかったんちゃいますのぉ、ご主人に文句もいわれへんし」

「物書きなんちゅう人らは、浮世ばなれして、始末におえんのんが多いらしですわ」

東京人の晴弘をむかえいれてくれた商店街の店主や客たち、大店《おおだな》の番頭たちが富栄をかばった。

「それにしても、お父さん、お母さんが、かわいそやこと」

「ほんになぁ」

夏喪服の信子が、ほそい声をあげて、正座のまま前に両手をついてくずおれた。

●昭和二十三年（一九四八）七月

「週刊朝日」に富栄の日記が掲載され、すさまじい反響をよんだ。

そのころ晴弘が書いた手紙がのこっている。宛先は、昨年の秋、富栄を熱海の美容院にぜひに、とまねいてくれた人物と思われる。

［前略

先日はお寺へお詣《まい》り下さるとの事にて、当所へお出向き下さいましたとの事、有難うご座いました。寺は、小石川関口町旧目白ハウス下の永泉寺と云《い》うのが、私共のお寺なので、亡娘の遺骨は来《きた》る九月の彼岸頃、愚妻が上京して埋葬する予定でおります。

先年、貴兄《きけい》の申入れを承諾して置けば、こんな事も無かったのでしたが、当時の事情がそれを許さなかったので、今更、愚痴も申されません。

お申越《もうしこし》の日記は、昨年の元日より六月十三日迄、全六冊でありますが、其内《そのうち》の一部が週刊朝日に、他の一部が先便にてお送りしました新女苑に載って居《お》ります。前記の全六冊は、朝日新聞が単行本にしたいから権利を譲ってくれと云いますので、先日全部を譲渡致しましたが、出版した時は、其本を一部、もらう事になっていますから、発行されましたら、御覧に入れましょう。日記の内には、良い事、悪い事もありますが、文中には是非社会へ発表したい処もありましたので、朝日へ任したわけで御座居ます。

右の様の次第、御了承下さいまし。末筆ながら、おかあさまによろしく願います。

（七月）二十二日　　山崎晴弘］

だが朝日新聞は単行本をださなかった。「週刊朝日」の日記特集号には、読者からの批判も殺到した。同誌は、反響特集もくんだ。

二十七歳、未婚女子の投稿。

［富栄の日記は彼女の哀れな熱情に哀れを催させこそするが、女学生趣味の大甘物といわざるを得ない。／病魔におかされ、死につかれてカストリの酔いで筆をとる作家。結婚一週間で未亡人となった戦争未亡人。ともに現代の世相のくるしさを人間像につくり上げた姿といえるかもしれないが、日本人の最大公約数がこうだと思えない。もっと悲惨な苦しみに真正面からぶつかって生き抜いている日本人が何と多いか。］

東京都の読者からの投稿。

［たかが情死に候わずや。こんなことにくだらない理屈をつける必要有之候や。コンナことはエロ式雑誌に出すべきで、日本一の朝日新聞として実に反省すべきことと存候。］

同様の投稿がもっとも多かった。

作家の宮本百合子は、唯一、遺族である津島家と山崎家に配慮した発言をして、きわだっていた。

「私は女として夫人のお気持も深く察します。一緒に死んだ女の人の扱われ方に対して、父である人の心中も察します。」

井伏鱒二も談話をよせた。

「太宰はある病気だった。その病気にまかせて語ったのが、あの日記である。ぼくのことを『太宰さんを苦しめている、ちょっとした偽善者だ』なんといっている。」とまずあり、次に富栄から「偽善者」と「誤解」された弁解をして、最後に、「すべては病気のいったことであり、それを書いたのがあの日記なのだ。」としめくくり、日記は、「病気」の迷妄をつづったものと片づけた。

太宰の遺書に「みんな　いやしい／欲張りばかり／井伏さんは／悪人です」と書かれていたことは、情死直後の新聞で報じられていた。

そのため、井伏の「悪人」ぶりによって太宰が苦しみ、それも自殺の原因になったのではないか……、そう理解する読者もいた。井伏は、太宰が「ある病気」で、まともな精神状態ではなかったと世間に印象づけることで、わが身にふりかかる火の粉と誤解をはらいのける必要があり、富栄の日記も「病気のいったこと」と、冷評しなければならなかった。

いずれにしても、こうした否定的な反響をうけて、富栄の日記は、新聞社にふさわしくない、低俗でエロな内容とされ、出版は中止になった。そればかりか、娘への誤解をとくために日記を公けにしたはずが、逆に非難の的となった。

●昭和二十三年（一九四八）八月

日記は、『愛は死と共に』という書名で石狩書房から発行され、晴弘は一文をよせた。

「児《こ》たちのこと

山崎晴弘

子供は二女三男の五人あったが、長女歌子は美容学校を開く直前に病死した。此の児は生来、達者な児であったが、三歳の可愛い盛りに死なして仕舞った。（略）此の時、つくづく思いめぐらし、妻と二人で泣き合った。

長男の武士は中央大学を卒業。二男年一は、弘前の高等学校三年の時に病死。此の時代には学校も盛大であったので、歌子は死なせてしまったが、以後の子供は、病気にかかったら徹底的に治療してやると二人で話し合っていたのに、不治の病気にかかって死なせてしまった。浮世は実にままならぬものだと、二人で此の時も泣き合ってしまった。若《も》し生きて居てくれたなら、帝大を卒業するか、相当の地位にいてくれたものと思っている。

三男輝三男は明治大学を卒業したが、其の時は、戦争中のため直《ただ》ちに幹部候補生として入隊。満州の平安の連隊所在地に行ったが、のちに体を痛めて後送され、東京の陸軍病院に入院中、二男と同じ病気で死去した。その時は曹長になって、勲七等に叙せられた。

二女富栄は、婿のようにして奥名修一の嫁にしたが、奥名は三井物産社員のため、十二月末にフィリッピンの支店に到着、米国の上陸のため戦死して仕舞った。結婚十日で、夫婦別居で可哀想に思った。その後、東京に居て、だざ《マ》い《マ》治と道ならぬ事をして情死して仕舞い、私の名誉をきずつけたが、之も可愛想な女《むすめ》であった。」

わが子五人のうち二女二男を喪った父親の手記が、巻末にのった。富栄が死んだときも妻と二人で泣きあったが、娘に白い目をむける世間をおもんぱかって、あえてしるさなかった。

この月、「如是我聞」第二回で攻撃された中野好夫は、「志賀直哉と太宰治」(「文芸」八月号）に、「死後の発表になる山崎某女の日記などに見れば、頭の悪るそうな、感傷過剰症の女である。太宰も太宰だ。あんな女と朝晩向い合っていて、よくもアクビが出なかったものとぼくには思える」として、太宰憎しから、会ったこともない富栄までたたいた。

と同時に、志賀直哉という文壇の「鉄壁」が、「志賀本人にはずいぶん迷惑だろうが、芥川を殺し、織田、太宰を悶死させた」とも書いた。


葬儀を終えた父は、富栄がのこした太宰の本を徹底的に読んだ。娘が死ぬほど愛した男は、どんな小説を書いていたのか。文学書など読む習慣のない老父だったが、娘が命をたった理由をさぐりあてたい一心だった。

太宰は、死ぬ前の一年間に発表した作品で、自死の描写をくりかえしていた。

『ヴィヨンの妻』では、妻に甘える放蕩の詩人に語らせた。

「僕はね、キザのようですけど、死にたくて、仕様が無いんです。生れた時から、死ぬ事ばかり考えていたんだ。皆のためにも、死んだほうがいいんです。」

『斜陽』では、ヒロインの弟直治が遺書を書いている。

「姉さん。／だめだ、さきに行くよ。／僕は自分がなぜ生きていなければならないのか、それが全然わからないのです。／生きていたい人だけは、生きるがよい。／人間には生きる権利があると同様に、死ぬる権利もあるのです。（略）／僕は、僕という草は、この世の空気と陽の中に、生きにくいんです。生きて行くのに、どこか一つ欠けているんです。足りないんです。いままで、生きて来たのも、これでも、精一ぱいだったのです。」

「さようなら。／ゆうべのお酒の酔いは、すっかり醒めています。僕は、素面で死ぬんです。／もういちど、さようなら。」


「犯人」では、姉を刺して逃げた青年が、自殺死体で見つかる。

「ブロバリン二百錠一気にやった模様である。」


「桜桃」では、三児をかかえる作家がつぶやく。

「父はしばしば発作的に、この子を抱いて川に飛び込み死んでしまいたく思う。」

「生きるという事は、たいへんな事だ。あちこちから鎖がからまっていて、少しでも動くと、血が噴き出す。（略）／もう、仕事どころではない。自殺の事ばかり考えている。」

『人間失格』では、入水心中と睡眠薬による自殺を書いていた。
［その夜、自分たちは、鎌倉の海に飛び込みました。女は、この帯はお店のお友達から借りている帯やから、と言って、帯をほどき、畳んで岩の上に置き、自分もマントを脱ぎ、同じ所に置いて、一緒に入水しました。］
［不眠は自分の持病のようなものでしたから、たいていの睡眠剤にはお馴染《なじ》みでした。ジアールのこの箱一つは、たしかに致死量以上の筈《はず》でした。（略）自分は、音を立てないようにそっとコップに水を満たし、それから、ゆっくり箱の封を切って、全部、一気に口の中にほうり、コップの水を落ちついて飲みほし、電燈を消してそのまま寝ました。］
［死にたい、いっそ、死にたい、もう取返しがつかないんだ、どんな事をしても、何をしても、駄目になるだけなんだ、恥の上塗りをするだけなんだ］

暗いスタンドのもとで、晴弘はがく然とした。死の願望、女との心中、睡眠薬大量服用、入水……。自殺を妄想しつづけた作家に、娘は惚れこみ命を犠牲にしたというのか。あの子は、日なたに咲く花のようなすこやかな心をもっていたはずだ。二人は、死神にでもとり憑かれていたのか。娘のことが、父はわからなくなった。

この年、厚生省は、フィリピンにおける戦没兵の統計を初めて発表した。参加兵力六十三万九百七十六人のうち、戦死は四十七万六千七百七十六人。太平洋戦争に散った日本兵士二百万人のうち、四分の一が、フィリピンで命を落とした。

新聞から顔をあげた信子は、深く息をついた。

「修一さんみたいに死んだ兵隊さんが、四十七万人も、いはったんやなぁ。その身内は、富栄みたいにつらい思いをしたんや。戦争なんて、むごい、あほらしこと、ようしたもんや」信子はまた泣いていた。毎日泣きくらす信子の目はただれていた。

晴弘はなにも言えなかった。

戦時中、本郷にのこった住民を元町小学校にあつめ、米兵殺傷の竹槍訓練を指導した。お国のためにと鉄筋校舎をさしだして、大臣から勲章をもらった。「神国日本のために、天皇陛下のために、ご健闘ください」と修一を戦地に送りだし、富栄まで死なせてしまった。

だがその悔悟と慚愧《ざんき》は胸にたたんだまま、二階へあがり、若いころに趣味だった琵琶を、慰めにつま弾いた。暗い音色が響いてきた。

老夫婦ふたりの夏が終わろうとしていた。

「また朝顔が咲きましたよ」朝、信子が言った。

富栄が疎開中にまいた植木鉢の朝顔から、毎秋、タネをとっていた。今年も、ツルが勢いよくまいてのび、紫の花がひらいていた。ビロードのような花びらにのった玉の露が光ってこぼれた。思えば娘も、朝露のようにはかない命だった。

水やりは信子の日課だったが、いつのまにか晴弘がブリキの如雨露で水をそそぐようになっていた。

「かあさんや、わしらはなんのために、あんなに一生懸命に働いて、子どもたちを育ててきたんだろう」その言葉も、朝顔にむかって口のなかだけでつぶやいた。


九月のお彼岸に、信子が富栄の遺骨をたずさえて上京、つたや伊久江など、身内だけで永泉寺におさめた。

墓石に、富栄の名はきざまれなかった。津島家の妻子にとりかえしのつかない悲運をおわせた娘を、父母は恥じて、なにごとも控えめをのぞんだ。富栄への批判が高まるなか、娘の死後の眠りがさまたげられることも、のぞまなかった。

葬儀も納骨もおわり、ふたたび平凡な、そして空虚にして寂しい日常へしずかにかえるはずだった。だがこれで終わりではなかった。

第十章　残された謎、遺された人々

●昭和二十四年（一九四九）

六月、禅林寺で太宰の一周忌がいとなまれた。遺体が見つかった十九日は彼の誕生日であり、今官一により「桜桃忌」と名づけられ、しのぶ会が毎年ひらかれることとなった。

愛人との情死事件により、太宰治という名は知れわたり、本は飛躍的に売れた。新潮社は『斜陽』ブームから、その新版をつくり、旧版とあわせて、同年三月までに十二万部を記録。筑摩書房の『人間失格』は二十万部、倉庫で山積みになっていた『ヴィヨンの妻』も売れ、八雲書房の全集も好調だった。

太宰の回想記も人気をよび、同年、東大の後輩檀一雄が『小説　太宰治』を「新潮」七月号に発表した。
十一月三日、太宰が『斜陽』を書いた西伊豆三津浜の田中英光が、太宰の墓前で、睡眠薬三百錠をのみ、カミソリで手首を切って自殺した。
その日、宮中では、文化勲章授与式がひらかれ、志賀直哉をはじめ、谷崎潤一郎、津田左右吉など七名が表彰された。

十二月、井伏鱒二は、随筆「おんなごころ」を発表した。その冒頭である。

「先日、私は亀井勝一郎君に会ったとき、意外な話をきいた。（略）ある一人の刑事が、こう言ったそうである。太宰という作家が身投げして、その遺骸が見つかったとき、自分は検視の刑事として現場に立ちあった。その検視の結果によると、太宰氏の咽喉《のど》くびに紐か縄で締められた跡がついていた。無理心中であると認められた。しかし身投げした両人の立場を尊重し、世間に発表することは差し控えておいた。——そんなような意味のことを、その刑事が話したそうである。」

八日市町で読んだ信子は、肝をつぶして、夫にといただした。
「ほんまに、そんな跡があったんですか」

「なかった。首に跡があれば、検視医の先生がたや刑事たちが、見のがすはずがないじゃないか」青酸カリの次は、絞殺……。晴弘は苦しげに顔をゆがめた。「そもそも井伏さんも亀井さんも、太宰さんの検視に同席された先生だ」

「なんですの、それ」信子は、さらなる驚きに、声をあげた。「井伏さんは、ご自分も検視の現場にいはったなら、なんで自分が見たところ、跡があったとも、なかったとも、書いてはらんのです。立ち会った刑事の話によると首に跡があった、やなんて、まるで自分はその場にいなかったみたいに。うちの子が首をしめたみたいやないですか」母は落ちくぼんだ目に涙をためている。学校で教えていたころは、厳しい幹事で、いつも毅然としていた信子が、娘の中傷記事を見るなり泣くようになっていた。

その晩、晴弘は憤りと悔しさをおさえ、つとめて井伏の身になって考えた。太宰ブームの今、こうした耳目を驚かす新説をのせると、本が売れるのだろうか……という下世話な推測も浮かんだが、娘に先立たれたわが身の哀しみを思えば、井伏の心情もしのばれ、ひとつのあきらめにも似た答えにいたった。

井伏さんは、遺されたものの苦しみから逃れたかったのではないだろうか。

子どもがみずから命を絶ったとき、遺された家族がどれほどつらいか、晴弘は初めて思い知らされた。愛するわが子を喪った哀しみもさることながら、それ以上に、自分を責めつづける苦しみが重くのしかかる。

ひとつには、娘の悩みが、命を捨てるほど深いものだと、生前に気づいてやれなかった自分の鈍感さ、迂闊《うかつ》さにたいする悔恨である。苦しんでいた子どもの役にたてなかった無力感に、親として絶望さえした。

ふたつには、死者に見捨てられた孤独である。あの子は、生きている親の助けをもとめるよりも、死の救いを選びとった。親と生きていく未来よりも、太宰と死ぬ地獄を選んだ。自分は、娘にあてにもされず、どうせ父は力にはなってくれまいと、見放されたのだ。その失望と疎外感も、果てしなかった。自分は、娘が悩みをうち明けるほどには信頼されていなかったのだと、みじめな気持ちにもなった。

みっつには、生きているうちに、もっとふみこんで話を聞いてやり、意思の疎通をはかるべきだったという後悔である。娘とはいえ、どこか気がねがあった自分の不甲斐なさ、怠慢も、悔やまれた。

この父と同じ苦しみ、悔恨、無力感、疎外感を、太宰の後見人として長年、面倒をみてきた井伏も、砂をかむような思いで味わったにちがいない。そのつらさから逃れるために、自殺ではなく他殺だと、思いこみたい心理がはたらいたのだろう。

ましてや太宰は、「井伏さんは悪人です」と書いてから自殺した。井伏のせいで死を決めたように思われてはたまらないと、心中相手が殺したと信じたいのだろう。

さらに晴弘自身、娘を冥界へつれ去った太宰にたいして、怒りもあった。若いころから太宰の世話をやいて仲人をつとめた井伏も、同じ憤りを、富栄におぼえているのだろう。

つつましく深慮した晴弘は沈黙をまもり、抗議も問いあわせもしなかった。人の夫であり人の父である太宰を、津島家からうばい、文学界にも多大なる損失をあたえた不肖の子の親として、どんな屈辱にもたえる覚悟だった。だが、これにより晴弘は、人殺しの親とされた。

●昭和三十年（一九五五）

一月、信子の弟黒川嘉一郎が亡くなった。疎開してきてより、かげにひなたに晴弘と信子を助けてくれた面倒見のいい弟だった。今もその娘たちが、八日市町で美容院をひらいている。信子は心強かった。東京にもどる望みは、もうすてていた。

山崎伊久江は、お茶の水美容学校の卒業生をあつめ、同窓会をひらく計画をたてていた。学校後継者として指導した娘に先だたれ、富栄を誹謗する文章があいついで発表されるなか、疎開した土地に失意のうちにそのまま住んでいる晴弘校長をはげますためである。

伊久江のほかに、三鷹の塚本サキ、松屋百貨店美容室長の大野栄子、山崎つたなど、関東地方にいる教え子たちが案をねった。

晴弘校長に喜んでもらうには、どうすればいいのか。日本髪と伝統装束の継承に、心血をそそいできた恩師である。かつての有職故実研究発表会を再現しよう、という話になった。

戦争に負けた日本人が祖国の文化に自信をうしない、アメリカの洋服やデザインをありがたがっている今こそ、長い歴史に裏うちされた日本固有の結髪の美しさ、黒髪にはえる絹の染めと織りの美しさをつたえる祭典をひらこうではないか。

ただし、晴弘があつらえた十二単や束帯は、空襲で焼失していた。そこで、昭和二十二年に皇籍を離脱した伏見宮家《ふしみのみやけ》より、宮廷装束をかりうけることとなった。さらに伊久江たちは、正絹のきものを、礼装から街着まで、時代ごとに用意した。

二月、日本橋三越劇場にて、「上代宮廷装束と現代日本女性の祭典」と名づけたショーがひらかれた。

民間でははじめて宮廷衣裳を公開し、「五節《ごせち》の舞」も演じる催しは、マスコミの注目をあつめ、新聞、雑誌が取材にきた。

昼の部は、卒業生のほかに、招待の文化人、一般の観客を対象とした。夜の部では、ニッポンタイムズ（現ジャパンタイムズ）の後援をうけ、各国の大使、公使をまねいて外国人むけとした。その盛況ぶりは、まさに晴弘が情熱をかたむけた戦前の有職故実研究発表会を見るようだった。

金屏風《きんびょうぶ》のステージに、清楚な島田に結った娘たちが、絞りや友禅のふり袖で登場した。つづいて、粋な銀杏返しに縞の着物の江戸前の女たち、おひきずりに豪華なかんざしの芸者姿、文金高島田に白無垢、赤いうちかけの花嫁がしずしず歩いてくる。

最後に、おすべらかしと十二単のモデルが、スポットライトをあびて姿をあらわした。晴弘は、十八歳の富栄が、唐衣《からぎぬ》をかさね十二単のすそをひき、舞台を歩いた清純な姿をかさねながら、感無量のおももちで見つめた。

昼の部は、観客はもとより、全国から集まった教え子たちで満席だった。

最後に、晴弘は舞台へあがり、あいさつをした。

「本日は立派な会にご招待をいただき、ありがとうございます。すばらしい髪結い、着付けを拝見し、指導者として、じつに嬉しく存じます。

大正二年四月、私は、お茶の水美容学校を創設し、旧来の髪結いさんの徒弟制度を改革して、美容師の近代的な育成をはじめました。それが日本女性の経済的、社会的地位の向上のひとつの機会となりましたことに、喜びと、誉れとを感じております。さらに私が指導した一万人をこえる卒業生のみなさんが、全国津々浦々で、盛大に開業され、美容界はもとより、社会の各方面に貢献されていますことを、折々の消息にきき、老後のなぐさめと存じております。

諸姉《しょし》よ！　ますます技術をみがかれ、精神的教養も高められて、美容界、そして婦人界の向上のために、さらに精進されんことを祈ります」

黒々としていた晴弘の口ひげは霜をおき、豊かだった髪は薄くなっていた。だが教え子たちは、戦前の教室と同じ熱心さで、老恩師の言葉に耳をかたむけ、元校長が頭をさげると、拍手は鳴りやまなかった。

晴弘がロビーへでると、待ちかねていた教え子たちがかけよってきた。

「先生、晴弘先生！」声が口々にあがる。

「校長先生、お懐かしゅうございます」

「先生、三十五年ぶりです」

中年肥りしたかつての教え子たちが、娘時代のように目を輝かせて、晴弘を三重、四重にとりまき、腕をとり、手をにぎり、背中をなで、肩をさすった。みな目頭がうるんでいた。

空襲による校舎の焼失、廃校、公職追放、富栄の死、情死報道と誹謗中傷……。

戦中から戦後にかけて、校長が辛酸をなめてきた日々をみな知っていた。だからこそ、それにはふれず、校長をはげました。

「私のいまあるのは、先生のおかげです。主人は戦死しましたが、長崎で美容院をひらいて子どもを育ててます」

みなかわるがわるやってきて、自分の店の繁盛ぶり、学校の思い出話をする。

「先生が書かれた教科書、いまも大切にしてます」

「先生、いつまでもお元気でいてください」

「私の娘は、この教え子たちだ」晴弘はこぼれる涙をぬぐいもせずに、一人一人と握手をつづけた。「みな、立派な美容師になった。きみたちが、私のかわいい娘だ」

富栄による絞殺説は、そのあとも書かれつづけた。

同年九月、亀井勝一郎は、「罪と道化と」という随筆を発表した。

「『自殺』の報をきいたときも、私は信じることができなかった。自殺の理由がどうしても考えられなかった。後にパビナール中毒のことなど聞いたが、直接の死因は、女性が彼の首にひもをまきつけ、無理に玉川上水にひきずりこんだのである。遺体検査に当たった刑事は、太宰の首にその痕跡のあったことをずっと後になって私に語った。」

亀井も、井伏と同じように遺体の検視にたちあったが、それは書いていない。いっぽうで亀井は、検視に同席した二日後、太宰の葬式で弔辞を読んだときは、自殺の理由を明確にあげていた。

「太宰治君の霊に／作家の死の真因は、常にその作品であります。制作に於ける君の真摯にして自虐的な態度が君の死を招いたのでありましょう。君にとって制作することは滅びの支度であり、実生活の犠牲においてのみ、可能な事でありました。君は明確なる自覚において之を成就したのであります。肉体は滅び、君の作品は永遠の命を得たのであります。」

葬儀では、死の理由は、執筆における太宰の「真摯にして自虐的な態度」にあり、太宰は「明確なる自覚において」自殺を実行した、と語った。「肉体は滅び、君の作品は永遠の命を得た」……、これは、亀井ならではの格調高く、文学的な弔辞である。

だが七年後には、「自殺の理由がどうしても考えられなかった。」と書き、富栄による絞殺とした。

太宰の遺体を見た編集者に、角川書店の野原一夫、新潮社の野平健一がいる。

野原は、『回想　太宰治』（昭和五十五年）に書いた。

「断じて、そのような痕跡はなかった。私はすぐ間近かで、検視医と同じくらいの間近かさで、太宰さんに見入っていたが、その首筋には、締められた痕跡など、断じてなかったのである。」

野平健一は、『矢来町半世紀』（平成四年）に書いている。

「なかには、すでに亡くなったある批評家のように、彼は太宰と親しかったゆえに遺体の検視に立ち会い、そのときはっきり、太宰の頸が細引で締められているのを見たと公言してはばからなかった人がいたが、これは嘘だ。ありもしなかったことを事実のように伝えた、その批評家の真意は計りかねるが、ともかく変な人であることは確かだ。このことを、確信ありげに私がいうのは、二人の遺体が、玉川上水にあがったとき、私も遺体を収容した「三人の若い男」の一人だったからである。」

野平に会って確認したところ、この「批評家」は亀井であること、締めた跡は決してなかった、とあらためて断言した。

なぜ高名な文学者の亀井が虚偽をひろめたのか……。亀井もまた、井伏と同じように親しい人を自死で喪った苦しみから、抜けだしたかったのだろうか。

亀井と井伏が書いた絞殺説により、太宰のイメージは、敗戦後の混乱期に文学と恋愛に命をささげて殉死した壮絶な文学者から、愚かしい愛人をもったばかりに女の独占欲から殺されたみじめな頽廃作家へと、微妙な変化がくわわった。

富栄への風当たりはますます強まった。晴弘は、あれが太宰を殺した芸者の親だと、後ろ指をさされた。

雑誌には、富栄が、島田に髪を結った写真がでまわっていた。学校時代の昭和十二年、二人ひと組の結髪実習で、モデル役として結われたものである。

島田髷は、日本の未婚女性の髪型であり、そのため婚礼の花嫁は、髪の根を高くした文金高島田を結う。武家の令嬢たちも結った正統なものである。

だが、日本髪の衰退とともに、それを知らない者もふえ、富栄の島田髷をみては、芸者、玄人すじ、酒場の女という誤解もひろまっていった。

●昭和三十一年（一九五六）～昭和三十二年（一九五七）

桜桃忌は年々、多くの読者が集まり、その興隆、人気と比例するように、富栄へのみだらな中傷はふえつづけていった。

「展望」編集長だった臼井吉見は、二月、「太宰の情死」に書いた。

「上水の土堤の斜面には、すべり落ちた二つの肉体の重みで、くっきりと深く黒い土の削られた跡が印されていたが、そこに人気作家との恋に半狂乱になっていた女が、その独占の完成のために、強引に太宰を引きずっていったさまを、ありありと想像することができたのである。」

「太宰さんは遺書を何通も書いてはるのに、なんで富栄が強引にひきずっていくんですか」信子は訴えるように問いかける。

かつて同じ問いを発した晴弘は、やるせない息をつくしかなかった。二人がどのようにして死んだのか。その答えは死せる恋人たちのみが知り、この世の者には永遠にとけない謎としてのこる。それを諦念しながらも、富栄への悪罵の激しさに、父は途方にくれた。

中野好夫は「もはや戦後ではない」と題するエッセイを「文藝春秋」二月号に書き、この一文は、七月、「経済白書」にも使われて、流行語となった。

商店街の人々は、この夏、開襟シャツの晴弘が、店の裸電球のした、朝から晩まで、うつむいてミシンをかけていた姿をおぼえている。

娘を中傷する記事はやまず、やがて父は心労のあまり食欲がおとろえ、仕事を休むようになった。年が明けると衰弱がはなはだしく床についた。

不徳の娘を恥じて、叩かれるまま頭をさげつづけてきたが、そのために死後の娘を守ってやれなかった無念さにも苦しめられていた。

思えば、日本国のため、美容界の発展のために、寝る間も惜しんで全力をつくしたはずが、愛児も、財産も、名誉も失われた。

なにがいけなかったというのか、なにが間違っていたのか……。そのむなしさを口にする力は、寝ついた晴弘に残っていなかった。

病床でやせた胸を上下させて息をしていた晴弘は、うすく目をあけて、信子に言った。

「すまなかった」

ひとつ深い息をはいて力なくまぶたをとじた。昭和三十二年一月二十六日、朝もやのかかる真冬の八日市町で、七十六年の生涯を終えた。

葬儀は、正圓寺の住職により、八日市の店でいとなまれ、思い出食堂の前を葬列がすすんだ。

信子は、約五十年つれそった夫の遺骨をたずさえて上京した。山崎家の菩提寺、小石川の永泉寺に埋葬し、最後の別れをした。養父母の源七、登ミ、そして歌子、年一、輝三男、富棠が眠る小さな古い墓だった。

●昭和三十四年（一九五九）

四月十日、明仁皇太子と美智子妃のご成婚の日、伊久江は宮中にあがり、宮内省掌典職《しょうてんしょく》、八束清孝と青山鋹夫《としお》の助手として、妃殿下の十二単衣紋の御用をつとめた。

かつて晴弘が衣紋道をおしえた伊久江が、大役を果たしてくれた。信子は、嘉一郎の娘の家で、白黒テレビに身をのりだして馬車列のパレードを見た。

翌朝は、両殿下正装の写真がのった新聞を開いて、いつまでも眺めていた。その耳に、富栄に衣紋の作法を指導する若い夫の声が、きこえていた。

「ただお着せするのではないぞ。衣紋は、朝廷儀礼のお支度である。宮さま、お公家さまに話しかけてはならない、息をかけてもならない。すべての動作を流れるように優雅に、敬意をこめて、品格あるお姿に着付けること」

そばに、帯結びの練習をしている富栄がたっている。

その空想を、嘉一郎の娘がやぶった。

「富栄ちゃんも生きてはったら、伊久江さんと、皇居でおつとめしてはったかもしれんなぁ」

信子は、和服のすそをそろえて正座した。

「伊久江の栄誉ある仕事ぶりを、仏壇の校長に報告しましょう」

白髪の小さな老女となった信子の灰色の目に、久しぶりに明るい光が宿っていた。

この祝事がよほど嬉しかったのだろう。信子は涙を見せなくなった。

死して十年以上にもなる娘をいまだに卑しめて書かれる文章も、遺族にむけられる侮蔑も、富栄がおかしたのと同じ生ける者ならではのあやまちとさとり、彼らを許し、傷つけられた哀しみを忘れようとつとめた。

夫と子どもの位牌を前に朝に晩に目を閉じてお経をとなえ、魂の平安をもとめた。

●昭和三十六年（一九六一）

春のお彼岸にむけて、卒業生会「お茶の水会」の有志たちは、資金をだしあい、永泉寺の山崎家の墓をたてなおした。

晴弘の眠る古い墓石は角がかけ、かたむいている。しかも富栄の名はなく、雨風に黒ずんだ木の墓標があるばかりだった。

永泉寺の木立にかこまれた墓地に、御影石のきれいな墓がたった。富栄の供養のために、墓には、はじめて彼女の名をいれた。

信子は、教え子たちの報恩に、手をあわせて礼をのべた。

石の表には、山崎家之墓、裏には、昭和三十六年三月、山崎信子建立ときざまれた。

側面には、次のように彫られた。

弘覚院美容創示居士　昭和三十二年一月二十六日　晴弘　七十六才
秀岳童士　大正二年七月九日　歌子　三才

清光院篤学超覚居士　昭和三年四月十日　年一　二十才
義功院輝誉武道居士　昭和十七年四月十日　輝三男　二十七才
浄月院富法妙栄大姉　富栄

富栄は、没年月日も、享年も、書かれていない。

娘のあやまちは永久につぐなわなければならない、また死後の娘が鞭うたれることのないように、そう願った母の心だった。

夫と子どもたち四人の墓をたてた信子は、これで私のご用はすべて終わりました、と安堵顔で言うようになり、翌年、八日市町で息をひきとった。

エピローグ

津島美知子は、体の弱かった長男を十代で亡くしたが、二人の娘を育てあげた。生涯にわたって夫の生原稿と資料を収集して太宰文学研究に貢献し、さらに妻として、太宰作品の最大の理解者として、作家を間近に見てきた日々を『回想の太宰治』にまとめた。夫の死については賢明なる沈黙をつらぬきながら、太宰作品の価値を守りつづけ、平成九年に亡くなった。

太田静子は、ときには食事にもことかく苦しい生活のなか治子を養育し、太宰の命日には、毎年、富栄の冥福を祈りつつ、昭和五十七年に他界した。

山崎つたも、女手ひとつで二人の子どもを育て、鎌倉で元気に美容師をつづけて、平成六年に亡くなった。ただ、本に書かれた富栄が、実のいとこである富栄の姿とかけはなれていることを、死ぬまでなげいていた。

山崎伊久江は、昭和三十八年、皮膚と毛髪のペーハーと同じ弱酸性のパーマ液を世界で初めて研究開発。厚生省の認可をうけて、全国に指導し、二千六百店舗に普及させた。「医学と化学にもとづいた新しい時代の美容を」と教えた晴弘の理想は、ここにうけつがれ、開花した。一時期までは富栄の思い出を懐かしそうに人前で語っていたが、ある時期をさかいに口をとざすようになった。世間の富栄への誤解を気にしたのではないかと、息子の光信は亡母を追想する。

太宰と富栄の遺体をひきあげた山崎武士は、東京にも両親のもとにも帰らず、名古屋で生涯を終えた。ここにも妹の情死が影をおとしていた。

奥名修一の墓は、今も宇都宮の菩提寺にある。修一の弟の娘が、一度も会ったことのない伯父の墓を守りつづけている。

フィリピンでは、戦没した日本兵とアメリカ兵を慰霊する施設がつくられた。

アメリカ政府は、一九六〇年（昭和三十五）、太平洋戦争で日本軍と戦い死んだ米兵約一万七千人の墓地をマニラに建設して、手厚く葬った。

アメリカ国外の戦没兵墓地としては世界最大規模であり、発展していくマニラ市街の高層ビルを見おろす緑あざやかな芝生の丘に、遺体を埋葬した白い十字架がどこまでもつづいている。

碑文には、「われわれは、ここに高らかに誓う。彼らがなぜ死んだのか、その理由を記憶にとどめていくことを」と大きく刻まれている。

行方不明で遺体のもどらない米兵約三万六千人にむけては、「戦友たちよ、なんじらがこの地上に眠る場所は、ただ神のみぞ知る」と碑文があり、全員の氏名と出身地をきざんだ大理石の壁がたちならぶ。中西部のイリノイ州やミネソタ州などの農村から東南アジアに送られて祖国に帰らなかった膨大な青年たちの名前があった。

日本政府は、昭和三十二年から、フィリピンでの遺骨収集と慰霊をはじめた。四十七万人をこえる戦死兵の遺骨は、ほとんど帰国していなかった。

マニラから北へバスで七時間の山岳地帯バギオでは、昭和四十八年、日本のバギオ碑奉賛会とバギオ・ライオンズ・クラブが共同で、「英霊追悼碑」と漢字でしるした高さ約四メートルの石碑を建造。日比国際友好協会などが、毎年、慰霊祭をひらいている。

「祖国愛のために、血の最後の一滴までささげて、孤独のうちに死んだ兄弟たちよ、あなたがたの悲しみは、崇高な理想となり世界平和を築くだろう」という英文もささげられ、日本兵とともに、フィリピン人、米兵も追悼している。

昭和四十八年からは、退職した六十代の日本人カトリック修道女シスター・テレジア・海野が、バギオ周辺のけわしい山中に埋もれている日本軍人の遺骨収集をはじめた。

バギオ博物館は、シスター海野の活動を紹介している。

［無数に散らばる草生《くさむ》す屍《しかばね》。拾っても、拾っても、終わりのない作業。寝食を忘れての日々が続きました。］

［シスターは、涙ながらに優しく語り掛けました。あなたは誰ですか。お父さん、お母さんはどうしていますか？　兄弟、妻子は？　家族の方々は、あなたの帰りを今もきっと待ち続けていますよ。あなたも、どんなに帰りたいことでしょう。私が必ず帰してあげます。命をかけてもきっと、きっと帰してあげます！］

シスター海野の活動は昭和五十五年ごろまでつづいた。

その後は、復員した元兵士の逝去、遺族の高齢化、情報の減少にともない、一時期にくらべると収骨活動はとどこおる傾向にあり、フィリピンに倒れ、日本に遺骨が帰らない元兵士は、約四十万柱とされる。愛する妻、富栄の花嫁写真を胸ポケットにたずさえて散った奥名修一も、その一人である。

単行本あとがき

昭和二十三年に、二十八歳で亡くなった女性の人生をたどる小説の執筆は、大正から昭和の歴史をたどりながら、日本の戦争についても考える長い旅となった。人は生前、その意識はなくとも、後世の人間がその生涯を俯瞰してみると、まぎれもなく時代の潮流のなかで生きている。

山崎富栄は、大正デモクラシーの時代に生まれ、関東大震災、第二次世界大戦、東京大空襲、疎開、敗戦、夫の戦死、戦後の民主化という、激しい変化をくぐりぬけて生き、平和な時代になってから、敬愛する太宰治とともに冥界へ旅立った。

二十代の若い女性ならではの恋に対する純粋さゆえに、天才的な作家にただ魅了されて愛し抜いた富栄の一途さ、不器用なまでのひたむきさは、哀しく愛おしい。

だがこの生真面目さと愛情深さが彼女の美徳であり、太宰にとっては妹さながらにいじらしく、また母のように甘えられる、第二のタケのごとき安らぎの存在ではなかっただろうか。

本書は、富栄の小説ではあるが、書き終えた今、本当の主人公は、明治の東京に生まれ育ち、日本の美容教育の近代化、自らの立身出世をめざして孤軍奮闘しながらも、軍国主義と戦争にまきこまれ、一切を失った父晴弘だったかもしれない、とも感じている。

執筆をつうじて、太宰治全集を読み直し、彼の小説の比類なき魅力をあらためて堪能したのは、大きな喜びだった。

太宰にゆかりの青森、山梨、静岡、神奈川、三鷹を歩いた時は、彼に流れる津軽人の血を感じながら、それぞれの土地の山々、流れる川、夕陽を眺めて暮らした太宰の日々の哀歓に思いをはせた。

さらに太宰とその文学を愛し、後世に残す活動に尽力される各地の記念館や文学館、地元の人々に出逢い、深い感銘を受けた。

人間愛と誠意をもって富栄の名誉回復に努めてきた太宰文学研究会からも、多くを教わった。

生前の富栄と奥名修一を知る人々、太宰を担当した編集者といった生き証人にお会いして話をうかがったことは、一生心に残る経験となった。

修一の足跡をたどって訪れたフィリピン各地の戦場跡では、太平洋戦争について学ぶ新しい視点を頂いた。

最後に、死後の毀誉褒貶《きよほうへん》にさらされた山崎富栄と太宰治に鎮魂の祈りを、奥名修一をはじめ、遠い異郷のフィリピンに戦い、没した約五十万の日本兵に、感謝と哀悼の念を捧げる。

二〇〇九年九月九日

松本侑子

謝辞

本書の取材と執筆にあたり、次の方々の協力を得た。ここに記載をさしひかえる関係者もふくめて、貴重な未公開資料と情報をご提供頂いた方々に、篤く御礼を申し上げる。

出目昌伸、西堀茂平、奥紀子、小島修、圖司壽子、前田笑、奥田和子、長篠美代子、明石矛先、野平健一・房子、小野才八郎、景山满、永井伴子、相原悦夫、橘田茂樹、ヴィンセント・ドロテオ、苅田吉夫、梶原悌子、林聖子、石塚節子、岡村美恵子、野川アヤノ遺族（敬称略、順不同）

文庫本あとがき

この小説を執筆した動機は、太宰治と山崎富栄の生涯、二人の恋と心中について、山崎家と富栄の視点から考えてみたい、という思いからでした。

太宰文学を愛する者のひとりとして、三鷹の桜桃忌に足をはこび、三十代で命を絶った太宰の苦悩に思いをはせてきましたが、本作を書くまでは、最愛の人と死ぬという壮絶な決意をした富栄の胸中、遺された老父母の悲しみを、深く考えたことはなかったように思います。

裸一貫から事業をおこして学校と家庭を築いた山崎晴弘と信子、その娘富栄の人生を追いかけてはじめて知った事実、その驚き、手塩にかけた娘をうしなった山崎家両親の嘆き、またフィリピン戦に倒れた日本兵の思いが、私の心を突き動かし、この本を書き進める原動力となりました。

すべての出来事には、複数の見方があります。これまで太宰の側から書かれてきた物語を、また違った視点からお読みいただけましたら幸いです。

執筆を通じて太宰熱はふたたび高まり、単行本を書いたのち、あらためて太宰の全生涯の土地一都七県をおとずれ、自伝的小説十二作品の舞台を旅して、彼の文学と人生について、『太宰治の愛と文学をたずねて』にまとめました。

さて、単行本『恋の蛍』によせて、ある読者の方から、おたよりをいただきました。その方の父上は、戦前の三井物産に勤め、富栄の夫、奥名修一の上司だったという内容でした。

職員録をみると、確かに父上と修一は、東京本店とマニラ支店で、上司と部下の間柄です。

お会いしてお話をうかがうと、二人が家族ぐるみで親しかったこと、どちらもマニラで徴兵されてバギオ付近で戦没したこと、また戦前の三井財閥、マニラ支店長と社員の暮らしについて、多くを教わりました。そこで文庫化に際し、修一のマニラ転勤の場面を加筆訂正しました。

そして……単行本取材協力者のうち、『斜陽』を編集した野平健一氏、夫人で太宰とも親しかった房子氏が他界されました。取材のあと、銀座の座敷で食事をした時、房子夫人は、太宰が酒席で好んで吟じた義太夫節の一節、歌舞伎の女形の科白まわしを、生き生きと口真似してくださった、まるで太宰も同座して盃を口にふくんでいたようなあの夜も、宝石のごとく貴重な思い出となりました。

『恋の蛍』は、単行本発行の半年後、第二十九回新田次郎文学賞を受賞しました。ひとえに、調査にご協力くださった方々のおかげです。鬼籍に入られたお二人に、合掌しつつ、あらためまして皆様に、御礼を申し上げます。

父上のお話をご教示いただいた篠田孝道様、単行本編集の小口稔様、文庫本担当の堀内健史様、原稿整理の江口うり子様にも、心よりの謝意を申し上げます。

松本侑子

二〇一二年　梅の花の香るころ

参考文献

　山崎富栄については長篠康一郎『山崎富栄の生涯』と梶原悌子『玉川上水情死行』に、太宰治については『太宰治大事典』、奥名修一については公益財団法人三井文庫に保管されている戦前の社内文書に、特に教示を頂きました。また次の書籍から多くの示唆、恩恵を受けたことを記して、先学の研究に敬意と謝意を表します。

＊太宰治関連
○『太宰治大事典』志村有弘・渡部芳紀編著、勉誠出版　○『定本太宰治全集』全12巻、筑摩書房　○『回想の太宰治』津島美知子、講談社文芸文庫　○『矢来町半世紀』野平健一、新潮社　○『辻音楽師の唄　もう一つの太宰治伝』長部日出雄、文春文庫　○『桜桃とキリスト　もう一つの太宰治伝』長部日出雄、文春文庫　○『太宰治の生涯と文学』相馬正一、洋々社　○『太宰治研究　Ｉ　その文学』奥野健男編、筑摩書房　○『ピカレスク　太宰治伝』猪瀬直樹、文春文庫　○『人間太宰治』山岸外史、ちくま文庫　○『新文芸読本　太宰治』河出書房新社　○『文芸読本　太宰治』河出書房新社　○『太宰治　結婚と恋愛』野原一夫、新潮社　○

『近代作家追悼文集成32』ゆまに書房　○『太宰治に聞く』井上ひさし、こまつ座編、文春文庫　○『太宰治に出会った日』山内祥史編、ゆまに書房　○『小説　太宰治』檀一雄、岩波現代文庫　○『太宰治七里ヶ浜心中』長篠康一郎、広論社　○『太宰治水上心中』長篠康一郎、広論社　○『太宰治はミステリアス』吉田和明、社会評論社　○『回想　太宰治』野原一夫、新潮社　○『図説　太宰治』日本近代文学館編、ちくま学芸文庫　○『直筆で読む「人間失格」』太宰治、集英社新書ヴィジュアル版　○『新編　太宰治と青森のまち』北の会編、北の街社　○『志賀直哉交友録』志賀直哉著、阿川弘之編、講談社文芸文庫　○『太宰治論』奥野健男、新潮文庫　○『太宰治語録』小野才八郎、津軽書房　○『六人の作家未亡人』野田宇太郎、新潮社　○『無頼派の祈り　太宰治』亀井勝一郎、審美社　○『太宰治とその生涯』三枝康高、現代社　○『太宰治との七年間』堤重久、筑摩書房　○『恋と革命』堤重久、講談社現代新書　○『展望　太宰治』安藤宏編著　ぎょうせい　○『新世紀　太宰治』斎藤理生・松本和也編、双文社出版　○『志賀直哉全集』第七巻随筆、岩波書店　○『禁札』井伏鱒二、竹村書房　○『含羞の人』野原一夫、文藝春秋　○『古田晁伝説』塩澤実信、河出書房新社　○『日本悲恋物語』村松梢風、清和書院　○『新潮社一〇〇年』新潮社編、新潮社　○「別冊新評」一九七三年春号、臼井吉見「太宰治の情死」（「文芸」一九五六年二月号再録）○「新潮」一

九四八年三月号、五〜七月号、太宰治「如是我聞」〇『桜の園』チェーホフ作、湯浅芳子訳、岩波文庫 〇「小説新潮」一九四九年十二月号、井伏鱒二「おんなごころ」〇「文芸」一九四八年八月号、中野好夫「志賀直哉と太宰治」〇「没後50年 太宰治展——心の王者——」三鷹市、三鷹市教育委員会 〇「太宰治展生誕100年」山梨県立文学館 〇『古田晁記念館資料集』晒名昇編、古田晁記念館

＊山崎富栄関連

〇『詳解婦人結髪術 上編』山崎誠鳳・山崎信子、東京婦人高等美髪学校出版部 〇『改訂増補 詳解婦人結髪術』山崎誠鳳・山崎信子、東京婦人高等美髪学校出版部 〇『婚礼美装術』山崎誠鳳・山崎信子、東京婦人高等美髪学校出版部 〇『愛は死と共に 太宰治との愛の遺稿集』山崎富栄著、長篠康一郎編、虎見書房 〇『太宰治との愛と死のノート』山崎富栄著、長篠康一郎編、女性文庫、学陽書房 〇『太宰治文学アルバム 女性篇』長篠康一郎、広論社 〇『山崎富栄の生涯』長篠康一郎、大光社 〇『玉川上水情死行』梶原悌子、作品社 〇『太宰治武蔵野心中』長篠康一郎、広論社 〇『真昼を掴んだ女』山崎伊久江、扶桑社 〇『関東大震災』吉村昭、文春文庫 〇『写真で見る関東大震災』小沢健志編、ちくま文庫 〇『本郷区史』一九三七年復刻版、臨川書店 〇『文京区史』巻四、東京都文京区 〇『週刊朝日』の昭和史 事件 人物 世相』第二巻、朝日新聞社 〇「文芸予報」一四七

号　東京作家クラブ会報　○「週刊朝日」一九四八年七月四日号　○「中央公論」一九六六年十〜十二月号、小島政二郎「書けない人々」○『公職追放に関する覚書該当者名簿』総理庁官房監査課編、日比谷政経会　○『かわいそうなぞう』土家由岐雄、金の星社　○"The House of Yamazaki" written by Laurence Caillet, translated from French to English by Megan Backus, Kodansha International
＊太田静子関連
○『斜陽日記』太田静子、小学館文庫　○『心映えの記』太田治子、中公文庫
○『あわれわが歌』太田静子、ジープ社
＊滋賀県八日市町関連
○『八日市市史』第四巻、八日市市　○『昭和三十年代湖国暮らしの表情』浅岡利三郎写真著、白川書院　○「蒲生野」第三十六、三十七号、八日市郷土文化研究会
＊奥名修一・フィリピン戦関連
○『三井物産』昭和九年〜昭和二十二年度社報、職員録　○『三井物産会社小史』DBK参考書第五部編、第一物産　○『フィリピン戦逃避行　証言昭和史の断面』新美彰・吉見義明、岩波ブックレット　○『図説マッカーサー』太平洋戦争研究会編、河出書房新社　○『日本の戦歴　フィリピン決戦』村尾国士、学研M文庫
○『戦場で死んだ兄をたずねて　フィリピンと日本』長部日出雄、岩波ジュニア新

書　○『ルソン島戦場の記録　たたかいと飢えの中を生きて』沢田猛、岩波ブックレット　○『ルソン戦　死の谷』阿利莫二、岩波新書　○『モンテンルパの夜明け』新井恵美子、光人社NF文庫　○『モンテンルパの夜はふけて　気骨の女・渡辺はま子の生涯』中田整一、日本放送出版協会　○『戦史叢書　比島捷号陸軍航空作戦』防衛庁防衛研修所戦史室編、朝雲新聞社　○フィリピン・ルソン島バギオ博物館展示資料

＊東京都三鷹関連

○『三鷹の歴史　江戸時代から昭和中期にかけて』宍戸幸七、ハタヤ書店　○『みたかの今昔』三鷹市教育委員会　○『三鷹市教育史』三鷹市教育委員会　○『玉川上水物語』平井英次、教育報道社　○『玉川上水をあるく』武蔵野市教育委員会　○『玉川上水　水と緑と人間の賛歌』アサヒタウンズ編、けやき出版　○『図解・武蔵野の水路　玉川上水とその分水路の造形を明かす』渡部一二、東海大学出版会

＊時代考証その他

○『昭和二万日の全記録』全十九巻、講談社　○『古地図・現代図で歩く明治大正東京散歩』人文社編集部企画・編、人文社　○『古地図・現代図で歩く　戦前昭和東京散歩』人文社編集部企画・編、人文社　○『梅桃が実るとき』吉行あぐり、文春文庫　○『山野愛子　愛チャンはいつも本日誕生』山野愛子、日本図書センター

○『カストリ時代　レンズが見た昭和20年代・東京』林忠彦写真著、朝日文庫
○電子辞書版『日本史事典』旺文社　○同『世界史事典』旺文社　○同『日本歴史大事典』小学館　○CD-ROM版『世界大百科事典』平凡社　○「朝日新聞」「毎日新聞」「読売新聞」縮刷版

本文の敬称は、省略させて頂きました。

新聞記事、書簡、日記からの引用は、旧仮名づかいを新仮名づかいに改め、
一部に句読点、改行、ルビを補いました。

本書の単行本は、二〇〇九年十月、光文社より刊行されました。

光文社文庫

恋《こい》の蛍《ほたる》　山崎富栄《やまざきとみえ》と太宰治《だざいおさむ》

著　者　松《まつ》　本《もと》　侑《ゆう》　子《こ》

2012年5月20日　初版1刷発行
2021年3月20日　4刷発行

発行者　鈴　木　広　和
印　刷　萩　原　印　刷
製　本　ナ シ ョ ナ ル 製 本

発行所　株式会社　光　文　社
〒112-8011　東京都文京区音羽1-16-6
電話 (03)5395-8149　編　集　部
8116　書籍販売部
8125　業　務　部

落丁本・乱丁本は業務部にご連絡くだされば、お取替えいたします。
ISBN978-4-334-76406-7　Printed in Japan

組版　萩原印刷